스테파네트 아가씨를
찾아 헤맨 나날들

제1회 타임리프 소설 공모전 당선작

스테파네트 아가씨를 찾아 헤맨 나날들

최재원

황금가지

차례

제1장

13년 만의 편지

1

2012년 7월의 그 날은 후덥지근하고 습한 공기에 몸을 흠뻑 적신 듯한 기분이었다. 아파트 현관문을 들어서자 가장자리부터 야금야금 녹이 슬어 들어가는 낡은 우편함 구멍에 하얗게 빛을 반사하는 광택지의 광고 전단지와 아이보리 색깔의 빳빳한 고지서들이 잡초처럼 무성하게 피어 있었다. 그리고 그 잡초 사이를 뚫고 황갈색의 편지 봉투 하나가 머리를 꼿꼿이 세우고 나의 손길을 기다리는 것 같았다.

편지 봉투는 어쩐지 범상하지 않은 느낌을 풍겼는데 봉투에는 린던 올림픽을 기념하는 우표 네 장이 빽빽하게 열을 맞춰 붙어 있었으며 쿠리어 폰트의 영어 글자 스탬프가 선명하게 찍혀 있었다. 봉투의 가로 세로 비율부터 낯설었던 그 편지에 세 글자의 한글 이름이 적혀 있지 않았다면 나는 결코 그것이 나에게 온 것이라고 믿지 않았을 것이다.

편지를 보낸 사람은 윤세은이었다.

13년 전에 그녀와 마지막으로 짧은 전화 통화를 한 이후 우리는 한 번도 연락을 주고받지 않았고 다른 사람을 통해 그녀의 소식을 들어본 적도 없었다. 그런 그녀에게서 한 통의 편지가 홀연히 날아들었다.

어쩌면 깊은 밤, 와인을 한잔 걸치고 피아노 선율이 아름다운 발라드 음악을 듣다가 문득 내 생각이 났을지 모른다. 엄밀하게 말하자면 그 대상이 내가 아니라 순전히 그때의 풋풋했던 연애 감정을 그리워하며 무엇에 홀린 듯 철 지난 편지를 휘갈겨 썼고, 반드시 사람들을 민망함의 구렁텅이로 몰아넣고야 마는 밤에 쓴 편지를 우체통 속으로 밀어 넣어버린 참혹한 실수를 저질렀을 수도 있다. 만약 그런 것이었다면 나는 그녀가 다음날 아침 그녀의 손을 떠나버린 편지를 원망하며 얼굴이 화끈 달아오르지 않도록 근사하고 쿨한 답장을 보냈을 것이다.

그러나 나는 그렇게 할 수 없었다. 편지 겉봉에는 보낸 곳이 영국 런던이라는 지명 외에는 도로명이나, 번지수, 건물 이름 같은 기본적인 주소가 하나도 적혀 있지 않았다. 그것뿐이 아니었다. 더 이상한 것은 그녀가 나에게 보낸 편지의 내용이었다. 나는 그 편지를 몇 번이나 읽어 보았지만, 편지의 내용을 전혀 이해할 수 없었다.

민혁 오빠.

나는 지금 영국에서 행복하게 잘 지내고 있어. 내 걱정은 하지 마.

나를 다시 만나려고 하지도 말고 우리의 과거도 안타까워하지 마.

부탁이야.

윤세은

그녀의 간절한 요청이 무색하게도 나는 그녀와 헤어지고 난 후 지금까지 그녀를 걱정하지도 다시 만나려고 하지도 않았다. 물론 그녀는 내 첫 사랑이었고 그녀를 끔찍하게 사랑했다. 헤어지고 나서 며칠 동안은 밥을 먹을 수도 잠을 잘 수도 없을 만큼 고통스러웠다.

그러나 그것은 이미 강산이 한 번 바뀐 시간보다 더 오래전의 일이었다. 이별 이후, 그녀의 시간과 나의 시간이 흐르는 속도가 다르지 않고서야 이렇게 상황과 감정이 동떨어져 있는 편지가 있을 수 있을까? 혹시 그녀가 다른 사람에게 보낼 편지를 나에게 잘못 보낸 것은 아닐까?

그럴 리는 없었다. 받는 사람 주소에 이민혁이라는 이름 석 자가 굵은 사인펜으로 한자 한자 정확하게 적혀 있었다. 아니면 13년 전에 나에게 보낸 편지가 지금에야 도착했다는 가정은 어떨까? 해

외 토픽 신문기사에서 그런 뉴스를 본 기억이 있다. 게다가 편지는 영락없이 이별의 상처가 아물지 않아 미련이 덕지덕지 달라붙어 있는 젊은 연인들의 서신 같았다.

하지만 그것도 말은 안 됐다. 편지 겉봉에 끈끈하게 붙어 있는 2012년 영국 런던 올림픽 기념우표는 분명 이 편지가 2012년에 보내졌다는 증거였다. 어쩌면 이런 모든 생각이 바보 같았다. 도대체 그녀가 지금 내가 사는 집의 주소를 어떻게 알고 있다는 말인가?

수수께끼 같은 편지였지만 한 가지 확실해 보이는 점은 있었다. 그것은 그녀가 좋았던 과거를 추억하며 감상에 젖어 보낸 편지는 아니라는 것이다. 13년 만에 보낸 편지로 보기에는 도무지 어울리지 않는 내용도 그렇지만 짧은 몇 마디의 문장 사이사이에 스며들어 있는 그녀의 간절함은 매우 수상쩍었다.

그녀는 간절하게 원하고 있었다. 내가 그녀를 찾지도 말고 과거를 안타까워하지도 말 것을. 그녀는 왜 이런 내용의 편지를 헤어지고 나서 이렇게 오랜 시간이 지난 지금 보낸 것일까?

그녀도 이제 30대 후반의 나이고 정상적이라면 당연히 결혼하고 가정을 꾸렸을 터. 편지에서는 영국에서 행복하게 잘 지내고 있다고 말했지만 어쩐지 그 말은 나에게 반어적으로 들렸다.

짧은 편지 내용 중에서 어떠한 불행의 단서도 발견할 수는 없지만 간절함과 행복은 서로 모순적인 관계이기 때문이다. 행복이란 마음속에 어떤 것으로든 충만해 있는 상태이며 간절함이란 무엇인가 결핍되어 있는 상태인데 이 두 가지는 동시에 일어날 수 없다고 믿고 있다. 만약 그녀가 정말 지금 행복하다면 이유가 어찌 됐든 이렇게 무엇인가 간절하게 요구하는 내용의 편지를 보냈을 리가 없다고 나는 믿었다.

영국에서 온 그녀의 편지를 받은 다음 날, 그녀의 대학교 선배이자 회사 입사 동기인 박재상을 만났다. 그는 신입사원 연수 시절에 만났고 나이도 동갑이라 나름 친한 사이기는 했지만 부서도 다르고 사무실 건물도 달라 자주 만나는 관계는 아니었는데 그녀에 대한 이야기를 들을 수 있을까 싶어 오랜만에 그를 찾아 갔다.

박재상이 그녀와 같은 학교 같은 과를 나왔다는 사실은 나중에 우연히 알게 되었지만 한 번도 그녀에 대해 물어보지는 않았다. 박재상에게 처음으로 윤세은과 나의 관계에 대해 이야기를 털어놓자 그는 입 속에 넣은 커피를 완전히 삼키지도 못하고 뭔지 모를 탄성과 황갈색의 액체를 입 밖으로 내질렀다. 박재상은 손등으로 급하게 입을 훔치며 말했다.

"너 진짜 세은이하고 사귀었어?"

"그게 그렇게까지 놀랄 일이냐?"

"아니 뭐 그런 건 아니지만……"

박재상은 눈을 내리깔고 고개를 천천히 가로 저으며 말했다.

"그냥, 뭐…… 옛날 생각이 좀 나서 말이야……"

그리더니 피식 웃으며 나의 팔을 툭 쳤다

"부럽다. 세은이하고 사귀었다니. 우리 과에서 걔 때문에 마음 고생한 놈들이 여럿 있었는데, 정작 다른 학교 다니는 놈이 차지한 것도 모르고 우리끼리 헛물켠 거잖아."

박재상에게 그런 말을 듣자 기분이 묘해졌다. 뭔가 우쭐한 느낌도 들고 아주 잠깐 이지만 지금도 그녀가 내 연인인 것 같은 착각에 빠졌다. 나는 박재상에게 자랑인 듯 변명인 듯 말했다.

"세은이가 같은 학교나 같은 과에서 남자 사귀기는 좀 부담스럽다고 했었지. 4년 내내 사귀면 모를까 보통 그러다가 헤어지면 이상한 소문들이 부풀려져서 서로 피곤하잖아."

박재상은 내 설명 따위는 별 관심 없는 표정으로 무엇인가 생각난 듯 말했다.

"아마 2000년인가? 그때 세은이가 결혼했던 걸로 기억이 나는데 그때 진짜 유명한 사건이었지."

박재상의 말에 나는 과거의 달콤하고 행복했던 기억에서 깨어나 다시 현실로 되돌아왔다. 2000년이라면 나와 헤어지고 난 바로 다음 해였다. 1년 만에 새 남자를 만나 결혼까지 했다니 뭐가 그리 급했느냐는 원망과 때늦은 배신감이 가슴에 솟구쳤다.

"그런데 유명한 사건이었다는 것이 무슨 말이야?"

박재상은 그 때 일이 무척 재미있었다는 듯 히죽거리며 말했다.

"세은이의 결혼 스토리가 참 대단했지. 남편 되는 사람이 세은이를 거의 1년 동안 쫓아다녔다고 하더라고. 세은이는 처음에 그 남자가 별로 마음에 안 들었다는데 그래도 남자가 근성이 대단한 사람이었는지 끈질기게 구애를 했다는군. 아무리 해도 세은이가 마음을 안 여니까 나중에는 자살 소동까지 벌였다지 아마."

박재상의 이야기는 다소 놀라웠다. 자살 소동? 얼마나 찌질한 녀석이길래 여자가 마음을 받아들이지 않는다고 그런 어처구니없는 짓을 저지른단 말인가? 아니 남자도 남자지만 세은이는 도대체 뭐지? 그런 덜 떨어진 녀석과 결국 결혼까지 했다고? 까닭 모를 화가 치밀어 올랐다. 그러나 박재상의 이야기는 그것으로 끝이 아니었다.

"그런데 들리는 이야기로는 결혼할 때 몇 가지 중요한 조건이 있었다더라. 세은이가 방송국 아나운서가 되기 전까지는 혼인 신고도 안 하고 아이도 안 가진다는 조건. 그런데 웬걸 결혼한 지 3개월 만에 아이가 들어섰고, 어쩔 수 없이 아나운서 시험이고 뭐고 다 포기해 버렸지. 그런데 나중에 들어보니까 아이도 유산했다더라고."

박재상의 이야기에 등장하는 세은이는 방송국 아나운서라는 꿈에 끝까지 매달렸다는 사실을 빼면 너무나 다른 사람처럼 느껴졌다.

세은이는 어릴 때부터 방송국 아나운서가 꿈이었다. 한때 내 연인이어서가 아니라 나는 그녀가 언젠가는 방송국 아나운서가 될 것으로 믿었고 그만큼 그녀는 똑똑하고 차분했으며 우아한 느낌이 있었다. 그런데 박재상의 이야기 속에서 세은이가 내린 결정과 행동 하나하나는 도저히 이해할 수 없을 만큼 멍청해 보였다. 나는 순간적으로 내 감정이 얼굴에 드러나는 것이 아닌가 걱정이 들어 표정을 추스르며 태연한 척 말했다.

"그래서 어떻게 됐어?"

"그런데 이상하게 그 이후부터는 세은이 소식이 들리지 않더라고. 여러 가지 소문은 무성했는데 누구 하나 정확하게 알고 있는 애들은 없는 것 같고…… 나는 세은이와 그렇게 친한 사이는 아니어서 뭐 서로 연락하는 사이도 아니고…… 아무튼 그때는 친구들 사이에서 대단한 화젯거리였지……."

"혹시 외국에 나갔다는 이야기는 못 들었어?"

나는 런던에서 온 그녀의 편지를 떠올리며 혹시나 하는 기대감을 품고 물어 보았다. 그러나 박재상은 고개를 흔들며 대답했다.

"사실 뭐 그런 이야기들은 다 여자애들한테서 흘러나오는 건데, 여자애들 다 졸업하고 나니까 세은이에 대한 이야기도 더 이상 화젯거리가 안 됐어. 외국을 갔건 뭘 했건 여자애들의 구미를 자극할 만한 뭔가가 있었으면 이야기가 들려올 법한데도 가끔 여자애들 만나서 물어봐도 걔네들도 잘 모르는 눈치 같고…… 더 이상 세은이에 대해 별로 관심도 없어 보이더라고."

박재상과 헤어진 후 그가 들려준 이야기와 세은이가 보낸 편지 내용 사이의 연결고리를 곰곰이 추리해 보았다.

애초에 내가 직감했던 대로 그녀는 지금 행복하지 않을 가능성이 컸다. 왜냐하면 행복하지 않으니까 나에게 그렇게 행복하다고 강조했음에 틀림없다. 그런데 그건 그렇다 쳐도 왜 나에게 자신을 찾지 말라고 했을까? 이것도 반어법일까? 그러니까 나를 찾지 말라는 말은 반대로 찾아달라는 의미일지 모른다.

하지만 왜 지금 와서? 막장 드라마 같긴 하지만 이런 시나리오를 상상해 볼 수는 있다. 세은이는 최근에 이혼했다. 그리고 내가 생각이 났다. 고민하다가 직접적으로는 말을 못하고 반어적인 표현을 써서 자신의 존재와 현재의 상황을 나에게 알린 것이다.

문제는 이런 웃긴 상황이 말이 되려면 세은이는 진중하지 못하고 즉흥적인 성격에, 자존심도 없는 여자여야만 한다. 그런데 내가 아는, 아니 기억하는 세은이는 절대 그런 식으로 생각하거나 행동할 사람이 아니었다. 하긴…… 박재상의 이야기를 들어보면 내가 세은이에 대해 제대로 알고 있기나 한 것인지 의심스럽기도 하지만.

나는 퇴근을 하고 집에 들어오자마자 책상 서랍을 열어 세은이의 편지를 꺼내 다시 읽어 보았다. 그녀가 편지를 통해 정말 나에게 하고 싶은 말이 무엇이었을까? 아니 그보다 더, 왜 나에게 편지를 보냈을까? 개별 단어의 기본적인 의미는 다 알지만 합쳐 놓았을 때는 정확한 해석이 안 되는 갑갑한 영어 지문처럼 그녀의 편지는 나를 지치게 만들었다. 그러나 그럴수록 그녀에 대한 생각이 머릿속에서 떠나지 않았고 잊고 있었던 그녀와의 추억이 오랜 망각의 벽을 뚫고 하나 둘씩 속살을 드러냈다.

2

사실 세은이의 편지가 나에게 도착한 날은 짧지 않은 내 인생에 있어서 특별한 날이었다. 그녀에게서 의문의 편지를 받은 것도 그랬지만 위태롭게 유지해 오던 5년간의 결혼 생활에 종지부를 찍었던 날이기도 했다.

법원에서 이혼 서류에 도장을 찍고 나오던 날, 앞날에 대한 불안감보다는 숨 막힐 듯 심장을 죄어왔던 결혼생활에서 드디어 해방되었다는 기쁨이 더 컸다. 돌싱이라는 이름표는 달았지만 남들이 뭐라건 나는 이제 합법적으로 싱글이 되었고 또 한 번의 인생을 살 수 있게 되었다.

그렇게 담대한 포부를 안고 집으로 돌아온 날 그녀로부터 편지를 받았다. 그녀의 편지 내용을 반어적으로 해석하는 가장 큰 이유는 어쩌면 그녀의 편지가 하필이면 내가 이혼한 날 도착했다는 운명론적인 믿음, 또는 희망 섞인 기대일지도 모른다.

나에게는 새로운 시작이었지만 누군가에는 괴로운 나날의 시작이었다. 이혼하고 이틀이 지난 날, 토요일 오전의 달콤한 늦잠을 즐기고 있는데 아파트 초인종 벨이 사납게 울렸다. 문을 열자 어머니가 잔뜩 심통이 난 얼굴로 현관 안으로 들이닥쳤다.

"연락도 없이 어쩐 일이야?"

"큰아버지 사촌 아들 결혼식이라 왔다. 그것보다 이리 와서 앉아봐."

어머니는 거실 소파에 털썩 앉으며 손에 든 가방을 탁자 위에 던지듯 놓았다.

"내가 너 때문에 속이 상해 죽겠다. 결혼식 가면 다 너 이혼한 이야기만 할 텐데 이게 무슨 꼴이야 정말. 친가 외가 통틀어서 이혼한 사람이 아무도 없는데 어디서 너 같은 별종이 태어났는지."

"이미 다 끝난 일인데 왜 또 그래."

"어이그 뭘 잘했다고 꼬박꼬박 말대답이야……"

어머니는 눈을 흘기며 나를 쳐다보다가 깊이 한숨을 쉬었다. 잠시 후, 탁자에 놓아둔 가방의 지퍼를 조심스럽게 열어 지갑을 꺼냈다. 그러고는 지갑을 열어 반듯하게 접힌 연습장 종이를 꺼내 나에게 건네며 말했다.

"언젠가는 너한테 줄려고 한 건데 지금이 그때 같다. 이거 받아라."

"이게 뭔데?"

나는 어머니가 건넨 종이를 받아 펼쳐 보았다. 그러자 검은색 볼펜으로 휘갈겨 쓴 글자가 나타났다.

'서울시 성북구 동선동 25-12 3/4'

"집 주소잖아?"

"그래 보여도 그거 용한 부적이니까 지갑 같은데 넣어서 몸에 잘 지니고 다녀."

"부적이라고?"

부적이라면 누리끼리한 창호지에 복잡하고 괴상한 문양의 빨간색 도장이 찍혀 있어야 제 맛인데 어머니가 준 것은 문방구에서 파는 흔한 연습장 종이에 검은 볼펜으로 휘갈긴 주소뿐이었다.

“설명하자면 좀 긴데, 엄마가 예전에 대학교 앞에서 분식집을 했던 거 기억 나냐?”

“뜬금없이 그때 얘긴 왜?”

“그때 얻은 게 이 부적이니까.”

어머니는 잠깐 부적에 눈을 떼지 못한 채 말이 없다가 이내 이야기를 늘어놓았다.

“아마 너도 기억할 거다. 장사가 시원치 않아서 이걸 접어야 하나 말아야 하나 고민이 많을 때였잖니. 바로 옆에 유명한 체인 분식점이 생겨 손님도 뺏기는 와중인데 월세는 자꾸 더 올려달라고 해서 그날도 건물 주인한테 통사정하고 와서 맘이 편치 않을 때였어. 그날따라 더 손님도 없어 속상했는데 웬 지저분한 몰골의 거지 할매 하나가 들어와서는, 테이블 두 개를 붙여서 한쪽에 짐을 떡 하니 올려놓고 된장찌개를 주문하는 거야. 하는 짓이 예의가 없지만 거지 꼴에 나이도 지긋하고 해서 참았는데, 나중에 다 먹고 난 뒤에 돈이 없다더라고.”

“그래서?”

“일도 참 안 풀린다 싶어 그냥 불쌍한 할매한테 밥 한 끼 대접했다 생각하고 그냥 가시라고 했는데, 글쎄 이 할매가 들고 왔던 보따리에서 금반지를 꺼내 된장찌개 값이라며 내밀더라고. 그게 진짜 금인지 알 수도 없지만 2500원하는 된장찌개 팔고 금반지 받는 것도 우습잖니. 그래서 그냥 가시라고 했는데도 사람 도리가 그런 게 아니라면서 계속 받으라고 내미는 거야. 자꾸 고집을 피우길래 잘 달래 돌려보내려고 어디 사냐고 물어보니까 서울에서 왔다는 거야. 이제 밥 먹고 서울로 올라갈 거라더만. 하이구, 된장찌개 사 먹을 돈도 없는 노친네가 차비는 어디 있다고? 보나마나 또 가짜 금반지 내밀며 고집 피우겠다 싶더라고."

어머니는 작게 한숨을 내쉬며 말을 이었다.

"그런데 아 글쎄, 그 모습이 돌아가신 네 할머니를 떠올리게 하더라니까. 자식새끼들 키운다고 전국 팔도 유랑하며 평생 품팔이만 하다 돌아가신 네 할머니도 그랬을 거 같은 거야. 그래서 없는 돈에 차비하라고 5만 원을 그 할매 손에 꼭 쥐어주었지. 그러니까 할매가 고맙다며 금반지보다 더 좋은 거 하나 내주겠다면서 볼펜이랑 종이 가져다 달라는 거야. 나중에 혹시 어려운 일이 있으면 도움이 될 거라면서."

나는 여기까지 듣다가 헛웃음을 지으며 어머니에게 물었다.

"그게 이거라고?"

"내가 너 웃을 줄 알았다. 나도 처음에는 신경도 안 썼어. 그런데 이 부적 때문인지 몰라도 그때부터 지금까지 하는 일은 다 잘 풀렸잖아. 그때까지 우리 집 얼마나 힘들었냐. 뭐하나 되는 일도 없고. 그런데 그날부터 신기하게 일이 술술 잘 풀렸어. 분식집만 해도 그래. 그때 대학교 앞에서 분식집 하던 가게 중에 권리금 제대로 받고 적당한 때 정리한 사람은 나뿐이잖아. 다른 가게들은 다 망했는데.”

어머니는 심드렁한 표정으로 이야기를 듣고 있던 나에게 손을 내밀어 내 지갑을 달라는 시늉을 했다. 이혼한 죄로 당분간은 어머니가 하는 말은 다 듣기로 결심한 터라 순순히 지갑을 건네줬고 어머니는 그 부적이라는 종이를 다시 잘 접어 지갑 속에 정성스럽게 꽂아 넣었다.

“너는 미신이네 어쩌네 하면서 비웃겠지만 세상에는 신기한 일도 많이 있는 법이다. 그 할매 가게를 나갈 때 2만 원은 테이블 위에 올려놓고 가길래 바로 따라 나갔는데 감쪽같이 사라졌더라고. 가게가 긴 골목 중간에 있어서 골목 벗어나려면 꽤 시간 걸리는데 다른 가게로 들어갔나 싶어서 주변을 다 둘러봤지만 없었어. 지금 생각해도 참 기이한 일이란 말이야. 거기 부적에 적힌 주소가 혹시 그 할매 주소인가 싶기도 해서 언젠가 꼭 사례하러 찾아가봐야지 하면서 아직도 못 갔네.”

어머니는 그때 일을 다시 떠올리는 듯 잠시 생각에 잠겼다가 곧 가방을 들고 일어섰다. 결혼식장 갈 길이 멀다며 급하게 집을 나서는 어머니를 아파트 현관까지 배웅한 뒤 뒤돌아섰을 때 현관 벽에 붙은 우편함 통이 눈에 들어왔다. 종이를 부적으로 믿고 아들의 행복한 미래를 비는 어머니의 믿음이나 이혼한 날 옛 애인으로부터 받은 편지에서 어떤 의미를 찾으려는 나의 상상이나 둘 간에 무슨 차이가 있을까 하는 씁쓸한 생각이 밀려들었다.

이혼한 지 일주일 쯤 지났을 때 부동산에서 살고 있던 아파트 매매 계약이 될 것 같다는 연락이 왔고 나는 2주 이내에 조그만 오피스텔로 이사해야만 했다.

전처와의 이혼 합의 과정은 무척 깔끔했고 재산 분배를 결정하는데도 그리 오랜 시간이 걸리지 않았다. 일단 헤어지기로 결정하고 난 뒤부터 나와 전처의 관계는 오히려 더 좋아지는 듯했고 서류에 도장을 찍기 전에는 이혼하지 말고 좀 더 노력을 해볼까 하고 진심으로 몇 분 동안 고민하기까지 했다.

그러나 이렇게 모든 헤어짐의 과정이 순조롭게 진행되고 있다면 그것이 우리에게 정해진 길이라고 생각했다. 그런 순조로운 과정의 아름다운 종착역이 아파트 매매였다. 우리 부부에게 유일한 재산이었던 25평 아파트도 기가 막힌 타이밍에 팔리게 되었고 이미 오래 전에 마음속에서 처분해 버린 사랑과 미움의 감정에 이어 전처와 나의 유일한 연결고리였던 재산 문제까지 해결되면 우리는 이제 진짜 아무런 이해관계도 없는 백지와 같이 깨끗한 사이로 되돌아 갈 것이다.

갑작스럽게 이사 날짜가 잡히는 바람에 퇴근 후 매일 조금씩 짐 정리를 하고 있던 차에 태호가 집으로 놀러 온다고 연락이 왔다. 친구의 이혼을 위로한다는 핑계를 댔지만 몇 주 전부터 술, 술, 노래를 했던 태호가 부담스럽게 눈치 주는 친구 와이프도 없으니 거하게 한잔 마시겠다는 생각으로 집으로 올 모양이었다. 태호의 귀여운 꿈을 배신하는 것은 안타깝지만 이참에 태호의 노동력을 빌릴 수밖에 없었다.

"이게 웬 돼지우리야? 집안 꼴이 이게 뭐야?"

태호는 두둑하게 배가 부른 검은 비닐봉지를 식탁 위에 털썩 던져 놓으며 험악한 표정을 지어 보였다. 나는 레이저를 쏘며 내 얼굴을 추적하는 그의 시선을 외면한 채 검은 비닐봉지 속에 웅크리고 앉아 있는 맥주 캔이며 오징어, 육포, 땅콩 안주를 하나씩 꺼내 텅 빈 냉장고 속에 차곡차곡 집어넣으며 말했다.

"나 다다음 주 이사하는 거 말 안 했나? 저기 빈 박스들 보이지? 책장 안에 있는 물건들 박스에 넣고 포장만 해 줘. 끝나고 시원하게 맥주 한잔 하자."

태호는 체념한 듯한 표정을 지으며 넥타이를 풀고 와이셔츠 손목 단추를 풀었다.

언제 다할까 싶었던 이삿짐 포장도 둘이서 마음먹고 덤벼드니 생각보다 진도가 빨랐다. 예나 지금이나 태호는 요령이 좋아 대충하는 듯 보여도 뭐든지 시원시원하게 빨리 해치웠다.

태호가 거실에서 능력을 발휘하고 있는 동안 나는 욕실 안에서 찬장을 정리하고 있었다. 그런데 밖에서 태호가 갑자기 숨 넘어갈듯이 깔깔대는 웃음소리가 들렸다. 나는 놀라 욕실 밖으로 나가 보니 태호가 거실 바닥에 드러누운 채 새우처럼 몸을 구부리고 고통스럽게 배를 움켜쥐고 있었다.

"왜 그래? 뭘 잘 못 먹었냐?"

태호는 내 얼굴을 올려다보더니 겨우 진정되었던 웃음을 다시 터트리며 얼굴이 무섭도록 붉어졌다. 자세히 보니 그의 왼 손에는 사진 한 장이 쥐어져 있었다. 태호에게 다가가 사진을 뺏어 확인했다. 세은이의 다섯 살 때 사진이었다. 그 사진의 존재조차 잊고 있었는데 태호가 짐 정리를 하다가 발견한 모양이었다.

"너 스토커냐? 세은이 사진을 왜 아직도 갖고 있어?"

태호는 겨우 몸을 추스르고 바닥에 일어나 앉아 눈가에 맺힌 눈물방울을 닦으며 따지듯 물었다.

"새꺄, 그런 게 아냐. 헤어졌을 때 사진이랑 편지 같은 건 다 없앴는데, 이건 걔가 어릴 때 아버지랑 찍은 사진이잖아. 소중한 사진일 텐데 내 손으로 없애버리기는 좀 그래서 언젠가 되돌려 주려고 갖고 있다가 나도 그만 잊어버린 거야."

"그래도 그렇지. 결혼하기 전에 돌려주든가 그래도 못 돌려 줬으면 결혼할 때는 없애버리든가 하지 이게 뭐냐? 제수씨가 이혼하자고 할만하다. 쯧쯧."

태호는 바닥에서 일어나 내 눈치를 보며 은근슬쩍 냉장고 옆으로 다가가 문을 열고 맥주 캔을 하나 꺼내 마개를 땄다.

태호 말대로 내가 이 사진의 존재를 기억하고 있었다면 결혼했을 때 당연히 없앴겠지만 정말 까맣게 잊고 있었다. 어떻게 보면 5년간의 결혼생활 동안 한 번도 사진이 모습을 드러내지 않은 것도 무척 신기한 일이었다.

하얀 이를 드러내고 천진난만하게 웃고 있는 어린 세은이의 얼굴을 보자 갑자기 목이 타 들어가는 기분이었다. 나는 태호에게 맥주를 하나 건네받아 더 이상 삼키기 어려울 때까지 맥주를 목구멍 안으로 쏟아 부었다.

"그래 돌싱 생활은 할만 해?"

"글쎄…… 뭐 결혼생활보다는 괜찮은 것 같은데."

"돼지우리 같은 집에서 홀아비 냄새 풀풀 풍기며 사는 주제에 허세는…… 좋긴 뭐가 좋아."

태호는 노동착취에 대한 복수를 하는 듯 계속 비꼬는 투였다.

"그런데 태호야, 너 세은이 소식 좀 아냐?"

"내가 어떻게 알아 인마. 왜? 저 사진 돌려주려고?"

태호는 한심하다는 표정을 지으며 나를 흘겨보았다.

내 앞에 갑작스럽게 다시 나타난 세은이의 사진, 그리고 아직도 그 의도를 파악할 수 없는 그녀의 느닷없는 편지, 이 모든 것들은 나에게 어떤 메시지를 전달하고 있지 않을까? 한갓 몽상에 지나지 않았던 생각이 시간이 흐를수록 점점 달콤한 확신으로 굳어져 가는 느낌이었다. 태호는 식탁 위에 꺼내 놓은 오징어를 길쭉한 손가락으로 갈기갈기 찢었다.

"그런데 세은이랑 도대체 왜 헤어졌어? 그렇게 둘이 죽고 못 살더니 말야. 네가 세은이와 사귈 때랑 제수씨 사귈 때 다 지켜봐서 아는데 확실히 네가 제수씨 생각하는 마음이 세은이보다는 약하긴 했지. 그때 세은이랑 안 헤어지고 무사히 결혼했으면 이혼도 안 하고 잘 살았으려나?"

태호는 찢은 놓은 길쭉한 오징어 몸통 하나를 입에 넣고 질겅질겅 씹으며 말했다.

나는 태호뿐만이 아니라 세은이와 나와의 관계를 알고 있는 모든 사람들에게 한 번도 헤어진 이유를 말하지 않았다. 아니 못했다. 왜냐하면 나 자신도 왜 헤어졌는지 아직도 그 이유를 모르겠기 때문이다.

"태호야. 실은 나도 아직 왜 헤어졌는지 그 이유를 잘 모르겠어. 그런데 네 말대로 세은이랑 헤어지지 않고 결혼하는 게 정답이었던 것 같다."

"이 새끼 참…… 오늘따라 왜 이렇게 허세를 부려? 헤어진 이유를 본인이 모르면 누가 알아? 잘 생각해 봐 인마, 뭔 잘못을 했으니까 착한 세은이가 널 차버린 거지."

태호는 오징어 옆에 수북하게 쌓아둔 땅콩 하나를 집어던져 나를 공격했다.

"네가 세은이와 결혼했어도 잘됐을지 어떻게 됐을지는 모르는 거다. 괜히 엉뚱한 핑계 대지 말고, 네 첫 번째 결혼이 왜 5년 만에 파국으로 끝나버렸는지 제대로 된 반성부터 해라 인마."

나는 태호가 나에게 던진 땅콩을 잽싸게 받아 채, 그대로 태호에게 던졌다.

"바람둥이 주제에 나 같은 순정남한테 무슨 훈계야. 너도 조심해 새꺄. 이혼은 특별한 사람만 하는 줄 알아?"

"모르는구나? 나같이 총각 때 제대로 놀아봤던 사람이 오히려 결혼하면 착실하게 더 잘산다니까."

태호는 맥주 캔을 입에 갖다 대며 호탕하게 웃었다.

3

"민혁아, 이모가 신경 많이 써서 해 준 거니까 오늘 정말 잘해야 된다."

"아이고 참 알았다니까."

어머니는 3일 전부터 매일 아침저녁으로 전화를 걸어 사람을 들들 볶았다.

"부적 잘 갖고 다니지?"

"잘 갖고 있어. 근데 이거 진짜 부적 맞아? 아무리 봐도 부적같이 보이지 않는데."

"이놈이 에미 말도 안 믿네. 오늘 맞선은 틀림없이 잘 될 거다. 끝나면 꼭 전화해라. 알겠지? 어이그, 이놈아 세상에 할 게 없어서 이혼을 하냐? 남사스러워서…… 이만 끊는다."

부끄럽게도 이혼한 지 10일 만에 맞선을 보기로 했다. 아직 이혼 서류에 잉크도 마르지 않았겠지만 맞선을 보기로 결심한 이유가 있었다. 어머니의 성화도 있었고, 어릴 때부터 특별하게 나를 귀여워했던 이모의 성의도 모른 척하기 힘들었지만 무엇보다도 결정적으로 내 마음을 움직인 것은 맞선 상대의 직업이었다.

상대는 나보다 두 살 어린 이혼녀였고 조그만 케이블 방송사에서 아나운서로 일한다고 했다. 세은이가 그렇게 되고 싶어 하던 아나운서는 무슨 생각을 하고 어떤 스타일의 남자를 좋아하며 어떻게 하루하루를 살아갈까? 혹시 세은이와 아주 비슷한 여자가 나오는 것은 아닐까? 이런 여러 가지 호기심들이 발동하자 다소의 민망함을 무릅쓰고라도 맞선을 보고 싶어졌다.

이번 맞선으로 새로운 사람을 만날 수 있다고 생각하지 않았다. 어머니와 이모는 세상물정에 어두운 시골사람들이라 S전자에 다니면 무조건 최고 신랑감이라는 터무니없는 자부심을 갖고 있지만 아무리 작은 케이블 방송국이라고 해도 아나운서쯤 되면 눈높이가 꽤 높을 것이다. 우리나라에서 제일 유명하다는 회사에서 빛나는 정규직으로 일한다고 한들 재산의 반을 까먹은 평범한 월급쟁이가 성에 찰 리 없을 것이다.

애초부터 기대를 하지 않아서 그런지 맞선은 생각했던 것보다는 즐거웠다. 맞선녀와 나는 이혼한 사람이 한국 사회에서 얼마나 부당한 선입견에 피해를 받는지에 대해 신나게 떠들어 댔고 대화를 해보니 의외로 서로 죽이 잘 맞았다. 유쾌한 대화 덕분에 어색한 분위기는 금세 깨졌지만 그런 분위기에 취해 자신의 정확한 목표를 잊어버릴 만큼 순진한 여자는 아니었다.

그녀는 에둘러 말하지 않았다. 한 번 실패를 했기 때문에 재혼 상대를 결정하는 기준은 까다로울 수밖에 없으며 나이도 들었으니 젊었을 때처럼 아무것도 없이 새로 시작하기는 어렵다고 분명하게 못을 박았다. 구체적으로 30평 이상의 브랜드 아파트 소유는 최소한의 조건이라고 말했다. 일단 나는 그 최소한의 기준에서부터 탈락이었다.

맞선 자리의 대화가 마무리되어 갈 무렵 그녀에게 어떻게 아나운서가 됐는지 물어보았다. 그녀는 국내에서 가장 크고 유명하다는 아나운서 양성 학원을 나왔다고 했다. 그러자 문득 세은이가 생각났다. 아나운서가 꿈이었던 그녀는 어떻게 됐을까? 지금까지 공중파는 물론이고 케이블 방송에서도 그녀의 모습을 본 적은 없으니 아나운서가 안 된 것은 확실한 것 같은데 나와 헤어진 후 무얼 하며 지냈을까? 혹시 세은이도 같은 학원에 다녔지 않았을까? 맞선녀의 나이는 세은이와는 한 살 차이어서 비슷한 시기에 같은 학원을 다녔을지도 모를 일이었다.

"혹시 학원 동기생 중에 윤세은이라는 사람이 있었는지 기억나요?"

"글쎄요. 학원에 다닌 건 벌써 10년도 더 넘은 일이고 학생들도 많았기 때문에 그런 건 정확하게 기억이 안 나는데요."

"민희 씨보다 한 살 위고, 키가 민희 씨보다는 작은 것 같고……."

맞선녀는 나의 설명을 도중에 싹둑 자르고 물었다.

"누군데 그러세요? 혹시 옛날 애인?"

만남의 형식은 맞선이었지만 우리의 대화는 이미 다른 차원의 궤도로 진입해 있었다. 나는 조금 전까지 맞선 상대로서가 아니라 인생을 조금 더 산 선배 자격으로 그녀가 현재 처한 이런저런 고민에 대해 조언을 해 주었다.

이번에는 내 차례였다. 그녀에게 나와 세은이 사이에 있었던 이야기보따리를 풀어놓았다. 얼마 전에 박재상으로부터 들었던 세은이의 결혼 이야기까지 남김없이.

하지만 세은이로부터 온 편지에 대해서는 끝내 말하지 못했다. 아무리 생각해 보아도 괴상한 편지였고 편지 내용을 밝히는 것은 맞선녀 앞에서 세은이를 흉보는 것 같아 마음이 내키지 않았다. 무엇보다도 그 편지로부터 피어난 핑크 빛 몽상을 냉정하고 이성적인 맞선녀가 사정없이 부숴버릴 것 같아 두렵기도 했다.

"그러고 보니 그때 학원생 중에 한 명이 결혼을 했는데 꽤 뒷말이 많았던 기억이 나요. 자살 소송도 그렇고. 듣고 보니 상황도 진짜 비슷한데요? 아나운서 시험 준비 중에 결혼을 했고, 임신했지만 유산했다는 이야기도 있었죠."

"그리고 어떻게 됐죠?"

이 말이 반사적으로 튀어나왔을 때 그 즉각적인 반응속도에 나 자신도 놀랐다. 맞선녀는 이혼한 지 10일 만에 맞선 자리에 나와선 예전 애인을 찾는 별난 이혼남이 재미있는지 묘한 미소를 지었다.

"나도 학원 수료하고 나중에 들은 이야기인데요, 유산 이후 바로 이혼하고 영국으로 갔다고 했어요. 이름이 윤세은이라고요? 음…… 그러고 보니 윤세은이라는 이름이었던 것도 같네요."

맞선녀의 부드럽고 촉촉한 입술 사이로 이혼이라는 단어가 비집고 나오는 순간 오랜 산고 끝에 세상 밖으로 머리를 내미는 아기를 내 손으로 받고 있는 것 같았고 등줄기를 타고 흐르는 짜릿한 쾌감을 느꼈다.

편지 이야기도 할 걸 그랬나?

맞선녀와 헤어지고 돌아오는 차 안에서 때늦은 후회를 했다. 아무리 이성적이고 냉정해 보이는 그녀라도 여러 가지 정황상 세은이가 보낸 편지 내용을 무턱대고 폄하하지는 못했을 것이다. 게다가 같은 여자니까 나로서는 도저히 이해할 수 없는 그 편지 내용도 간단하게 해독할 수 있는 신비한 비법이 있지 않았을까?

문득 세은이가 지금 한국에 있을 것 같은 기분이 들었다. 지금쯤 부모님과 함께 살고 있을 수도 있다. 전처도 당분간은 부모님 집에서 살 거라고 했다. 편지에서는 영국에서 산다고 씌어 있었지만 그래도 일단 그녀의 옛날 집에 한번 가봐야겠다는 마음이 생겼다. 만약 그녀의 부모님이 아직 그곳에 살고 있다면…… 마음에 들지는 않지만 최후의 수단으로 그녀에게 연락할 수 있는 통로는 하나 확보하는 셈이다.

한참을 차로 달려 길음역 근처 주택가에 이르렀다. 적당한 곳에 주차를 하고 그녀의 집 앞까지 걸어갔다. 이미 거리는 어둠이 짙게 깔렸고 맞은편에서 여자가 걸어오면 세은이가 아닐까 싶어 머리털이 쭈뼛쭈뼛 섰다.

이윽고 집 근처에 이르렀다. 멀리서 보니, 대문에 문패 같은 것이 달려 있는 게 보였다. 요즘은 사생활 정보 보호 때문에 주택에 문패가 없어진 지 오래됐지만 이 집엔 아직 남아 있었다. 나는 일부러 문패에 시선을 맞추지 않고 집 대문까지 다다랐다. 우선 문패를 손바닥으로 가리고 포커 패 쪼듯이 조금씩 손을 밑으로 쓸어 내렸다. 그럼 그렇지. 꽝이었다. 문패의 성은 '김'으로 바뀌어 있었다.

4

공기에 닿은 피부가 그대로 얼어버릴 것처럼 추운 겨울밤이었다. 세은이와 연애하던 시절, 나는 그녀의 집 맞은편에 있는 놀이터에서 다섯 시간 동안 그녀를 기다렸다. 그때는 휴대폰은 보통 사람은 생각도 못했던 시절이었고 삐삐도 비싸 아무나 가질 수 없던 시절이라 한번 약속이 어긋나면 그렇게 무식한 방법을 쓸 수밖에 없었다.

나는 주로 미끄럼틀 위에 올라가 그녀를 기다렸다. 미끄럼틀은 꽤 높았고 그곳에 오르면 그녀의 집을 교차하는 도로가 한눈에 들어와 사람들의 이동을 쉽게 파악할 수 있었다. 멀리서 집으로 돌아오는 그녀의 모습이 보이면 잽싸게 미끄럼틀에서 내려가 놀이터 벽에 잠깐 숨어 있다가 그녀 앞에 나타나 깜짝 놀래켰다. 그럴

때는 내 손에 항상 꽃 한 송이나 작은 선물이 들려 있었다.

거의 20년 만에 스무 살 때 했던 것처럼 그녀의 집 앞 놀이터 미끄럼틀 위에 올라갔다. 순간 나도 모르게 콧등이 시큰거리고 눈시울이 붉어졌다. 그녀가 떠나버린 동네에 홀로 남은 쓸쓸함에 가슴 한구석이 아리기도 했지만 그보다는 다시는 돌아오지 않을 스무 살의 빛나던 내 청춘이 너무 그리웠다.

나는 아이처럼 미끄럼틀을 타고 내려와 놀이터 벤치에 앉았다. 이제 이 놀이터에 다시 올 일은 없을 것이고 여기서 조금 더 아름다운 과거를 음미하고 싶었다.

그렇게 한참을 앉아 있는데 놀이터 입구에서 인기척이 들렸다. 어두워서 형체가 잘 분간이 안 됐지만 작고 행동이 굼뜬 사람이었다. 내가 앉은 벤치 쪽으로 조금씩 접근해 오자 그 실체가 파악됐다. 행색이 초라한 노파였다. 노파는 나에게 가까이 다가와 말했다.

"총각 껌 하나 사줘."

갑작스러운 제안에 잠시 당황했다. 보통 이런 껌이 터무니없이 비싸다는 것을 잘 알고 있었지만 노파의 표정을 보니 안 사주면 떠나지 않을 태세였다. 물어보니 껌은 한 통에 2000원이었다. 별 수 없이 지갑을 열어 1000원짜리 두 장을 꺼내주고 껌을 받았다. 그러자 노파는 흡족한 건지 아닌지 모를 애매한 표정으로 놀이터 정문 쪽으로 걸어나가다가 말고 다시 되돌아왔다. 그러고는 나에게 무엇인가 건넸다.

"이거 총각 거 아냐? 난 또 3000원인 줄 알고 좋아했잖아."

노파가 건넨 것은 어머니가 지갑에 찔러 놓고 간 부적이었다. 돈을 꺼내면서 같이 딸려 나왔던 모양이다. 나는 종이 위에 마구 휘갈긴 필체로 적힌 주소를 응시했다. '서울시 성북구 동선동 25-12 3/4'. 쳇, 용하긴 뭐가 용해. 부적 덕택에 맞선이 잘 될 거라는 어머니의 말이 생각나 혼잣말을 내뱉었다. 하지만 곧 다시 생각해 보니 맞선이 잘 된 건 아니지만 얻기 어려웠던 세은이에 대한 중요한 정보를 손쉽게 얻었다. 이것도 일이 잘 풀리는 거라 볼 수 있지 않을까?

"거기 부적에 적힌 주소가 혹시 그 할매 주소인가 싶기도 해서 언젠가 꼭 사례하러 찾아가봐야지 하면서 아직도 못 갔네."

어머니의 자조 섞인 목소리가 귓전에 들리는 듯했다. 나는 종이에 적힌 주소를 다시 한번 확인했다. '서울시 성북구 동선동 25-12 3/4'. 여기서 가까운 곳이다. 어머니 말도 있고, 호기심도 있었지만 마치 무언가에 홀린 듯 이 주소로 가보고 싶다는 충동이 일었다.

나는 차로 돌아와 내비게이션을 켜고 주소를 입력했다. 내비게이션이 예상한 주행 시간은 고작 7분. 거리상으로 보면 그보다는 시간이 더 걸릴 것 같았지만 아무튼 행운의 7이라는 숫자는 마음을 들뜨게 했다. 나는 차 시동을 켜고 엑셀을 힘차게 밟았다.

확실히 7분이라는 예정 시간보다는 더 오래 걸렸지만, 어쨌든 내비게이션은 아나운서 같은 단아한 목소리로 도착을 알렸다.

도착한 곳은 미아리 점성촌에 위치한 한 점집 앞이었다. 그 할머니가 이곳에서 점을 치시는 분인가 싶어 문 앞으로 다가갔다. 점집의 분위기는 상당히 독특했다. 다른 점집들과는 멀찌감치 떨어져 혼자 있는 것도 그렇고 분위기도 점집이라기보다는 흡사 다방 같았다. 동네의 거리 분위기와는 전혀 어울리지 않았다. 게다가 언제 만들었는지 짐작도 가지 않는 낡은 간판이며, 빛바랜 건물 외관의 장식물은 군데군데 부서져 있어 괴기스러운 느낌마저 들었다.

가게로 들어가는 나무문은 세월의 풍파를 이기지 못하고 군데군데 보기 흉하게 니스 칠이 벗겨졌고 문을 열려고 문고리를 잡아당겼더니 덜컹 하고 떨어져 나가 버렸다. 깜짝 놀라 뒤로 몇 걸음 물러섰지만 안에서는 아무런 인기척도 없었다. 그냥 돌아가고 싶어졌다.

그때 안에서 이상한 소리가 났다. 문 쪽으로 가까이 다가가 귀를 대 보니 음악소리였다. 게다가 팝송이었다. 점집에 팝송이라니 기묘했다. 한편으론 음악이라도 들리니 왠지 안심이 됐다.

문을 살짝 열어 안을 살펴보았다. 가게 안은 불이 꺼져 있어 어두웠지만 한쪽 구석에서 밝은 빛이 새어 나왔다. 빛이 새어 나온 곳은 다른 방으로 이어지는 통로 같았다. 나는 안에 아무도 없는지 소리쳐 보았지만 아무런 대답이 없었다. 한 번 더 조금 큰 소리로 말했다. 그러자 갑자기 팝송이 꺼지고 늙은 여자의 목소리가 들렸다.

"들어오려면 빨리 들어와."

갑작스러운 사람 목소리에 깜짝 놀랐다. 그러고는 다시 팝송이 들렸다. 어쩐지 음악이 내 몸을 가게 안으로 끌어당기는 기분이 들었다. 왜냐하면 굉장히 귀에 익숙한 음악이었기 때문이었다.

문을 완전히 열고 가게 안으로 들어가 불빛이 새어 나오는 통로 쪽으로 몇 발짝 걸어 들어갔다. 잠시 후 뒤에서 문이 꽝하고 큰 소리를 내며 닫혔다. 다리가 후들거리고 오금이 저려왔다. 그때 다시 늙은 여자의 목소리가 들렸다.

"노래 좋지?"

나는 숨죽이며 목소리가 들리는 쪽으로 접근했다. 통로를 지나자 조그만 방으로 이어졌다. 방 안 벽에는 잡다한 문양과 괴상한 그림들이 무질서하게 걸려 있었다. 굵고 촘촘한 주름살이 인상적인 노파가 내가 온 것은 아랑곳 하지 않고 낡은 소파에 앉아 뜨개질에 열중했다. 그녀의 앞에는 조그마한 나무 테이블과 작은 의자가 하나 놓여 있었다. 노파는 나를 힐끗 보더니 의자에 앉으라는 눈짓을 보냈다. 나는 노파가 시키는 대로 조심스럽게 의자에 앉았다.

그러나 노파는 여전히 말없이 뜨개질만 열심이었고 나도 방 안의 묘한 분위기에 압도되어 아무 말도 못하고 가만히 앉아 있기만 할 뿐이었다. 그렇게 한참을 있다가 어색한 분위기를 깨야겠다 싶어 내가 먼저 말을 꺼냈다.

"가게 분위기가 많이 색다르네요. 조금 으스스하기도 하고……"

"쯧쯧…… 가게 겉모습만 보고 멋대로 판단하는 걸 보니 똑똑한 녀석은 아니구먼. 쓸데없는 소리 집어 치우고 원하는 것이 뭔지 말해. 바라는 것이 있어서 온 것 아냐?"

통명스러웠지만 뭔가 정감이 가는 어투였다. 나는 세은이로부터 받은 의문의 편지를 떠올리며 옛 애인과 다시 만나고 싶은데 어찌해야 좋을지 물었다. 그러자 노파는 갑자기 괴상한 소리를 내며 크게 웃었다. 그리고 무서운 표정으로 나에게 물었다.

"만나서 뭐할 건데?"

노파의 질문을 받고 보니 나도 그녀를 만난 뭘 어떻게 할지 구체적으로 생각해 본 적이 없다는 사실을 깨달았다. 그래서 잠시 생각을 정리했다. 결국 내가 그녀를 만나려는 이유는 그녀와 다시 시작하고 싶어서다. 노파에게 정리된 생각을 말했다. 노파는 옆에 놓인 대나무 바구니에 손을 넣고 무엇인가 더듬으며 퉁명스럽게 말했다.

"나는 그런 능력 없어."

"네? 무슨…… 말씀이신지?"

"잃어버린 사람이 동서방향에 있다느니 남동방향으로 가보라느니 애매하게 말하면서 굿하고 돈이나 뜯어내는 그런 점쟁이는 아니란 말이다."

아니 점쟁이가 그런 능력이 없다면 뭐가 점쟁이란 말인가? 순간 난감했다. 그러나 노파는 무심한 표정으로 다시 물어왔다.

"여자와 언제 헤어졌는데?"

"그러니까…… 1999년에 헤어졌어요. 13년 정도 됐네요."

"쯧쯧…… 그러면 그 사이에 벌써 결혼했겠지."

"그게…… 제가 좀 알아보니까 결혼은 했는데 지금은 이혼한 것 같아서요."

"이혼은 언제 했는데?"

"2001년쯤에 한 것 같은데 확실하게는 모르고요."

"이 녀석 참 답답하네. 이혼을 해도 11년 전인데 그 사이에 재혼했을 수도 있잖아. 결혼은 한 번만 하라는 법이 있어?"

노파의 말이 절대적으로 합리적이었다. 11년이면 재혼을 하고 덤으로 한 번 더 이혼 할 수 있을 만큼 긴 시간이다. 나는 노파가 세은과 만나봐야 필요 없다고 둘러대면서 점을 쳐주지 않겠다고 하자 괜한 시간 낭비다 싶어 자리를 박차고 일어섰다.

"듣고 보니 그렇군요. 그렇게 간단한 걸 예상하지 못했다니 제가 참 멍청한 것 같습니다. 현명하신 할머니 말씀 잘 들었고요, 그럼 이만 일어나겠습니다."

기껏 찾아왔더니 엉뚱한 이야기나 해대는 노파에게 비꼬는 말투로 소심한 복수를 한 후, 미련 없이 방을 떠나려 했다. 그러나 노파는 여전히 나를 쳐다보지도 않고 뜨개질에만 열중했다. 그러면서 한마디 했다.

"그 녀석 참. 보기보다 성미가 지랄맞게 급하네. 사람 말을 끝까지 들어봐야지. 한국말은 끝까지 들어봐야 아는 거 몰라? 찾는 여자가 지금 어디 있는지는 몰라도 13년 전의 애인이라면 만나게 해줄 수 있는데 말야……"

나는 노파의 말에 이게 또 무슨 황당한 얘기인가 싶어 노파를 돌아보았다. 그녀는 고개를 숙인 채 뜨개질을 하면서도 눈만 위로 치켜들어 나를 보며 음흉한 표정으로 웃고 있었다. 그 모습이 꼭 백설공주에게 독사과를 권하는 마귀할멈과 같다는 생각이 들었다.

나는 마치 무언가에 끌려오듯 다시 자리로 돌아와 의자에 앉아 무슨 말이냐고 되물었다.

"너를 과거로 보내줄 수 있다는 말이야."

"네? 타임머신 같은 걸 말하는 거예요?"

내 말에 노파는 천천히 고개를 끄덕였다. 주위를 둘러보았지만 어디를 봐도 이런 누추하고 좁은 가게에 타임머신 같은 첨단 장비가 있을 리 없었다. 아니 장소가 문제가 아니라 타임머신 자체가 말이 안 되는 소리가 아닌가. 나도 모르게 침을 꼴깍 삼키며 말을 이어갔다.

"할머니. 이래 봬도 제가 타임머신에 대해서는 좀 아는데요. 제가 과거로 갈려면 비행선 같은 기계가 나를 태우고 빛보다 빠른 속도로 달려야 되는데 그런 것이 여기에 있다고요? 아니 애초부터 그런 것이 세상에 있을 리가 없잖아요?"

나는 지금껏 쌓아온 과학적 지식과 이성적 판단력을 총 동원해 강하게 부정했다. 그러나 마음 한구석에는 정말 그런 것이 있다면 좋겠다는 생각이 들었다. 노파는 나를 빤히 보더니 혀를 차며 한심하다는 투로 얘기했다.

"이 놈아, 세상에 그런 말도 안 되는 기계가 어디 있어? 한갓 고철 덩어리가 어떻게 그런 일을 한다는 거야. 세상을 헛배웠구먼. 그러니까 멍청하게 기껏 이런 데 와서 헤어진 옛날 애인이나 찾으려고 하지. 그런 상상도 할 수 없는 대단한 일은 저분께서만 할 수 있는 거야."

노파는 뜨개질 바늘로 벽 뒤에 붙은 괴상한 그림을 두세 번 경쾌하게 두드렸다. 그것은 삼각형 모양의 피라미드가 중첩된 이상한 그림이었다.

"지금 그 말을 저보고 믿으라는 겁니까?"

"믿기 싫으면 믿지 마. 누가 억지로 믿으래? 난 아쉬운 거 하나도 없어."

하긴 내가 흥분할 이유는 없었다. 들어보고 말이 안 되면 그냥 무시하면 그뿐이었다. 나는 노파에게 정말 나를 과거로 보내 줄 수 있냐고 다시 물었다. 노파는 대답 대신 또 질문을 했다.

"그 여자하고 처음 만난 게 언제야?"

"94년에 처음 만났어요. 제가 대학교 2학년이었고 그 친구는 신입생이었죠. 그러다가 제가 군대에 가는 바람에 잠시 헤어졌다가 98년에 다시 만났고 99년 7월쯤에 마지막으로 헤어졌어요."

노파는 내 말을 듣고는 손가락으로 열심히 셈을 해보다가 장탄식을 내지르며 고개를 가로저었다.

"그 놈 참 빨리도 찾아왔다. 지금부터 내가 하는 말을 잘 들어. 너를 과거로 보내 줄 수는 있는데 두 가지 방법이 있어. 하나는 2000년 1월 1일 이전의 내가 원하는 시점으로 가는 거야. 그러니까 그 여자와 헤어지기 전으로 되돌아가는 거지. 또 다른 방법은 2000년 1월 1일 이후의 어느 시점으로 가는 거야. 그 여자와 헤어진 후긴 하지만 그리 시간이 많이 지나지 않았으니까 그때라도 노력하면 다시 만날 수도 있지 않겠어?"

나는 황당한 노파의 말을 이대로 계속 듣고 있어야 하는지 내 자신이 한심하게 느껴졌지만 그래 갈 데까지 한번 가보자는 심정으로 노파의 설명에 대해 생각해 보았다. 만약 진짜 시간여행이 가능하다면 선택의 여지가 없었다. 무조건 세은이와 헤어지기 전인 1999년 7월 이전으로 돌아가야 했다.

나는 헤어지기 전으로 돌아가고 싶다고 했다. 그러자 노파는 비웃듯 낄낄거리더니 콧방귀를 끼며 말했다.

"네가 그런 선택을 할 줄 알았다. 그런데 두 가지 방법에는 중요한 차이가 있어. 2000년 이후로 되돌아가면 거기서는 너라는 사람이 하나뿐이야. 그런데 2000년 이전으로 돌아가면 거기에는 두 명의 너가 있게 돼. 원래부터 그 시대에 살고 있던 너와 2012년 지금의 모습으로 그 시대로 되돌아 간 너. 지금의 너는 그쪽 세계에서 주변인일 뿐이고 네가 할 수 있는 일에 한계가 있어. 선택은 너의 자유야. 지금의 모습으로 여자와 헤어지기 전으로 돌아가 과거의 너를 도와주든지, 아니면 헤어진 후로 돌아가서 네가 직접 다시 한 번 노력을 해보든지. 쯧쯧 몇 년만 더 일찍 나를 찾아왔으면 좋았을 텐데. 돌아간 시대에 네가 혼자뿐인 방식은 현재 년도부터 시작해서 13년 이전까지만 가능하거든. 근데 뭐 어쩌겠어. 네 복이 그것뿐인데. 어느 쪽이든 기회는 한 번뿐이니까 잘 생각해 봐."

노파는 갑자기 무섭게 변한 얼굴로 내 눈을 바라보며 긴 설명을 마쳤다. 이야기를 듣고 나니 황당하면서도 무엇을 선택해야 할지 고민이 일었다. 어느 쪽이 유리할까? 노파의 말대로라면 내가 그녀와 헤어지게 된 이유를 잘 생각해 봐야 한다. 만약 돌이킬 수 없는 이유라면 절대로 헤어진 후로 돌아가면 안 된다. 그러나 태호에게도 말했지만 나는 그녀와 왜 헤어지게 됐는지 아직도 정확한 이유를 모른다. 아니 그것도 그렇지만 지금 노파가 하는 이런 황당한 말을 믿고 이렇게 진지하게 생각하고 있는 것이 정상일까? 나는 어둡고 갑갑한 실내를 벗어나 맑은 공기를 마시고 정신을 차려야겠다는 생각이 들었다. 노파에게 다시 물었다.

"지금 결정해야 되는 건가요?"

"이 놈아 그게 그리 간단한 일이 아니야. 나도 준비가 필요하다고. 잘 생각해 보고 다음 주 일요일 밤에 다시 와. 명심해라. 올 거면 그 날 꼭 와야 된다."

나는 일단 그러겠다고 약속하고 그곳을 빠져 나왔다. 문을 닫자 다시 음악 소리가 들렸다. 가게로 처음 들어왔을 때 들었던 그 팝송이었다. 그 순간 무슨 노래인지 기억이 났다. 「어쓰 엔젤(Earth Angel)」이었다. 영화 「백투더퓨처」에서 주인공의 아버지와 어머니가 처음 데이트를 시작하는 파티 장면에서 흘러나오는 노래였다.

나는 어린 시절 타임머신에 푹 빠져 살았다. 「백투더퓨처」가 내 호기심에 불을 질렀다. 나는 타임머신이 과학적으로 가능한지 그리고 가능하다면 그 때가 언제일지 궁금해서 미칠 지경이었다. 어릴 때 타임머신 관련 책이라면 수도 없이 많이 읽었지만 도무지 인간이 이해할 수 없는 말과 숫자, 기호들로 채워져 있었다. 어른이 된 지금도 타임머신에 대해서 읽은 책의 분량에 비해 그 지식은 터무니 없이 형편없다.

타임머신에 대해 정리할 수 있는 것은 딱 두 가지뿐이다. 지금 밤하늘에 빛나는 별들은 몇 백 년 전에 폭발해서 없어졌고 지금 보고 있는 것은 저 별의 과거라는 것. 그리고 많은 이들의 추측으로는 블랙홀을 통해서 시간 여행도 가능하다는 것.

「백투더퓨처」도 부부관계를 중요한 소재로 다뤘다. 주인공 마티의 아버지는 소심하고 무능력했으며 그런 남편 옆에서 힘겹게 가정을 건사하는 어머니들이 대부분 그렇듯 그녀의 성정은 거칠었고 억척 같은 생활력으로 가족들을 무자비하게 몰아붙였다. 그들의 부부관계는 단지 불편한 동거관계에 지나지 않았다. 그러나 주인공 마티의 시간여행을 통해 모든 것이 변한다. 그들 부부는 멋진 직업을 가진 근사한 중년으로 변했으며 매일 아침, 남편이 출근할 때 현관 앞에서 키스를 나누는 로맨틱한 부부로 다시 태어났다.

그러나 이건 어디까지나 영화 속의 이야기다. 게다가 분위기가 기묘하긴 해도 점쟁이처럼 보이지도 않았다. 오히려 조금 안 어울리기는 해도 공상 영화를 무척 좋아하는 오타쿠가 아닐까 하는 생각이 들었다. 저 나이에 「백투더퓨처」의 사운드 트랙을 혼자서 감상할 정도면 분명 그럴 것이라는 확신이 들었다. 분명 어딘가 찾아보면 「스타워즈」나 「쥬라기 공원」의 브로마이드가 붙어 있을 게 빤했다. 하지만 그러면서도 마음 한편엔 과거로 돌아가는 선택지의 구체적인 내용에 끌리는 마음이 없는 것도 아니었다. 자동차 시동을 걸면서도 난 어느 선택지를 고르는 게 좋을지 고민이었다.

5

1994년 봄. 나는 대학교 학생회관 매점에서 세은이를 처음 보았다. 유난히 흰 피부에 가지런한 치아를 드러내며 환하게 웃고 있는 모습이 아름다웠다. 그녀는 다른 학교 학생이었고 서울지역대학 광고 연합 동아리 모임에 참가하러 우리 학교에 왔었다.

동아리는 매년 6월 초에 연합 MT를 갔는데 그 해 MT 참석자는 예년에 비해 두 배 이상 늘었다. 세은이가 참석했기 때문이었다. 그녀는 이미 동아리 내에서 요즘 말로 하면 여신이었고 그 시절 말로 표현하면 퀸카였다.

나는 그날 다른 볼일 때문에 세 시간 정도 늦게 MT 장소에 도착했다. 술자리는 이미 절정을 지나 파장 분위기로 치닫고 있었다. 어떤 이들은 동그랗게 모여 앉아 식은 소주잔을 앞에 두고 혀 꼬부라진 소리로 정치와 사회에 대해 열띤 토론을 벌였고 또 어떤 이들은 MT가 아니면 하지 않을 유치한 단체 게임에 광분하고 있었다.

나는 안주 냄새, 발 냄새, 오래된 곰팡이 냄새로 진동하는 방 안으로 들어가기를 포기하고 민박집 마당 한쪽 구석에 자리 잡은 평상에 앉았다. 그때 어디선가 세은이가 다가와 늦게 온 벌이라며 술을 한잔 권했다.

그녀는 새벽 일찍 집으로 가야 했기에 그대로 밤을 새울 참이었고 나는 그녀에게 새벽까지 재미있는 이야기를 해 주겠노라고 큰소리쳤다. 다행히 그녀는 내가 하는 이야기에 흥미를 보였고 그날따라 어디서 그런 능력이 생겼는지 나는 끝도 없이 이야기를 풀어놓았다.

하지만 아무리 이야기가 재미있어도 몰려오는 피곤함을 물리치긴 어려웠다. 그녀는 에고에고 요상하면서도 귀여운 소리를 내며 평상에 살포시 누웠다. 그런 다음, 한 팔로 평상 바닥을 두드리며 따라 누우라는 몸짓을 했다.

평상은 남자 대여섯 명이 누워도 될 만큼 크고 넓었고 나는 실수로라도 팔을 뻗어도 그녀의 몸이 닿지 않을 만큼 그녀에게서 널찍하게 떨어져 몸을 뉘었다.

시골의 밤하늘은 수많은 별들로 빛났고 바람이라도 훅 하고 불면 우리가 누워 있는 평상으로 별이 우수수 쏟아질 것 같았다. 평상에 누워서는 그녀에게 별자리 이야기를 해 주었다.

사실 나는 별자리에 대해 전혀 몰랐다. 그런데 넓고 넓은 밤하늘에 작은 손가락으로 별을 가리키며 이건 페가수스고, 저건 북두칠성이야 라고 거침없이 자신감 있게 말하면 전문가가 아닌 이상 믿기 마련이다. 원래 사기 칠 때 제일 중요한 것이 자기 자신도 자기가 하는 말이 진짜라고 믿을 정도의 확신이고 그런 거짓 진정성에 상대가 넘어가는 것이다. 그것이 진짜 그 별자리인가는 나에게 중요하지 않았다. 그저 그 순간에는 별을 바라보며 아름답고 신비한 이야기를 하는 것이 상황에 어울린다고 생각했을 뿐이었다.

나는 밤하늘과 그녀의 얼굴을 번갈아 보며 열심히 악의 없는 거짓 별자리 이야기를 해주었고 나의 이야기에 빠져드는 그녀의 눈동자를 보았다. 그녀의 검은 눈동자는 하나의 작은 우주였고 그 안에는 수 억 개의 아름다운 별들이 반짝이고 있었다.

나는 그런 그녀의 모습에서 알퐁스 도데의 소설 「별」에 나오는 '스테파네트' 아가씨를 떠올렸다.

연애란 것은 항상 그렇다.

시작할 때의 기억은 투명한 유리처럼 선명하고 시작과 마지막으로 이어지는 과정은 흐릿한 간유리 같으며 그 마지막은 스테인드글라스처럼 다양한 색깔로 빛이나 그에 대한 해석이 하나일 수 없다.

MT 이후로 사귀기 시작한 지 1년 만에 나의 군대 문제와 그녀의 어학연수 문제가 겹쳐 잠시 헤어졌다가 3년 만에 우리는 다시 만났다. 그 시절은 '좋았다'라는 한마디로 표현하는 것 이외에 달리 표현할 길이 없고 무엇으로 그렇게 행복했는지도 구체적으로 설명할 수 없다. 단지 행복과 불행의 변곡점이 어디였는지만 어렴풋이 생각날 뿐이다.

어느덧 나는 4학년이 되었고 그녀는 방송사 아나운서 시험에 몇 차례 낙방하고 결국 아무 곳에도 취업하지 못한 상태로 졸업했다. 고등학교 사회 교과서에서나 볼 수 있었던 IMF라는 단어가 온 나라의 방송과 신문에 도배되었고 대한민국은 완전히 다른 세상으로 변해 버렸다. 취업은 대학 졸업 예정자의 유일한 빛이요 구원이었다. 신문에는 취업을 못한 연인들은 결국 헤어진다는 가십성 뉴스가 통계적 수치로 치장된 과학적 법칙처럼 심심찮게 등장했다. 이미 취업 재수생의 길을 걷고 있는 세은이에 이어 나까지 백수가 된다면 신문 기사의 주인공이 될 수 있다는 생각으로 두려움에 떨었다.

여름이 다가오면서 우리는 자연스럽게 만남 횟수가 줄어들었다. 매일 만나던 것이 어느새 일주일에 한 번, 어떨 때는 이 주일에 한 번 볼 때도 있었다. 싸웠거나 애정이 식어서 그런 것은 아니라 서로 힘든 시기였고 그것이 서로를 배려하는 방법이라고 믿었다.

그 날은 오랜만에 만나 영화를 보고 저녁을 먹었다. 꽤 오랜만에 만났지만 우리는 여전히 사랑하는 사이었다. 데이트는 저녁을 먹고 커피를 마시던 세은이가 한 마디 말을 던지기 전까지는 유쾌하고 즐거웠다.

"그런데 집에서 맞선 보라는데 어쩌지?"

그녀는 졸업하고 3개월이 지났지만 여전히 취업을 못하고 있었고 아나운서가 될 수 있을지 없을지도 불투명한 상태였다. 하지만 소위 말해 백조임에도 불구하고 곱상한 외모와 상냥한 성격 탓에 졸업하자마자 주변에서 끊임없이 선 자리가 들어왔다. 그녀의 집에서는 당연히 좋은 곳에서 맞선 제의가 들어오면 고민할 법했다.

세은이는 그 날 분명히 자신은 맞선을 볼 생각이 없다는 뉘앙스로 저 말을 꺼냈다. 그러나 나는 농담이라도 세은이로부터 그런 말을 한 번도 들어본 적이 없었기에 몹시 당황했다. 정확하게 말하면 공포심을 느꼈다. 지나가는 말이었지만 세은이가 나 이외의 다른 남자를 만날 수 있다는 사실을 처음 자각했다. 한편으로 화도 났다. 세은이는 그냥 농담이었는지 모르겠지만 내 기분을 배려하지 않은 무례한 행동이라고 원망했다. 이런 복잡한 감정 때문이었는지 나는 세은이의 농담에 아무런 대꾸도 하지 않았다. 가볍게 웃고 넘기려고 말을 꺼낸 그녀도 내가 뜻밖의 반응을 보이자 당황한 기색이 역력했다.

"웬 맞선, 아직 한창 어린 나인데 그치?"

그녀는 조금 과하다 싶을 만큼 큰 소리로 웃으며 커피잔을 들어 입으로 갖다 댔다. 이 날 데이트가 어떻게 끝났는지는 전혀 기억나지 않는다. 아마도 그때는 그냥 평범한 하루로 여겼을 것이다. 연애에 관한 모든 것들은 헤어지고 난 이후에야 선명해지는 법이니까.

4학년 여름 방학이 시작되고 나는 유명 광고기획사에서 주최하는 대학생 워크숍에 참가했다. 워크숍은 강원도에 있는 콘도에서

2주간 진행되었으며 마지막 주에 스스로 만든 광고 기획 안으로 심사를 받아 성적이 우수한 학생은 그 회사에 채용이 됐다. 광고 회사에 입사를 희망했던 나로서는 놓칠 수 없는 기회였다.

마지막 주에 이르러 학생들의 뜨거운 경쟁이 시작되었다. 최종 결과물 제출일까지 사흘 앞둔 날, 세은이의 친구로부터 급한 연락이 왔다. 세은이가 병원 응급실에 입원했다는 것이었다. 학교 도서관을 나서다 갑자기 쓰러졌고 그 길로 세은이가 다니는 대학 병원으로 이송되었다고 했다.

전화를 끊고 깊은 고민에 빠졌다. 과제물을 제출하지 않고 중도에 떠나면 무조건 불합격이었다. 두 가지 선택을 놓고 그렇게 오래 고민했던 적이 없었다.

냉정하게 생각했다. 병문안을 간다고 해도 그냥 얼굴 한 번 보는 것일 뿐, 차라리 워크숍에서 최선을 다하는 것이 나와 세은이의 미래를 위해서도 더 나은 방향이라고 판단했다.

애써 결론을 내렸지만 도무지 마음이 편하지 않았다. 결국 하던 과제를 대충 마무리 짓고 일정보다 하루 빨리 콘도를 떠나 병원으로 달려갔다. 그러나 그녀는 이미 퇴원하고 없었다. 세은이에게 바로 전화를 걸어 보았지만 그녀는 받지 않았다.

그 뒤 사흘 만에 세은이에게서 전화가 걸려 왔다. 위험한 고비는 넘겼고 당분간 집에서 요양하며 지낼 것이라고 말했다.

세은이의 목소리는 변함없이 명랑했고 나를 대하는 태도도 상냥했지만 오랜만에 연락한 것을 감안하면 너무 짧은 통화시간이 마음에 걸렸다.

그로부터 일주일이 흘렀다. 원룸에서 혼자 라면을 끓여 먹고 있던 중에 워크숍 참가 결과를 통보 받았고, 탈락이었다. 예상한 결과지만 현실로 다가오자 충격이 컸다.

재앙은 한꺼번에 몰려온다고 했던가. 그날이 딱 그런 날이었다.

몇 분 후에 세은이로부터 문자 메시지가 왔다. 연인이 아닌 좋은 선후배 관계로 되돌아가자고 했다. 무엇인가 억울한 기분이 들었다. 왜 나에게 갑작스러운 이별을 통보하는지 이해할 수 없었으나 만우절도 아닌 이상 장난이 아닌 것은 분명했고 뭐라고 대답을 하지 않으면 라면을 못 먹을 것 같았다. 그래서 짧은 답 문자를 보냈다.

'알았어. 그 동안 고마웠다. 잘 지내라.'

왜 내가 그렇게 순순히 이별을 받아들였는지 그땐 스스로도 잘 이해가 되지 않았다. 다만 지금에 와서 생각해 보면 그녀가 그렇게 말을 꺼낸 이상 이유가 어떠하든 이미 되돌릴 수 없는 상황이라는 느낌이 들었기에, 내가 할 수 있는 유일한 행동은 그녀를 멋지게 보내주는 것뿐이라고 판단했던 것 같다.

그날은 결국 눈물이 앞을 가려 라면 먹기를 포기했고 며칠 동안 앓아누웠다. 정확하게 기억나진 않지만 수 일이 지나 창문을 뚫고 들어온 햇볕이 얼굴을 따갑게 비췄을 때야 겨우 기력을 되찾았다. 침대에서 일어나 커튼을 치고 창문을 열었더니 바깥 날씨는 맑고

쾌청했다. 기분이 한결 좋아졌다.

그 때, 책상 위에 있던 휴대폰이 울렸다. 세은이로부터 온 전화였다. 세은이의 목소를 듣고 뭐라고 대답을 하기 전까지 몇 초 동안 굉장히 많은 생각들이 스쳐 지나갔다.

불행하게도 나는 그때 내가 앓았던 열병에 대한 치졸한 보상심리가 발동했다.

"뭐 했어?"

세은이는 며칠 전에 나에게 이별의 문자 메시지를 보냈다는 사실을 까맣게 잊은 듯이 태연한 목소리로 물었다. 어디까지나 나의 기억이다. 정말 세은이의 목소리가 태연했었는지는 분명하지 않다. 그러나 나는 태연할 수 없었다. 대답이 퉁명스러웠다.

"그냥 좀 아파서 쭉 집에 있었어."

그러고는 몇 초간 서로 말이 없었다. 어색한 침묵을 깬 것은 세은이였다.

"그렇구나. 나는 오늘부터 다시 취업준비 하려고."

"그래…… 몸조리 잘하고. 열심히 해."

"응…… 고마워."

그녀는 고맙다는 마지막 말을 남기고 전화를 끊었다. 그것이 마지막 통화였다.

나는 그녀와 마지막으로 통화했던 순간의 내 모습과 방 안의 구조와 바깥의 경치 같은 시각적 기억은 뿌연 안개가 낀 것처럼 흐릿하다. 그러나 전화를 끊고 난 직후에 느꼈던 감정은 지금도 날이 선 칼처럼 뚜렷하게 기억하고 있다.

그것은 영화가 끝날 때의 기분이었다.

영화가 끝나고 희미한 실내등이 켜짐과 동시에 엔딩 크레딧이 유유히 올라갈 때 사람들은 영화가 끝났음을 알지만 그 자리를 떠나지 못하고 한동안 영화의 여운에 젖어든다. 그러나 엔딩 크레딧마저 끝나고 실내등이 환하게 밝아지면 스크린에 더 이상 아무것도 남아 있지 않고 우리는 이제 영화관에서 서둘러 나가야 된다는 생각만 들 뿐이다. 텅 빈 객석과 군데군데 버려진 쓰레기들은 이제 현실로 돌아가야 되는 시간이 왔음을 알리는 주황색 점멸 신호등이다.

세은이와의 마지막 통화는 꼭 그런 느낌이었다. 짧은 통화가 끝나자 아무것도 비치지 않는 회색 스크린을 보는 것 같았다. 이제 그녀와는 더 이상 만나지 못할 것이라 확신했고 그러자 등골이 서늘한 공포를 느꼈다.

6

미아리 노파의 이상한 점집을 다녀온 지 어느새 일주일이 지났다. 일주일 동안 줄곧 노파가 한 말을 되씹어 보았지만 생각할수록 황당무계하기만 했다. 그렇게 노파가 다시 찾아오라고 한 일요일이 하루 앞으로 다가왔을 땐 이사 문제로 까맣게 잊어버렸다.

아파트를 떠나 오피스텔로 이사하던 날은 구름 한 점 없이 맑은 날이었다. 나는 트럭 기사에게 이사 갈 오피스텔 주소를 알려주고 이삿짐을 출발시킨 뒤 승용차를 몰아 아파트 단지를 떠났다.

차에 혼자 앉아 운전을 하고 있자니 어쩐지 쓸쓸한 기분이 들어 평소에는 잘 듣지 않던 라디오를 켰다. 유명한 중년 남자 가수와 여성 코미디언이 진행하는 프로그램이 주파수에 잡혔다. 그날의 초대 손님으로 두 번 이혼을 하고 세 번 결혼을 한 배우 부부가 나왔다. 그러니까 같은 사람끼리 두 번 이혼하고 세 번 결혼한 것이다. 예전 같았으면 정신없는 사람들이라며 혀를 차고 바로 주파수를 돌렸겠지만 막상 내가 그런 처지가 되고 보니 이 부부의 사연이 궁금해졌다. 나는 라디오 볼륨을 높여 그들에게 무슨 기구한 사연이 있었는지 귀를 기울였다.

하지만 시간 낭비였다. 연예인이란 사람들이 결혼을 두고 벌이는 애들 장난 같은 사연에 짜증이 나기 시작했을 때쯤, 큰 문제가 발생했다는 사실을 깨달았다. 라디오에 정신이 팔린 사이 그만 막히는 길로 들어서게 된 것이다. 특히 주말에는 극심한 정체로 유명한 도로였다. 그게 걱정이 돼 트럭 기사한테 신신당부를 해 놓았는데 오히려 내가 실수를 저질러 버렸다. 먼저 오피스텔에 도착해서 문을 열고 짐을 들이지 않으면 안 되는데 상황이 곤란해졌다. 때마침 이삿짐센터 직원이 전화를 걸어 이미 도착해서 기다리고 있는데 왜 안 오냐며 성화였다. 차가 막혀 그러니 조금 기다려 달라고 했지만 그는 돈을 더 받아야 된다며 짜증을 내며 거칠게 전화를 끊었다.

이십 분 후쯤 겨우 오피스텔 빌딩에 도착해 주차를 한 뒤, 이사할 집이 있는 3층으로 부리나케 뛰어 올라갔다. 티셔츠 한쪽 끝이 바지 밖으로 삐쳐 나온 후줄근한 옷차림의 내 앞에는 최신형 전자 도어락이 견고하게 부착된 현관문이 버티고 서 있었다.

순간 욕이 나올 뻔했다. 전자도어락 비밀번호가 생각나지 않았기 때문이다. 급히 부동산에 전화를 걸어 보았지만 받지 않았다. 얼굴이 땀으로 세수를 한 것 같은 기분이었다. 그때 부동산업자에게 전자도어락 비밀번호를 적어 둔 메모지를 받았던 기억이 났다. 지갑을 꺼내 안을 뒤져보았다. 어머니가 지갑 속에 넣어 두고 간 종이가 먼저 눈에 들어왔다. 혹시나 부동산업자가 준 메모지가 아닌가 싶어 종이를 꺼내 펼쳐 보았더니 역시 어머니가 준 부적이었다. '서울시 성북구 동선동 25-12 3/4'. 잠시 부적을 멍하니 보다가 왠지 노파에게 가보는 게 어떨까 하는 생각이 불현듯 들었다. 부동산업자의 메모를 찾아 문을 열고 이삿짐센터 직원에게 바로 전화를 걸었다. 그렇게 짐을 옮기면서도 부적에 대한 생각이 머릿속을 떠나지 않았다.

박스에 포장된 이삿짐들을 꺼내 정리해 놓을 엄두는 못 내고 대충 가구와 가전 기기들을 적당한 장소에 설치해 놓는 것만으로도 밤 8시가 넘었다. 이삿짐을 넣기 전에는 그래도 넓어 보였는데 짐이 들어가니 집이 비좁아 보였다. 앞으로 여기서 몇 년을 더 살아야 될까 생각하니 우울한 기분이 되었다.

기분도 달랠 겸 TV를 켰다. 뉴스가 나와 채널을 하나 돌렸더니 주말 드라마가 나왔다. 드라마를 별로 안 좋아했기 때문에 채널을 다시 돌렸다. 이번에는 로또 복권 추첨 방송이었다. 역시 흥미가 없어 채널을 한 번 더 돌렸다가 급하게 로또 복권 추첨 방송으로 되돌아갔다. 당첨번호가 어쩐지 낯익었다. 그 날의 일등 번호는 25, 12, 34 그리고 나머지 다른 세 개의 숫자였다. 지갑에서 다시 메모를 꺼내 보았다. '서울시 성북구 동선동 25-12 3/4'. 아무래도 내일 미아리 노파의 점집으로 다시 가봐야겠다는 결심이 섰다.

막상 미아리 노파를 찾아가기로 결정하고 보니 노파가 한 말이 고민스러웠다. 미아리 노파가 제시한 두 가지의 시간여행 방법 중 무엇을 선택해야 할까?

어쩌면 그것보다 더 근본적인 질문에 먼저 답을 해보자. 나는 과거로 가야만 하는 걸까? 나는 먼 이국땅에서 혼자 쓸쓸히 지내고 있을 세은이를 만나고 싶어 막연히 미아리의 노파를 찾아갔다.

역시 노파는 현재 세은이가 어디 있는지 알지 못한다고 했다. 그녀의 가족도 어디론가 이사 갔다. 현재로서는 연락할 방법조차 없다. 박재상을 통해 억지로 아는 사람을 연결 연결해서 추적해 보면 연락처 정도는 얻을 수 있을지 모른다.

그러다가 갑자기 무서운 생각이 들었다.

간신히 연락처를 알아내서 세은이와 드디어 연락이 됐는데 진짜 행복하게 잘 살고 있으면 어떻게 하지? 노파 말대로 재혼해서

애까지 낳고 잘 살고 있다면? 그렇다면 왜 그런 편지를 보냈는지는 여전히 의문이지만 진짜 편지 내용 그대로 받아들일 수밖에 없다. 그녀는 편지를 통해 자신을 찾지 말라고 했다. 그렇다면 내가 연락해도 그녀는 만남을 거부할 것이다.

법적으로 완벽하게 싱글이 된 나는 결단을 내려야 한다. 현실에서 세은이보다 더 좋은 여자를 만나든지 과거로 돌아가서 세은이와의 관계를 회복하고 지금 나의 현실을 바꿔 놓든지.

과연 지금 내 처지에 세은이보다 더 괜찮은 여자를 만날 수 있을까? 나를 끔찍하게 아끼는 이모는 성사될 때까지 맞선을 주선하겠다고 장담하고 있지만 세은이보다 괜찮은 여자가 맞선 자리에 나올 가능성은 낮고 설령 그런 여자와 만난다고 해도 나와 잘될 확률은 더 낮다. 두 사건의 확률을 곱해 나의 바람이 이루어질 최종 확률을 계산해 보면 거의 로또 당첨 수준이다.

역시 과거로 돌아가서 현재를 변화시키는 것이 내가 선택할 수 있는 모범답안이었다. 만약 과거로 돌아간다면 최소한 세은이가 나에게 마지막으로 전화를 걸기 전으로는 가야 한다. 그러니까 2000년 이전으로 되돌아가야 되는 것이다. 그러나 그렇게 되면 현재의 내가 그 전화를 직접 받을 수 없을 테니 결과는 마찬가지다. 과거의 나는 현재의 내가 13년 전에 그랬던 것처럼 세은이와의 마지막 통화에서 무기력하게 헛스윙하고 보기 좋게 삼진으로 물러날 것이다.

그녀는 왜 이별을 통보해 놓고 아무런 일도 없었던 것처럼 다시 전화를 걸었을까? 내가 그때 그녀에게 자존심을 굽히고 헤어질 수 없다고 말했다면 우리는 그렇게 끝나지 않았을지 모른다. 우리가 쌓아온 추억은 만리장성보다 길었고 애정은 태평양의 심해처럼 깊었다. 나는 분명 잘못된 행동을 했다. 내가 직접 과거의 그녀와 만나서 관계를 회복하는 방법이라면 내가 돌아 갈 수 있는 가장 빠른 시간은 2000년 1월 1일. 마지막 통화로부터 6개월 후다.

그녀와 나와의 관계를 생각한다면 6개월이라는 시간 안에 나를 마음속에서 완전히 지우기는 어려울 것이다. 진심을 보여준다면 아마 그녀도 나를 다시 받아들이지 않을까? 어쩌면 그녀는 나에게 그걸 원하고 있었는지도 모른다. 그렇지 않다면 왜 이별을 통보한 후 아무렇지 않은 듯 다시 전화를 걸었겠는가?

다음날 저녁, 깨끗하게 집을 청소하고 미아리의 노파에게 갈 채비를 마쳤다. 과거로 돌아간다면 요긴하게 사용할 수 있는 물건이 무엇일까 잠깐 고민했다. 복권당첨 정보를 프린트해서 가져갈까? 그런데 사실 미아리의 노파로부터 시간여행에 대해 구체적으로 설명을 들은 것이 없었다. 내가 가진 지식은 영화에서 얻은 것일 뿐, 실제로 그런 것들이 되돌아간 과거에서 유용할지 확실하지 않다. 결국 그냥 빈손으로 떠나고자 마음먹었다. 행여라도 불순한 생각을 갖고 간다면 세은이를 되찾기 위한 나의 미션은 실패할지도 모른다는 무서운 예감이 들었다.

「백투더퓨처」에서도 그랬다. 주인공이 상금을 타기 위해 미래에서 갖고 온 경마정보나 미식축구시합 결과 정보지가 이웃집의 악당 손에 넘어가 주인공의 가족은 풍비박산이 난다. 특히 주인공의 어머니가 악당의 부인이 되어 버리는 끔찍한 장면은 압권이었다.

다시 찾아간 노파는 어제와 마찬가지로 열심히 뜨개질 중이었다. 노파가 아무 말도 안 했지만 마음대로 방으로 들어가 의자에 앉았다. 그러고는 결의에 찬 목소리로 또박또박 말했다.

"결심했습니다. 2000년 1월 1일로 보내주세요."

"마음이 어지간하게 급한가 보구먼. 1월 1일은 신정휴가라서 아무 일도 할 수 없을 텐데?"

노파는 놀리듯 웃으며 말했다. 듣고 보니 그랬다. 그래도 하루라도 빨리 헤어진 날과 가까운 날로 돌아가고 싶었기 때문에 상관없다고 말했다. 노파는 나의 대답을 듣고는 지그시 눈을 감은 채 천천히 고개를 끄덕였다. 몇 초간 그 상태로 아무 말이 없다가 다시 슬며시 눈을 뜨며 무거운 표정으로 말했다.

"결심이 확고한 것 같으니까 이제 시간여행에서 진짜 중요한 것 두 가지를 말해주지. 잘 들어. 우선 과거로 돌아가서는 다른 사람들에게 절대로 네가 미래에서 왔다는 사실을 입 밖으로 꺼내면 안 된다."

"그래요?"

"자세하게 말할 수는 없지만 이건 너를 과거로 보내주는 신과의 계약이고 온 우주가 운영되는 원리이기도 해. 이걸 깨트리는 순간 너에게 무서운 일이 벌어질 거야."

노파의 경고에 시간의 패러독스 같은 복잡한 이론을 떠올리며 왜 그럴까 이해해 보려고도 했지만 어차피 과거로 돌아간 시간에 살고 있는 사람들이 내가 미래에서 왔다는 말을 믿어주지도 않을 것이고 그게 그렇게 중요한 문제도 아니라고 생각해 노파에게 명심하겠다고 대답했다.

"그리고 하나 더. 네가 되돌아간 과거에서 머물 수 있는 시간은 31일이 최대한이야. 2000년 1월 1일로 떠난다면 1월 31일에는 다시 현재로 되돌아 와야 되는 거지. 그 이상 머무르면 자동적으로 너는 그 세계에서 존재가 사라지고 2012년 현재로 되돌아오지도 못한 채 시간의 축에서 미아가 될 거야."

"한 달이요?"

노파는 나의 물음에 말로 대답하는 대신 단호하게 고개를 끄덕였다.

"한 달이면 너무 짧은 것 같습니다. 혹시 더 오래 머무를 수 있는 다른 시간 여행 방법은 없는 건가요?"

"없어."

노파는 차갑고도 단호한 어투로 짧게 대답하고 말을 이어갔다.

"애초에 신이 이 세계를 만들었을 때 설계해 둔 운영 원리가 있는데 시간여행이라는 건 원천적으로 이 원리에 어긋나는 것이거든. 그런데 신께서 뜻한 바가 있어 3000년 전부터 예외적으로 시간여행을 허락했지만 31일이라는 원칙은 절대 바뀌지 않았어. 그러니 이건 네가 결단할 문제야."

미래에서 왔다고 말하지 말라는 것은 전혀 어려운 일이 아니라고 생각했지만 31일이라는 시간 제한은 무척 고민스러웠다. 그러니까 나는 2000년 1월 한 달 동안에 윤세은과 다시 만나서 13년 후에도 헤어지지 않을 확실한 관계를 만들어 놓고 와야 한다. 과연 그게 쉬운 일일까? 하지만 어려운 일이라고 해도 노파는 절대 그 이상은 안 된다고 한다. 다른 선택이 없다면 받아들일 수밖에 없다. 그래도 긍정적으로 생각을 해보자면 한 달이라는 시간이 헤어진 연인이 다시 시작하기에는 짧은 기간이지만 의외로 빨리 문제가 풀릴지도 모를 일이다. 세은이와 좋았던 그때를 생각하자 내가 그녀 앞에서 사과를 하면 눈물을 흘리며 내 품에 안길지도 모른다는 상상을 했다.

그런데 만약 일이 빨리 끝나면 어떻게 해야 돼지? 노파는 나의 질문에 묘한 웃음을 지으며 대답했다.

"네가 갖고 있는 그 종이를 불에 태우면 다시 현재로 돌아오게 될 거야."

나는 지갑에서 종이를 꺼내 보이며 그것을 말하는 것인지 물었다. 노파는 고개를 끄덕였다. 순간 노파의 정체가 궁금해졌다. 내 속을 들여다보듯 그녀가 말했다.

"난 그냥 점쟁이일 뿐이야. 다 먹고 살려고 하는 일이지."

확실히 노파가 돈을 바라고 이런 일을 할 것 같지는 않았지만 행여라도 터무니 없는 돈을 요구하려는 건 아닌지 덜컥 겁이 났다.

갑자기 다른 방에서 싸구려 양복을 차려 입은 살찐 건달들이 작은 과도로 사과를 깎으며 나타날지도 모를 일이었다. 게다가 진짜 과거로 보내줄 수 있을지도 의심스러워 노파의 의중을 떠 보았다.

"과거로 보내주시는 데 돈이 얼마나 들어요? 일단 돈은 제가 과거에서 돌아오면 드리도록 하죠."

"복비는 3만 2500원밖에 안 해."

통명스러운 노파의 한 마디에 나는 노파가 후불이라는 말에 조금 화가 난 것이 아닌가 걱정됐다. 별로 큰 돈도 아니니까 지금 주는 게 낫겠다는 생각이 들었다. 그런데 3만 원이면 3만 원이고 3만 5000원이면 3만 5000원이지 3만 2500원은 뭐냐는 생각이 들었다. 지갑을 꺼내려는 순간 노파가 관두라는 듯이 손을 저으며 말했다.

"복비는 이미 받았어."

노파의 퉁명스러운 대답에 내가 어리둥절한 표정으로 쳐다보자 이어 말했다.

"그 아줌마 마음 씀씀이가 괜찮았는데 말이야. 철없는 아들놈 때문에 마음 고생 좀 하겠네 쯧쯧……."

그 때 부적을 주고 간 노파가 먹은 된장찌개 값이 2500원에 어머니가 서울 가는 차비로 준 3만 원이었다. 둘을 합하면 3만 2500원이란 금액이 나온다.

"혹시 제가 누구인지 알고 계셨나요?"

노파는 놀란 표정을 짓고 있던 나를 보며 거만하게 웃었다.

"뭘 그 정도 갖고 놀래. 시간여행까지 보내주는 이 판국에."

"어머니가 그러셨어요. 그때 테이블에 놓고 간 2만 원을 드리려고 할머니를 따라 가게 문을 나섰는데 이미 떠나시고 안 보여서 이상했다고. 되게 짧은 시간이었다고 그랬거든요"

"흐흐흐. 그랬겠지. 가게를 나오자마자 미래로 다시 왔으니까."

노파는 열린 입을 다물지 못하고 있는 나를 보면서 구부정한 몸을 소파에서 힘겹게 일으켜 방 밖으로 나갔다. 그리고 잠시 후 누런 빛이 감돌고 빨간 크라운 맥주 마크가 새겨진 낡은 맥주 컵에 빨간색 음료를 담아 들고 와 나에게 건넸다.

"보기보다 맛있으니까 걱정하지 말고 쭉 들이켜. 그러면 조금 있다가 잠이 올 거야. 잠에서 깨어나면 2000년 1월 1일로 돌아가 있을 거다. 하지만 네가 어떤 장소로 돌아갈지는 나도 몰라. 그건 내 능력 밖이야."

노파가 나에게 나쁜 짓을 할 것 같지는 않았지만 그래도 이상한 음료를 갖고 와서 마시라고 하니 영 기분이 찝찝했다. 하지만 지금까지 노파가 한 말이 모두 거짓말이고 그래서 과거로 돌아갈 수 없게 되는 것이 더 끔찍하게 느껴졌다. 죽지만 않는다면 어차피 밑져야 본전이니 마시는 것이 낫다고 생각했다. 냄새를 맡아 보니 달콤한 향이 났다. 나는 크게 숨을 들이쉬고 음료를 한숨에 들이켰다. 노파 말대로 음료의 맛은 좋았다. 무슨 이상한 성분이 들어 있는 것 같지도 않았다. 노파의 지시대로 눈을 감았다. 기분이 몽롱해지면서 아주 편안한 상태가 되었다. 나는 곧 깊은 잠에 빠져들었다.

제2장

스테파네트 아가씨를 찾아서

1

슬며시 눈이 떠졌다. 오피스텔이었다. 밤이 꽤 깊었는지 방 안은 칠흑 같은 어둠으로 채워져 있었다. 머리는 양 옆을 뾰족한 쇠뭉치로 찌르는 것처럼 아팠고 몸은 피가 원활하게 돌지 않는 듯 찌릿찌릿한 느낌이 들었다. 노파가 준 음료에 이상한 것이 들어 있었던 것이 아닐까 덜컥 겁이 났다.

잠이 덜 깬 채로 어제 일어난 일을 곰곰이 생각해 보았다. 집을 깨끗이 청소하고 미아리 노파에게 갔고 거기서 이상한 음료를 마신 후 그대로 잠이 들어 지금 여기에 누워 있었다.

내가 잠든 사이에 무슨 일이 일어난 것 아닐까? 혹시 내 지갑을 훔쳐가 신용 카드를 신나게 긁고 있지 않을까? 아니면 점집 근처에 세워 놓았던 아직 할부도 끝나지 않은 차를 훔쳐 달아났을지도 모른다. 불안한 생각이 들자 그대로 누워 있을 수 없었다. 나는 침대에서 일어나기 위해 몸부림을 치며 몸을 왼쪽으로 뒤틀었다가 깜짝 놀랐다. 내 옆에는 어떤 여자가 옷을 벗은 채로 누워 있었기 때문이다. 여자의 몸이 벽 쪽으로 향해 있었기 때문에 얼굴은 확인이 안 됐지만 맨살의 탐스러운 등이 나를 바라보고 있었다. 그녀의 숨소리가 무척 거친 것으로 보아 꽤 깊은 잠에 빠져 있는 것 같았다.

나는 행여라도 여자가 잠을 깰까 봐 침대에서 기어나오듯 겨우 몸을 빼 책상이 있는 곳으로 가 스탠드를 켰다. 스탠드 불빛이 책상 위를 비추자 '쉘부르 모텔'이라고 적혀 있는 일회용 라이터가 눈에 들어왔다. 내가 사는 오피스텔이 아니라 모텔이었던 것이다. 주위를 둘러보니 화장대 위에 탁상용 달력이 놓여 있었다. 재빨리 달력을 스탠드 밑으로 갖고 와 불빛에 비췄다.

2000년 1월 달력이었다. 정말 과거로 온 것이다. 그 순간 그 날의 기억이 칼날에 손을 베듯 날카롭게 머리를 스치고 지나갔다.

나는 1999년 12월 31일 친구들과 함께 자정 가까이 술을 마셨다. 자정이 되었을 때 종로 보신각으로 가 타종식을 본 후 곧장 나이트클럽으로 향했고 그곳에서 한 여자를 만났다. 그 여자의 이름이나 직업, 나이는 전혀 기억나지 않는다. 그저 나이트클럽에서 부킹으로 만나 같이 모텔까지 갔고 그 후로 몇 주 정도 연락을 주고받았다는 것만 어렴풋이 생각날 뿐이었다.

화장대 거울에는 본능적 욕구를 충족시키고 포만감에 늘어져 있는 나의 알몸이 비쳐졌다. 거울 속에 보이는 사람은 분명 나였지만 무척 낯설었다. 낯선 내 모습과 좁고 어두운 모텔 방 안의 음습한 공기는 갑자기 두려움으로 다가왔다.

나는 바닥에 흩어져 있던 옷을 찾아 급하게 주섬주섬 입었다. 한쪽 벽에는 그 시절 내가 들고 다녔던 가방이 걸려 있었다. 가방을 챙겨 조용히 모텔 방을 빠져 나왔다. 엘리베이터 안에서 가방 안을 뒤져보니 휴대폰이 나왔다. 휴대폰 시계는 아침 6시를 알렸다. 전화기에 저장된 연락처 목록을 확인했다. 예상대로 세은이의 전화번호는 없었다. 안타깝게도 나는 세은이의 그 시절 전화번호를 기억하지 못한다. 일단 옛날 내가 살던 원룸으로 향했다.

모텔에서 원룸까지는 택시로 이십 분쯤 걸렸다. 가방을 뒤져 보니 원룸 열쇠가 나왔다. 문을 열자 불쾌한 냄새가 밀어닥쳤다. 세은이와 연애를 하던 시절에는 항상 방에서 화장품 냄새, 비누 냄새가 폴폴 풍겼다.

불을 켜자 13년 전의 내 방이 눈앞에 펼쳐졌다. 살림살이는 궁색했다. 청소도 며칠째 거른 것 같았고 방바닥에는 뱀 허물처럼 벗어 던져둔 옷들이 여기 저기 어지럽게 흩어져 있었다.

갑자기 피곤이 몰려 왔다. 나는 몇 시간 전까지 새로운 천 년을 기념한답시고 친구들과 어울려 폭음을 한 상태였고 우선 한숨 자고 난 후에 앞으로의 일을 생각하기로 했다. 외투를 벗고 조그만 침대 위에 올랐다. 아무렇게나 말려 있던 이불을 펴고 목까지 덮자 방금 전의 불쾌한 냄새가 코를 찔렀다. 그 냄새는 기껏 과거로 돌아왔지만 세은이는 내 곁에 없다는 엄중한 현실을 각인시켜 주었다.

애써 1월 1일로 돌아온 보람도 없이 주말 내내 술병을 앓았다. 2000년 1월 1일의 기억이 살아 있었더라면 노파의 말대로 신정 휴가가 끝난 이후의 날로 돌아왔을 것이다. 원래 체질적으로 술이 약해 가끔 이렇게 술 때문에 고생할 때가 종종 있었는데 하필이면 과거로 돌아온 날에 그런 일이 생기다니 처음부터 뭔가 꼬여간다는 느낌이 들어 마음이 불편했다.

기운을 차리자 날짜는 1월 3일 월요일이 됐다. 불편한 마음도 지우고 새롭게 시작하는 기분으로 몹시 추운 겨울이었지만 집안 구석구석 대청소를 하고 몸도 깨끗하게 씻었다. 모든 일이 끝나자 오후 3시였다. 내 기억이 맞는다면 세은이는 1999년 6월에도 며칠 전에 찾아갔던 그 집에 살고 있었다. 6개월 사이에 이사 갔을 확률은 높지 않으니 집 앞에서 기다리고 있으면 그녀를 만나는 것은 그리 어렵지 않을 것이다.

그러나 헤어진 지 6개월이 넘었는데 집 앞에서 기다리고 있다가 갑자기 그녀 앞에 나타나는 것은 왠지 내키지 않았다. 만에 하나 그녀가 그런 행동에서 스토킹의 느낌이라도 받으면 그야말로 최악의 상황이었다. 게다가 남은 시간은 한 달뿐이다. 그 사이에 세은이와 무슨 큰 오해라도 생기거나 일이 꼬이면 그걸 해결하고 바로 잡기에는 턱없이 부족한 시간이다.

세은이를 자연스럽게 다시 만날 어떤 계기가 있으면 좋겠는데 그게 무엇일까? 근사한 계획을 세우려면 우선 세은이가 지금 어떤 상황인지 아는 게 필요했다. 하지만 일단 다른 것을 다 제쳐두고라도 세은이의 얼굴부터 보고 싶었다. 그녀가 지금 내가 있는 2000년 1월에 존재하고 있는 것은 틀림없는 사실이었지만 나에게 아직은 허상 같은 것이었다. 먼발치에서라도 세은이의 모습을 확인해야만 비로소 지금의 시간이 진짜 현실로 느껴질 것 같았다.

오후 5시쯤 모자를 눌러 쓰고 집을 나와 세은이의 동네로 향했다. 겨울이라 이미 어둠이 짙게 깔렸다. 그녀의 동네에 도착하니 어느덧 6시가 되었다. 세은이의 집 대문 앞으로 조심스럽게 다가가 문패를 확인했다. 문패에 적힌 이름은 세은이의 아버지 이름이었다. 그녀의 아버지 성함을 완전히 잊고 있었지만 지금 보니 바로 기억이 되살아났다. 그러자 마음이 놓였다. 이제 세은이가 집으로 돌아오는 것만 확인하면 되는 것이다. 일단 놀이터 안으로 들어갔다. 며칠 전에 보았던 낡은 놀이 시설들이 지금은 꽤 새것이었다. 옛날에 했던 것처럼 미끄럼틀 위로 올라갔다.

갑자기 눈물이 났다. 감격의 눈물이 아니라 너무 추워서 나는 눈물이었다. 칼바람이 몰아쳤고 기온은 너무 낮았다. 내가 입고 있는 외투는 싸구려인지 하나도 따뜻하지 않았다. 게다가 미끄럼틀 위라 더 추운 것 같았다. 미끄럼틀 밑에 내려가서 기다릴까 고민하고 있는데 놀이터 입구에서 한 남자가 들어서는 게 보였다. 나와 비슷한 연배로 보였고 가죽 장갑을 낀 한 손에는 꽃다발을 들고 있었다.

남자는 그네로 가서 앉았는데, 그네와 미끄럼틀이 정면으로 마주 보고 있어서 나와 그는 자연스럽게 눈이 마주쳤다. 한눈에 보아도 그는 여자를 기다리고 있는 눈치였다. 그도 그런 의심의 눈빛으로 나를 쳐다보았다. 우리는 처음 눈이 마주친 때를 제외하고 줄곧 서로를 외면했다. 그렇게 30분의 시간이 흘렀다. 그네를 타고 있던 남자가 갑자기 일어서더니 나를 한번 힐끔 쳐다보고는 놀이터 밖으로 급하게 뛰어 나갔다. 기다리던 여자가 온 모양이었다.

문득 그가 부러워졌다. 기다리던 여자가 나보다 먼저 온 것도 부러웠고 추운 겨울에 혼자 청승을 떨며 놀이터에 앉아 있지 않아도 되는 것도 부러웠다. 미끄럼틀에서 내려가 그가 앉았던 그네에 앉았다. 그의 온기가 느껴졌다. 추운 겨울이라 다른 남자의 온기가 싫지만은 않았다. 그때 호주머니 속에서 휴대폰의 진동이 느껴졌다. 전화를 받자 젊은 여자의 목소리가 들려왔다. 그녀는 잘 쉬었냐고 묻더니, 인사도 없이 그냥 가버리면 어떻게 하냐는 투정을 했다. 1월 1일에 모텔에서 같이 지낸 여자였다.

"작별인사 같은 것은 안 해도 상관없지만 정체가 궁금해서 말이야. 오빠 대체 뭐 하는 사람이야?"

그녀의 질문에 가슴이 철렁 내려앉았다. 왜 내 정체가 궁금하지? 혹시 미래에서 온 걸 알았나? 노파가 절대 그런 일이 있으면 안 된다고 무섭게 경고 했었다.

정체를 묻는 그녀의 질문에 어떻게 대답할지 몰라 머뭇거리는 사이, 그녀는 내가 대화를 할 의향이 없다고 느꼈는지 마지막 말을 남기고 미련 없이 전화를 끊었다.

"뭐야. 재미없게. 지금 지갑 찾으러 오든지 아님 말고. 찾으러 올 거면 강남역에서 전화해."

지갑을 찾으러 오라는 말에 깜짝 놀라 가방을 뒤져보았다. 다행히 지갑이 있었다. 그러나 가방에서 지갑을 꺼내 본 순간 중요한 사실을 깨달았다. 내가 갖고 있던 지갑은 2000년에 갖고 있던 지갑이었고 그녀가 말하는 지갑은 2012년에 갖고 있던 지갑이었다. 지갑을 열어 보았지만 역시 노파에게서 받은 종이는 없었다. 종이가 없으면 나는 미래로 돌아갈 수 없다. 방금 전까지 추위로 얼어붙은 몸에서 열이 나고 식은땀이 흘러내렸다. 나는 미끄럼틀에서 내려와 바로 지하철역으로 달려갔다.

강남역에 도착해 그녀에게 전화를 걸었지만 받지 않았다. 잠시 후 그녀에게서 문자 메시지가 들어왔다. 조금 있으면 일이 끝나니 3번 출구 앞에 있는 카페에서 30분만 기다리라는 것이었다. 나는 카페에 들어가 따뜻한 커피를 한 잔 시키고 얼었던 몸을 녹였다. 창문 밖에 펼쳐진 강남역의 풍경은 한마디로 촌스러웠다.

어쩐지 이상한 기분이 들었다. 서울에 처음 올라와서 보았던 강남역 거리의 화려함과 처음 이 거리를 걸었을 때 느꼈던 기분이 기억났다. 그때 강남역을 걸어 다니는 사람들은 내가 고향에서 보고 지냈던 사람들과는 완전히 다른 사람들이었다. 피부는 밝고 윤기가 났으며 그들이 입고 있는 옷, 몸에 걸친 장신구들은 내가 한 번도 보지 못한 것들이었다. 단지 사람들만 낯선 것은 아니었다. 강남역 대로변 양 옆에 늘어선 가게들의 간판 크기와 다채로운 디자인은 현기증을 일으킬 정도였고, 네온사인에서 뿜어져 나오는 불빛의 양은 마치 불꽃놀이를 보고 있는 것 같은 착각에 빠져들게 했다.

그랬던 강남역인데 지금은 시시해 보였다. 2012년에 서울 시민으로서 강남역에 느꼈던 익숙한 감정 때문만은 아니었다. 지금 나에게 강남역은 보잘 것 없는 그냥 혼잡한 시내일 뿐이었고 오히려 가소로워 보였다. 스무 살 때 느꼈던 그 위압감이 이렇게 눈 녹듯이 사라질지 몰랐다. 나는 비로소 이것이 시간여행의 축복이라고 생각했다. 그리고 점쟁이 노파에게 감사의 마음을 가졌다. 동시에 미래에서 온 자의 거만함으로 마음껏 2000년의 촌스러운 강남역을 비웃었다.

30분쯤 흘렀을 때 그녀가 카페 안으로 들어와 내 앞에 와 앉았다. 그제야 13년 전 그녀의 얼굴이 기억났다. 그녀는 자리에 앉자마자 새침한 표정으로 말했다.

"나이트클럽에서는 혼자서 점잖은 척 온갖 폼을 다 잡더니 매너가 그게 뭐냐? 그렇게 인사도 없이 떠났으면 끝까지 그러든가 지갑 찾으러 오라니까 금방 쪼르르 달려오는 것 좀 봐, 남자가 쩨쩨하게."

그녀의 이름은 이은희였고 13년 전에는 1월 1일 저녁까지 그녀와 함께 시간을 보냈던 기억이 났다. 오랜만에 만난 그녀는 옛날 앨범을 넘겨보는 것 같이 반가웠지만 괜한 시비조의 말투가 신경을 거슬렀다. 내 생각이 틀렸는지 모르겠지만 '원나이트'라는 게 원래 그런 것 아닌가? 유치하게 매너니 예절이니 따지는 그녀의 말투가 거북했다. 적어도 2012년에서 되돌아온 나는 그렇게 생각했다. 나는 불편한 감정을 억누르면서 지갑 이야기부터 꺼냈다.

"미안한데 먼저 지갑부터 건네주시겠어요?"

"삐친 거야? 말이 좀 싸하네."

그녀는 약 올리는 건지 진지한 건지 모를 야릇한 표정으로 말을 이어갔다.

"칫, 먼저 약속을 어긴 게 누군데 짜증 내고 그래. 웃긴다아."

"약속이요?"

"새해 첫날 같이 영화 보러 가기로 했었잖아."

그녀는 그날 같이 영화 보러 간 기억을 더듬고 있던 나를 잠깐 바라보더니 두 손을 모아 확성기 모양으로 만든 후 입에 대고 말했다.

"오겡끼데스까아……. 「러브레터」 재미있겠다고 자기가 먼저 보러 가자고 해 놓고선."

나는 그녀의 예상치 못한 말에 순간 얼굴이 화끈 달아올랐다. 「러브레터」를 이은희와 봤었다는 사실이 기억났을 뿐 아니라 영화 보러 갔을 때의 감정이 되살아났기 때문이었다. 영화는 세은이와 함께 보는 것이 자연스러운 일상이었지만 세은이와 헤어진 후 처음으로 다른 여자와 영화를 본 것이 이은희와 함께 본 「러브레터」였다. 영화에 집중이 안 된다며 극장 안에서는 어떤 간식도 손에 대지 않았던 세은이와 달리 팝콘에 츄러스를 한 아름 안고 영화관으로 들어가려던 이은희, 영화를 본 후 근처 카페에서 영화에 대해 이런 저런 깊이 있는 대화를 나눌 수 있었던 세은이에 비해 남자 주인공이 못생겼고 영화가 별로 재미없었다는 한마디가 끝이었던 이은희에게 느꼈던 생경함과 세은이의 부재를 실감나게 만들었던 당혹스러운 감정이 마치 어제 있었던 일인 것처럼 선명하게 기억났다. 나는 그때의 불편한 느낌을 떨쳐버리려는 듯 퉁명스러운 어투로 대답했다.

"미안해요. 다음 날에 다른 약속이 있었는데 술김에 지키지도 못할 약속을 했었네요."

나의 대답에 이은희의 표정이 아주 짧은 시간 동안 굳어졌다가 이내 다시 여유를 되찾았다.

"암튼 나는 말 꺼내놓고 안 지키는 건 좀 찝찝하더라."

그녀는 왼손을 들어 손목에 찬 시계로 시선을 돌렸다가 나를 보며 말했다.

"마침 근처 영화관에서 상영 중이던데 지금이라도 보러 갈까?"

그녀가 초롱초롱한 눈망울로 나의 대답을 기다리다가 나를 재촉하듯 미소를 머금고 한마디 더 했다.

"갈 거면 5분 안에 나가야 해. 안 그러면 못 가. 빨리 결정해."

갑자기 오싹한 기분이 들었다. 나는 나를 과거로 보낸 노파가 모시는 신이 하늘 위에서 나의 행동 하나하나, 말투 하나하나를 감시하고 있을 것 같았고 세은이가 아닌 다른 여자와 함께 있는 공간과 시간이 무서워졌다. 그 신에게 과거로 돌아온 신성한 목적 외에 어떠한 허튼짓도 하지 않겠다는 의지를 행동으로 보여주고 싶었다. 「백투더퓨처」의 교훈이 그렇게 나에게 강렬하게 각인되어 있을 줄은 몰랐다.

"저는 지갑을 받으러 왔을 뿐이고 다른 일이 바빠서 시간이 없습니다."

그녀는 나의 말에 고개를 끄덕이더니 별다른 표정 없이 가방에서 지갑을 꺼내 내밀었다. 지갑을 받자마자 노파에게 받은 종이가 있는지부터 확인했다. 처음 있던 그대로였다. 나도 모르게 안도의 한숨이 터져 나왔다. 일단 숨을 돌리자 한시라도 빨리 그 자리를 떠나고 싶었다.

"그 날 인사도 없이 먼저 떠난 것은 미안해요, 지갑은 돌려줘서 정말 고맙고요. 제가 중요한 일이 있어서요. 더 이상 용건이 없으면 이만 먼저 일어서겠습니다."

나는 가볍게 목례를 하고 자리에서 일어났다.

"여기에요!"

그 순간이었다. 그녀는 카페 출입문을 향해 손을 들어 흔들며 소리쳤다. 삼십 대 후반쯤 되어 보이는 건장한 남자가 문을 열고 우리가 있는 자리로 성큼성큼 걸어왔다. 남자는 나에게 다가와 지갑을 꺼내 경찰 신분증을 보여주며 조사할 것이 있으니 경찰서까지 같이 가자고 말했다. 남자의 다부진 체격과 구릿빛 얼굴에서 뿜어져 나오는 매서운 눈빛은 섣부른 반항을 포기하도록 만들었다.

나는 갑작스러운 경찰의 등장에 당황스러웠지만 경찰을 부른 건 그녀였고 그렇다면 그렇게 큰 문제는 아닐 것이라고 위안했다. 게다가 지갑은 되돌려 받았으니 여차하면 종이를 태우고 미래로 돌아가면 그뿐이다고 생각했다. 조용히 앉아 있던 그녀는 자리에서 일어나 나를 노려보며 야비한 웃음을 지었다.

"형사님 수고하세요, 저는 이만 가볼게요."

그녀는 형사에게 인사말을 건네고 나를 한 번 더 쳐다보았다. 나에게서 무슨 말이든 듣고 싶은 눈치였다. 나는 그녀가 모텔에서 내가 말도 없이 떠나버린 것 때문에 마음에 상처를 입어 이러는 것이라고 생각했다.

"정상적이었다면 우리는 저녁을 먹으며 다음 만날 약속을 잡았을 텐데…… 제가 그쪽을 절대 무시한 것은 아니에요. 그저 오늘이 그쪽에게는 비정상적인 날일 뿐이에요."

악마가 걸어 놓은 마법을 푸는 주술을 외는 느낌으로 그녀에게 말했다. 돌아온 과거가 2012년의 살벌한 일상처럼 오해와 갈등, 사랑과 증오 같은 인간의 부질없는 감정으로 오염되는 것이 싫었다.

짧은 순간이었지만 그녀는 눈동자가 흔들렸다. 그녀는 입을 굳게 다물고 뒤돌아서 카페를 나가버렸다. 뒤이어 형사는 나의 팔을 이끌어 도로에 세워 둔 경찰차에 나를 태웠고 생전 처음 타보는 경찰차를 타고 강남역을 내달렸다.

그녀는 무슨 일로 나를 경찰에 신고했을까?

그날 밤 나이트클럽에서 무슨 일이 있었는지 전혀 기억나지 않았다. 혹시 강제 추행 같은 것일까? 나이트클럽은 평소에 거리가 멀고 원나이트 같은 것은 꿈에라도 생각해 본 적이 없는 순진한 여자라면 충분히 그럴 수 있다.

기껏 과거로 돌아와서 성추행범으로 몰린단 말인가? 그녀의 일방적인 주장대로 수사가 흘러가지는 않겠지만 지금 나에게는 그런 일로 시간을 낭비할 여유가 없다. 혹시 유치장에 갇히면 그건 최악의 상황이었다. 하지만 옛날 기억을 더듬어 보면 그녀가 그렇게 순진한 여자는 아니었던 것 같다.

아니면 내가 미래에서 온 걸 눈치챘나? 갈수록 말도 안 되는 공상이 이어지던 중에 휴대폰으로 문자 메시지가 들어왔다. 옆에 앉은 형사를 곁눈질로 살폈다. 그는 나에게 별로 관심이 없어 보였고 휴대폰을 꺼내 열심히 문자를 주고받고 있었다. 나도 휴대폰을 꺼내 메시지를 확인했다.

'오빠는 모른다고 해. 그럼 문제 없을 거야.'

경찰서에 도착하자 형사는 나를 자신의 책상 앞에 앉혔다. 그는 자신의 책상 서랍 속에서 5만 원 지폐를 꺼내 놓았다.

"이거 어디서 났는지 설명해 주시죠."

그제야 무슨 일이 벌어졌는지 알게 됐지만 어떻게 대답해야 좋을지 막연했다. 미래에서 쓰는 5만 원짜리 지폐라고 하면 믿지도 않겠지만 상황이 더 복잡하게 꼬일 것이다. 그는 내가 대답을 못 하고 머뭇거리자 지폐를 눈 위로 치켜들어 앞뒤를 뒤집어 보며 신기하다는 듯이 말했다.

"처음에 이야기를 들었을 때는 장난인 줄 알았는데 너무 정교하단 말이야. 이 정도 실력이면 마음만 먹으면 진짜 만 원짜리 지폐도 만들 수 있을 것 같은데. 도대체 이런 것은 어디서 났어요? 직접 만든 거요?"

그는 내 눈을 응시하면서 대답을 기다렸다. 무슨 말이든 하지 않으면 곧 화를 낼 것 같은 얼굴이었다. 그때 그녀에게서 온 문자 메시지가 생각났다. 그녀가 왜 그런 문자를 보냈는지 모르겠지만 일단 그 말을 따르기로 했다.

"좀 오해를 하고 계신 것 같은데, 저는 모르는 일입니다."

형사는 피식 웃었다. 한참 생각한 변명이 고작 그거냐는 투였다.

"이봐요, 증인이 있는데, 무슨 말이요. 신고한 사람이 분명 당신 지갑에서 꺼낸 것이라고 했는데."

그때 문 쪽에서 이은희의 다급한 목소리가 들렸다.

"김 형사님!"

나와 형사는 동시에 소리라는 쪽을 쳐다보았다. 그녀의 이마에는 땀이 송골송골 맺혀 있었다. 그녀는 곤란한 표정을 지으며 우리에게로 다가왔다.

"김 형사님 미안해요, 잘 생각해 보니 이 사람 지갑이 아니었던 것 같아요. 그날 술에 너무 많이 취해서 좀 착각을 한 것 같아요."

형사는 당황스러운 표정으로 그녀에게 물었다.

"아니 그럼 누구 것이라는 거야?"

"그날 밤 워낙 많은 사람들과 만나서요……. 형사님도 나이트클럽 분위기 아시잖아요. 그런데 확실히 이 사람은 아니에요."

그녀가 마음을 돌린 듯했다. 나는 가방에서 다른 지갑을 꺼내 형사에게 보여줬다.

"형사님 보세요, 제 지갑은 이렇게 잘 있어요. 잃어버리고 새로 산 것도 아니고 이렇게 오래 쓴 거예요. 제 지갑을 이 분이 갖고 있을 리가 없죠."

형사는 그녀의 얼굴과 나의 지갑을 번갈아 쳐다보며 허탈한 표정을 지었다. 그러고는 나에게 주민등록증을 보여달라고 했다. 나의 신상 정보를 메모한 뒤 그녀에게 말했다.

"기억이 떠오르면 연락 줘. 괜히 은희 너 때문에 헛수고했잖아. 그리고 나이트 클럽 가는 건 좋지만 남자들은 조심해."

형사는 나를 곁눈질로 힐끗 보더니 이은희를 타이르듯 말했다.

"또 잔소리하신다. 알았어요. 암튼 착각해서 미안해요. 진짜 잘 생각해 보고 기억나면 연락할게요."

사실 따지고 보면 5만 원이 아무리 정교하게 만들어졌어도 2000년에는 5만 원 자체가 없으니까 그 돈이 유통될 리도 없고 구체적인 범법사건은 아니어서 적극적으로 수사할 근거는 약했다. 어쨌든 그녀의 철없는 장난으로 몇 시간 사이에 천국과 지옥을 오간 나는 그녀를 어떻게 대해야 할지 고민됐다.

"사과하는 의미로 내가 커피라도 살 테니 같이 가자."

그녀는 나의 팔짱을 잡아끌었다. 경찰서에서 택시를 잡아타고 다시 강남역으로 되돌아왔다. 그녀는 단골로 보이는 카페로 안내했다. 카페로 들어서자마자 푹신한 소파에 몸을 던지듯 자리를 잡고 앉은 후 지갑에서 만 원짜리 한 장을 꺼내 내밀었다.

"나는 캐러멜 마키아또. 오빠는 뭐 할 거야? 마시고 싶은 거 골라. 대신 오빠가 갖다 와. 많이 뛰었더니 아직도 심장이 뛰네."

지금 생각해 보면 내가 그녀와 짧았지만 얼마간 연락을 지속했던 이유도 그녀의 이런 활달한 성격 때문이었다. 그녀의 행동은 그때의 감정을 조금씩 끄집어냈다.

카운터에서 캐러멜 마키아또와 아메리카노를 받아 테이블 위에 놓고 그녀와 마주 앉았다.

"그런데 그 가짜 5만 원 지폐는 도대체 뭐야? 내가 봐도 진짜 잘 만들었더라. 블루마블이나 그런 게임 같은 데서 쓰는 장난감 돈은 절대 아닌 것 같고 말야."

그녀는 커피잔을 들고 후후 불면서 말했다. 지갑을 찾기 위해 그녀와 다시 만났을 때만 해도 그녀와 함께 있는 시간이 1분 1초라도 아깝다고 생각했다. 하지만 경찰서를 갔다 온 후 생각이 조금 바뀌었다.

내가 여기서 할 일은 빨리 세은이를 만나 관계를 회복하고 2012년으로 되돌아가는 것이고 그것과 관련 없는 2000년의 모든 것들은 나에게 아무런 의미가 없는 세계였다. 그것들은 어떻게 되어도 좋았다. 마치 채팅 사이트에서 익명의 누군가와 만나 대화할 때처럼 상대에게 예의를 지킬 필요도, 진실할 필요도, 진지하게 생각할 필요도 없는 철저한 가상의 세계였다. 그러나 그런 생각이 이번처럼 이상한 상황을 초래할 수도 있다는 위험을 느꼈다. 일단 2000년에 머무는 동안에는 2000년의 현실에 충실하자고 생각했다.

"친구 중에 조폐공사에서 지폐 디자인하는 녀석이 있는데 한국도 고액권을 사용 할 때가 머지 않았다면서 시제품으로 만들어 본 것을 내가 기념으로 빼앗아 온 거야."

찬찬히 따져 보면 말이 안 되는 이야기였지만 그녀는 그런가 하는 표정으로 고개를 끄덕였다.

"그런데 신고할 때는 언제고 도와주는 건 또 뭐야?"

그녀가 변심한 이유가 궁금했다. 그녀는 커피잔을 입에 대고 있으면서도 눈은 나를 향했다.

"오빠는 여자와 원나이트하는 게 흔한 일이야?"

조금 전까지만 해도 밝았던 그녀의 얼굴이 일순 진지해졌다.

"그건 아니야, 네가 믿을지 모르겠지만 처음이야."

사실 그랬다. 나이트클럽 같은 데서 여자를 하룻밤의 유희상대로 대하는 것이 체질상 불가능했을 뿐 아니라 그럴 능력도, 배짱도 없었다. 그녀가 처음이었고 그 이후에도 그런 일은 없었다.

"나 역시 며칠 전까지 처음 만난 남자와 잔다는 것은 상상해 본 적도 없었어. 그런데 그날은 무엇에 홀렸는지 나도 모르게 그렇게 됐어."

그녀는 핸드백에서 담배를 한 개비 꺼내 물어 라이터로 불을 붙였다. 담배를 입술에 걸친 모습과 말하는 내용에는 큰 간극이 느껴졌다. 역설적으로 이런 부조화가 그녀가 하는 말이 사실처럼 느껴지게 했다.

"능숙하게 리드도 못하고 머뭇거리는 오빠를 보고 나도 모르게 안심했거나 아니면 괜한 장난기가 발동한 건지도 모르겠어. 그런데 아침에 일어나보니 기분이 너무 더러웠어. 칙칙하고 냄새 나는 모텔에서 발가벗은 몸으로 혼자 누워 있는 내 자신이 그렇게 한심해 보일 수가 없더라고."

그녀의 눈동자에서 분노와 원망이 느껴졌다.

"내가 괘씸해서 경찰서에 신고한 거야?"

"꼭 그런 건 아니지만, 진짜 그 5만 원짜리 지폐가 수상하기는 했어. 마침 아는 형사님도 있고 해서 그분한테 이야기를 하니까 관심을 보이시더라고. 그래서 여차하면 잡아가라고 하려 했는데, 왠지 만나니까 그냥 같이 영화 보면서 좀더 얘기하고 싶더라."

"하지만 결국 영화는 같이 안 보기로 했고, 그래서 난 붙잡혀간거로군. 그런데 왜 마음이 바뀐 거야?"

"음……. 왜 그런지는 모르겠는데, 그냥 오빠한테 무슨 사연이 있는 듯 보여서. 오빠의 마지막 말을 듣고 조금 마음도 풀렸고."

아무 이득도 없을 경찰서 신고도 그렇고 무슨 사연이 있다는 둥 핑계를 만들어서 나를 도와준 것은 나에게 관심이 있어서다. 장사꾼이 이득 없는 일에 한 푼도 돈을 쓰지 않듯 사람이라는 동물은 관심이 없는 대상에게 감정이라는 에너지를 절대로 소비하지 않는다. 그녀와 나의 만남은 13년 전과 지금 전혀 다른 모습으로 전개되고 있지만 그때나 지금이나 그녀가 나를 좋아하게 된 것은 마찬가지였다. 신비하고도 무서운 기분이 들었다. 어쨌거나 그녀가 미련을 갖게 하는 일은 모텔에서 말 없이 떠난 것보다 더 큰 잘못을 저지르는 일이 될 것이다.

"실은 내가 지금 연애를 할 상황이 아닌데 괜히 연말 분위기에 휩쓸려서…… 그래도 잠깐이지만 정말 즐거웠고 진심이었어."

그녀는 내 말에 미소를 머금고 대답했다.

"때가 어느 땐데 날 책임져라 그런 뜻 아니야. 나도 성인이고 내가 좋아서 한 행동인데 그렇게 후회 안 해. 그런데 이것도 재미있는 인연이니까 우리 만약 또 만날 일이 생기면 그때는 진지하게 한번 사귀는 거 생각해 볼까?"

그녀의 눈빛에는 장난기가 가득했다. 그녀의 나에 대한 관심이랄까 호의를 받아들이면서 유쾌하게 이 상황을 마무리 짓는 것이 다행이라고 생각했다.

"그래. 그거 재미있겠네. 그러자."

그녀는 내 대답에 미묘한 웃음을 지으며 가방을 챙겨 일어섰다. 우리는 카페를 나가 지하철 강남역 입구까지 같이 걸었다. 지하철 입구에 이르러 작별 인사를 하기 위해 걸음을 멈추고 그녀를 보았다. 그녀는 활짝 웃으며 손을 내밀었다. 그녀의 손을 잡으니 굉장히 차가웠다. 차가운 손은 이 상황 자체도 쿨하게 만들어 주는 느낌이었다. 나는 그녀를 뒤로 하고 지하철역 계단을 걸어 내려갔다. 이미 시간은 밤 12시를 향해 달려가고 있었다.

2

다음 날 아침 일찍 집을 나섰다. 목적지는 마포역 근처에 있다는 아나운서 학원이었다. 생각해 보면 박재상과 맞선녀가 해 준 세은이에 대한 이야기는 거의 일치했지만 세은이가 이혼하고 영국으로 떠났다는 사실은 맞선녀가 한 말이었다. 그녀가 한 말이 사실이려면 세은이가 맞선녀와 같은 학원에 다니고 있어야만 한다. 또한 그 말이 사실이어야만 세은이가 영국에서 나에게 편지를 보낸 이유가 그나마 설명이 된다.

인터넷에서 맞선녀가 말해준 학원을 검색해 보니 홈페이지 링크가 검색 화면 제일 위에 나타났다. 2000년에는 요즘처럼 모든 회사들이 홈페이지를 운영하던 시절은 아니라는 것을 감안하면 확실히 제일 큰 학원이 맞는 모양이었다. 비주류적인 취향이 거의 없고 평소 대세를 따르는 무난한 결정을 선호했던 세은이기에 아마 학원을 다녔다면 제일 큰 학원을 선택했을 것이다. 그녀의 휴대폰 통신사도 커플 요금제를 위해 내가 우겨서 K통신사로 바뀌기 전에는 S통신사였다.

인터넷에서 확인한 약도대로 찾아가자 8층 높이의 빌딩이 나를 기다렸다. 빌딩 모서리에 세로로 걸려 있는 간판을 보니 제대로 찾아 온 것 같았다. 빌딩 1층에는 프랜차이즈 카페가 있었는데 창가에 앉아 있으면 빌딩에 출입하는 사람들의 동태를 확인할 수 있을 것 같았다. 카페 바로 옆에 있는 편의점에서 제일 두꺼운 신문을 하나 집어 카페로 들어가 밖이 가장 잘 보이는 창가에 자리를 잡았다.

시간은 오전 10시였다. 사람들의 출입이 그리 많지 않았다. 한참 동안 신문과 창 밖을 번갈아 보면서 시간을 때웠지만 세은이의 모습은 나타나지 않았다. 신문을 거의 다 읽었을 때쯤 세 명의 여자가 크게 웃고 떠들며 카페 안으로 들어왔다. 그녀들은 카운터에서 주문한 음료를 받아 들고 이쪽저쪽을 살피다가 내가 앉은 쪽으로 다가와 바로 옆 테이블에 앉았다. 그녀들의 이야기는 계속 이어졌다.

"그런데 매너가 너무 좋은 게 좀 수상하긴 해."

"차라리 그런 편이 더 낫지 뭘. 순진한 척하는 애들이 알고 보면 더 문제가 많다니까?"

"집안이 그 정도 되면 다른 건 그냥 넘어가도 되지 않아?"

그녀들 중 한 명이 만나는 남자 이야기 같았다. 그녀들은 모두 자기 일인 것 마냥 호들갑이었다. 모두 키가 크고 외모가 반듯한 것이 아나운서 학원생임에 틀림없어 보였다. 내 앞쪽에 앉은 여자 둘은 얼굴을 볼 수 있었지만 옆에 앉아 있는 여자의 얼굴은 볼 수 없었다. 혹시 그녀들이 세은이의 친구가 아닐까 하는 생각이 들자 나도 모르게 가슴이 뛰기 시작했다. 금방이라도 세은이가 그녀들에게 손 인사를 하며 카페 안으로 들어올 것만 같은 기분이 들었다.

그러나 한참 동안 아무도 카페 안으로 들어오지 않았고 옆에서 떠들던 여자들이 자리에서 일어나려고 할 때, 내 옆에 앉은 여자에게 전화가 걸려왔다. 여자들과 떠들 때와는 전혀 다른 목소리로 전화를 받는 것으로 봐서는 아까 대화 속 그 남자인 듯했다. 앞에 앉은 둘은 먼저 간다는 손짓을 하고는 카페를 나갔다.

"어제는 고마웠어요, 잘 들어갔어요? 네…… 저도 잘 들어갔죠. 문자 고마웠어요. 네…… 호호…… 그래요……. 네…… 전 괜찮아요……. 그래요? 저는 좋죠……. 그런데 바쁜데 너무 시간 많이 뺏는 것 아니에요? 변리사들 많이 바쁘다던데……."

변리사라는 단어가 내 귀에 꽂혔다. 그러고 보니 그녀의 목소리가 왠지 낯설지 않았다. 나는 일부러 왼쪽자리에 놓아두었던 가방에서 무엇인가 꺼내는 척하면서 그녀의 얼굴을 보았다. 예상했던 것처럼 며칠 전에 맞선을 본 그녀였다.

"네……. 시간이 나면 같이 만나요……. 경수 씨 아버님이 절 좋아하셔야 될 텐데."

그녀는 전화 통화에 정신이 팔려 내가 자신을 쳐다보는지도 모르고 있었다.

맞선에서 그녀로부터 들었던 이혼 사유는 꽤 서글펐다. 그녀가 지금 통화하고 있는 남자는 아버지가 유명 병원 원장이고 어머니는 대학교수인 꽤 잘 나가는 집안의 아들이었다.

반면 그녀의 집은 평범했다. 아버지는 직원이 스무 명쯤 되는 중소기업에서 부장으로 일했고 어머니는 전업주부였다. 유명 여대에 다니던 그녀는 단아한 외모 덕에 소개팅 기회가 많았고 몇 달 전에 지금의 남자를 만났다. 그녀는 바람대로 올해 KBS 아나운서 공채 시험에 합격하게 될 것이고 창원 지국으로 발령이 난다. 창원에서 6개월 정도 근무하던 중 남자의 적극적인 구애로 결혼을 결심하고 시부모의 요구로 퇴사 후 서울에서 시집살이를 시작했다.

그러던 중 친정아버지가 다니던 회사가 부도나고 그녀의 아버지는 아직 창창한 나이에 실업자가 되고 말 것이다. 대부분의 서민층이 그러하듯 가장이 실업자가 되거나 가족 중에 중병 환자가 생기면 집안 살림은 그날로 내리막길을 타기 마련이다. 그녀는 친정에 계속 돈을 보냈지만 매번 남편과 시댁 식구들의 눈치를 봐야만 했다. 시댁의 돈으로 친정을 도와야 하는 상황이 편치 않았던 그녀는 아나운서 일을 다시 시작하겠다고 선언했다.

그때부터 평소 집안 수준이 맞지 않는 며느리를 들였다고 탐탁하게 생각하지 않았던 시부모와의 갈등이 시작되었다. 그녀의 시부모는 그녀가 다시 일을 하는 대신 친정아버지를 시아버지의 병원에 취직시키자고 제안했다. 그녀는 물론 그녀의 친정아버지도 별로 달갑지 않았으나 시부모의 제안을 거절하기도 뭐하고 경제적으로도 상황이 안 좋았기 때문에 별 수 없이 제안을 받아들였다.

그러나 적지 않는 나이에 전혀 다른 업종에 낙하산으로 떨어져 잘 적응할 리가 만무했다. 시아버지라도 신경을 써주면 그나마 힘이 될 텐데 시아버지는 사돈의 존재가 창피스러웠는지 병원에서 우연히 마주쳐도 모른 체하기 일쑤였다.

무엇보다도 그녀를 힘들게 한 것은 남편의 행동이었다. 남편은 친정에 돈을 주는 쪽으로 해결하려 했지만 그녀가 굳이 취직하겠다고 고집을 피운 덕에 장인이 아버지의 병원에 취직하게 된 것이라며 못마땅했고, 상황을 방관만 할 뿐 그녀에게 아무런 도움을 주지 않았다.

그녀는 남편도 시댁 식구들도 더 이상 믿을 수 없다고 생각했고 시댁 식구들 몰래 방송사 아나운서 면접을 보기 시작했다. 그러다가 현재 다니고 있는 케이블 방송사에 취직이 되자 미련 없이 이혼 서류에 도장을 찍었다.

재산 많은 집에 시집갔다고 친구들로부터 시샘을 받았지만 정작 이혼할 때는 위자료도 거의 못 받았다. 특별히 남편에게 이혼 책임을 묻기에도 애매하고 시부모의 막강한 인맥으로 동원된 변호사들 위세에 눌려 위자료 이야기는 꺼낼 엄두도 못 냈다.

거의 빈손으로 쫓겨나다시피 한 그녀를 기다리고 있었던 것은 친정아버지의 죽음이었다. 건강했던 아버지는 그녀의 이혼 직후 몇 년간의 마음고생 때문인지 갑자기 쓰러졌고 그 후 영영 일어나지 못했다.

세상을 다 가진 듯한 얼굴로 전화기를 붙들고 있는 그녀를 보고 있자니 연민을 느꼈다. 전생에 얼마나 착한 짓을 많이 했는지는 모르지만 나는 과거를 다시 쓸 기회를 얻었고 며칠 전까지 같은 처지였던 그녀의 불행을 눈앞에 마주하자 못 본체 하기에는 안타까운 마음이 들었다.

그녀가 맞선에서 나에게 했던 말이 생각났다.

"여자 입장에서 조언을 하자면, 만약 윤세은 씨가 진짜 불행한 상황에 빠져 있다면 적극적으로 먼저 손을 내미세요. 아마 다양한 이유로 윤세은 씨가 선뜻 그 손을 잡지는 않을 거예요. 그런데 그건 거절이 아니라는 사실을 알아야 해요. 시간이 필요하다는 의미죠."

"그런데 계속 거절하면 어떻게 해야 할까요?"

"그런 경우 거의 대부분의 사람들은 헤어졌던 이유를 생각한답니다. 같은 문제가 반복되지 않을까 고민하는 것이죠. 중요한 것은 다시는 같은 이유로 헤어지지 않을 것이라는 믿음을 주는 것이에요."

아파트 평수와 연봉을 따지던 그녀였지만 세은이에 대한 조언은 무척 따뜻했다.

나는 세속적인 욕심을 위해 끊임없이 계산하고 투쟁하는 사람이라도 처음부터 그랬던 것은 아니며 마음 속 깊은 곳에는 순수함을 간직하고 있다고 믿는다. 아마도 그녀 자신은 절대 하지 못할 결정을 세은이가 하기 바랐는지도 모른다. 그녀의 마지막 한 마디가 귓가에 맴돌았다.

"이제부터 시작되는 윤세은 씨의 불행에는 민혁 씨의 책임도 있는 거예요. 다시 만나면 주저하지 말고 행동하세요."

그녀는 꽤 긴 시간의 통화를 끝내고 핸드백을 집어 들고 자리에서 일어났다. 그녀는 남자와의 통화가 끝나고서야 나에게서 발산되는 강렬한 시선을 느꼈는지 나를 힐끔 쳐다보았다.

그녀와 눈이 마주쳤다. 무슨 감정인지 모르겠지만 나는 그녀의 눈을 피하지 않았다. 그녀는 어색한 표정을 짓고는 카페를 나갔다. 카페 입구 바로 옆에 위치한 엘리베이터 앞에 섰다. 나는 자리에서 일어나 그녀에게 다가갔다. 그녀는 아직 내가 자신의 옆에 서 있는 것을 알아차리지 못했다.

"김민희 씨죠"

그녀는 깜짝 놀라 어깨를 들어 올리며 나를 쳐다보았다. 방금 카페에서 본 사람임을 확인하고는 인상이 찡그려졌다. 그때까지도 그녀에게 무엇을 어떻게 말해야 할지 생각나지 않았다. 다짜고짜 그 남자를 만나지 말라고 할 수도 없는 노릇이고 앞으로 그녀가 겪을 미래를 이야기해 줬다가는 정신병자 취급당할 것은 뻔했다.

"실은 제가 경수 학교 친구인데요, 경수와 만나고 있는 것 같은데 제 이야기가 좀 도움이 될 것 같아서요."

그녀의 얼굴은 놀람과 당황스러움으로 뒤섞였다.

"변리사 하는 경수랑 사귀고 있죠? 그 친구 제가 잘 아는데 좀 그래요."

"제 이름은 어떻게 알고 제가 경수 씨랑 사귀는 것은 어떻게 알죠?"

"경수한테 들었습니다. 민희 씨 이야기."

이판사판이었다. 그녀에 대한 동정심이었는지 아니면 따뜻한 조언을 해 준 사람에 대한 의리였는지 이도 저도 아니면 미래에서 온 자의 잘난 체였는지 알 수 없지만 가슴 깊은 곳에서 뜨거운 열정이 솟아오르는 것을 느꼈다.

충격 요법이 효과가 있었는지 그녀는 내 이야기에 솔깃해 보였다. 그녀는 약간 진정된 표정으로 손목시계를 보고 나서 말했다.

"좋아요, 한 10분 정도 시간이 있는데 잠깐 이야기할까요?"

나는 고개를 끄덕이며 다시 카페로 돌아왔고 그녀도 나를 따라와 맞은편에 앉았다.

마주 앉아 나를 쳐다보는 그녀의 표정은 의외로 담담했다. 그녀의 연애는 이제 막 시작하는 단계였고 아직은 남자의 조건에 관심이 끌린 상태였지 그 남자에 대한 사랑이 깊은 상황은 아닐 것이다.

"저에게 해 줄 말이 뭔지 말해보시죠."

"경수 부모님이 인격적으로 좀 문제가 있어요."

나는 맞선에서 들었던 그녀의 많은 이야기들을 떠올리며 순서대로 편집하고 중요한 사항들을 머릿속에서 정리했다.

"그건 경수 씨랑 관계없는 일 아닌가요. 부모님의 인격이 문제라니 좀 뜬금없는데요?"

"민희 씨는 지금 결혼을 생각하고 있는 것 아닌가요? 그러면 시부모 될 사람의 인격도 중요하죠."

"결혼은 경수 씨랑 하는 거지 시부모님과 하는 건 아닌 거 같은데요."

"결혼해서 시부모와 함께 살면 여러모로 힘들 텐데 아예 관련이 없진 않죠."

그녀는 나의 말에 '풋' 하는 소리를 내며 웃었다.

"누가 결혼하면 시부모와 같이 산데요? 그건 일방적으로 결정할 문제가 아니죠."

그녀가 남자의 조건에 속박되지 않고 지금처럼 똑 부러지게 자기 주장을 펼 수 있었다면 더 나은 미래를 맞이했을 것이다. 맞선에서 만난 그녀는 그렇게 똑똑하고 강해 보일 수 없었는데 왜 그런 상황으로 말려들어 갔는지 인생이란 참 알 수 없었다. 어쩌면 사람의 현명함은 나이와 바꾸지 않고는 가질 수 없는 것일지도 모른다.

"그런데 경수 씨 학교 친구라고 했는데, 대학교 친구에요 아니면 고등학교 친구에요? 이름이 뭐죠?"

갑자기 지금 내가 하고 있는 행동이 무의미하다는 생각이 들었다. 풍선 바람이 빠지듯 가슴 속을 가득 채웠던 정체불명의 열정이 급속하게 빠져나갔다.

그때였다.

엘리베이터 문이 열리면서 한 여자가 빌딩 정문으로 걸어 나오는 것이 느껴졌다. 나는 정면에 마주 앉은 김민희를 보고 있었고 창 밖의 상황은 전혀 의식하지 않고 있었다. 그러나 내 시야각의 한쪽 끄트머리를 스쳐 지나가는 그 여자의 이미지는 너무 강렬했고 내 모든 오감을 끌어당겼다. 오른쪽 편 창문으로 고개를 돌렸을 때 이미 그 여자는 내 옆을 스쳐 지나가 뒷모습만이 보일 뿐이었다.

세은이였다. 사람은 친해지면 눈으로 그 사람을 인식하는 것이 아니라 느낌으로 인지한다. 못생긴 애인도 계속 보면 잘나 보이는 착시 현상도 시각이 아니라 느낌으로 인지하기 때문이다. 더 이상 김민희와 이야기 할 여유가 없었다. 급히 짐을 챙겨 일어섰다. 김민희는 어리둥절한 표정으로 그런 나의 모습을 지켜보았다.

"미안해요. 이만 일어날게요. 아무튼 결혼은 신중하게 결정하세요."

제일 중요한 사실을 말해줬으므로 미안할 것도 없었다. 받아들이고 안 받아들이고는 이제 그녀의 몫이다. 시간 여행 신참자의 유치한 허세는 이제 그만두기로 했다.

빌딩 문을 열고 나가 주위를 둘러보았다. 세은이는 왼편 인도를 걷고 있었다. 세은이의 걸음은 바빠 보였고 팔을 들어 손목시계를 본 후, 지나가던 택시를 잡아탔다. 그녀가 탄 택시가 내 쪽으로 오자 나는 무의식적으로 몸을 돌렸다. 이것도 일종의 스토킹이었다. 이런 모습은 보이고 싶지 않았다. 나도 이쯤에서 TV 드라마 흉내를 내 보기로 했다. 세은이를 따라 택시를 잡아탔다.

그러나 역시 현실은 TV 드라마와 달랐다. 내가 택시를 탄 직후 세은이가 탄 택시는 오른쪽으로 꺾었고 내가 탄 택시도 그 뒤를 따라 우회전했지만 그녀의 택시는 눈앞에서 사라졌다. 나는 TV 드라마에서처럼 '저 택시 따라갑시다' 라는 박력 있는 말 대신 가까운 지하철역에 세워 달라고 수줍게 말했다.

3

맞선녀의 말은 이제 사실로 확인됐다.

결혼한 지 1년 만에 이혼하고 지금까지 그녀는 어떻게 살았을까? 그녀는 대학생 때 1년간 영국에서 어학연수를 했고 항상 언젠가는 영국에서 살아 보고 싶다고 말했다. 그녀의 영국행은 전혀 이상할 게 없다. 그렇지만 먼 이국땅에서 게다가 동양인 여자의 몸으로 생활하기에는 쉽지 않았을 것이다. 노파의 말대로 거기서 재혼했을 가능성도 있지만 아무리 세월이 사람을 변하게 한다고 해도 내가 아는 세은이는 절대로 남편이 있는데 옛 애인한테 편지를 보낼 여자가 아니었다.

왜 그렇게 늦게 나에게 편지를 보냈을까? 하긴 나도 결혼을 했으니 더 일찍 편지를 보냈어도 소용없었다.

혹시 그래서 내가 이혼할 때에 맞춰 편지를 보냈을까? 헤어진 뒤로도 한참 동안 세은이에 대한 미련을 못 버렸던 사실을 잘 아는 태호가 세은이에게 내 소식과 주소를 알려줬을지도 모른다. 태호도 세은이와는 친구였으니까 나 몰래 연락하고 지냈지 않았을까? 기특한 놈.

히로뽕 주사를 한 방 맞은 놈처럼 말도 안 되는 상상의 나래를 펼치던 나는 갑자기 한기를 느꼈다. 반어법이라고 편한 대로 생각해 버리긴 했지만 자신을 찾지 말라는 세은이의 편지 내용이 생각났다. 남편이 있다면 절대 그런 편지를 안 보냈을 세은이인 것처럼 그렇게 자존심도 버리고 이상한 편지를 쓸 세은이도 아니었다.

나는 머리를 세차게 좌우로 흔들었다. 이제 어차피 소용없는 질문이었다. 나는 2012년 영국에 있는 세은이를 만나려는 것이 아니라 2000년의 세은이를 만나러 왔다. 내가 여기서 세은이와 다시 관계를 회복한다면 2012년에 세은이는 영국 런던이 아니라 서울에서 나와 함께 한이불을 덮고 있을 것이다.

기분이 한결 나아졌다. 미끄럼틀 위의 시린 바람도 기쁜 마음을 어쩌지 못했다. 시간은 밤 9시를 넘어가고 있었다. 마포 학원에서 세은이를 놓친 후, 여기로 와 미끄럼틀 위에서 계속 보초를 서고 있지만 세은이의 모습은 아직 보이지 않았다. 세은이가 항상 이렇게 귀가 시간이 늦었었나? 나와 만났던 날은 확실히 집에 늦게 들어갔지만 나와 만나지 않은 날은 어땠는지는 기억나지 않는다.

그때 놀이터 입구에서 인기척이 들렸다. 고등학생으로 보이는 남자애들 네 명이 놀이터 안으로 들어왔다. 한 명은 유난히 키가 작았다. 키 작은 남자애의 행동거지는 어딘지 모르게 부자연스러웠다. 그들은 놀이터의 제일 안쪽 구석으로 향했다. 세 명의 남자애들은 키가 작은 학생을 벽에 몰아붙인 후 머리를 툭툭 때리기 시작했다. 익숙한 장면이었다. 지금쯤 무슨 대화가 오고 갈지는 뻔했다.

"뒤져서 나오면 백 원에 한대야 알아?"

우두머리로 보이는 녀석이 키 작은 남자애의 몸을 뒤졌다. 두목의 손은 상의에서 시작해 바지를 거쳐 양말까지 내려갔다. 그러다가 무언가 찾아낸 듯 한쪽 양말을 벗겼다.

"이 새끼 봐라. 간도 크네. 어디서 구라를 쳐."

우두머리는 손바닥으로 거칠게 키 작은 남자애의 머리를 때리기 시작했다. 둔탁한 소리가 놀이터의 메마른 밤 공기를 가르며 퍼졌다.

"그건 안 돼요. 다음 달 학원비에요."

"이 새끼가 아직 정신을 덜 차렸나 무슨 개소리를 하는 거야? 넌 그래도 학원이라도 다니지 이 형은 찢어지게 가난해서 밥도 굶고 다니는데 형님이 좀 살아 보겠다는데 불쌍하지도 않냐, 이 지독한 새끼야. 냄새 나게 돈은 왜 발바닥에 쳐 숨겨 다니고 지랄이야."

지켜보던 나머지 두 녀석도 일제히 구타에 동참했다.

솔직히 어른으로서 이런 광경을 지켜보는 것은 괴로운 일이었다. 불의를 못 본 체하는 것도 씁쓸하지만 참견을 해도 아무런 도움이 안 된다는 것을 잘 알고 있어서다. 내 도움을 받아 한 번 상황을 모면해 봤자 다음에 괘씸죄까지 추가돼 더 큰 보복을 당할 게 뻔했다.

게다가 나는 미래에서 왔다. 오늘 김민희의 일도 참견해 봤지만 아무런 소용이 없었다. 김민희의 일과 이건 조금 다른 일이긴 하지만 어차피 바뀌는 게 없는 건 마찬가지다. 시간 여행 초보자의 허세는 그만두기로 하지 않았나.

"이봐 학생들 지금 뭐하는 거야!"

나의 그럴듯한 합리화를 비웃기라도 하듯 한 남자의 추상같은 목소리가 밤하늘을 갈랐다. 양아치 녀석들은 상관하지 말라며 그들에게 다가가는 남자에게 위협하는 몸짓을 지었다. 남자는 무서운 것이라고는 없는 듯 그들을 향해 걸어갔다. 보폭은 컸고 걸음걸이는 주저함이 없었다. 그는 구석에 몰려 있는 키 작은 남자애의 팔을 잡고 그 자리를 떠나려 했다. 말없이 지켜보던 우두머리가 갑자기 남자의 등을 주먹으로 가격했다. 호기 좋게 다가갔던 남자는 무기력하게 바닥에 쓰러졌다.

그 모습을 보자 좀 어이가 없었다. 너무 당당하길래 혹시 무술 유단자든가 뭔가 믿는 구석이 있는 줄 알았다. 그는 바닥에 쓰러져 녀석들의 발길질에 속수무책으로 당했다. 남자의 얼굴은 어딘지 모르게 낯이 익었다. 자세히 보니 어제 꽃다발을 안고 그네에 앉아 누군가를 기다렸던 그 남자였다.

그의 얼굴을 확인하자 갑자기 마음이 심란해졌다. 어른을 무서워하지 않는 녀석들이 괘씸했다. 그리고 왠지 모르게 그 남자에게 열등감을 느꼈다. 만약 그 남자가 기다리는 여자와 내가 기다리는 세은이가 동시에 놀이터에 나타나 이 광경을 지켜본다고 하자. 다 큰 어른이 어린 녀석들에게 얻어터지는 광경이 꼴사납기는 하겠지만 그가 기다리는 여자의 눈빛이 경멸스럽지는 않을 것이다. 나를 바라보는 세은이의 표정이 상상되자 더 이상 그대로 있을 수 없었다. 거의 무의식적으로 미끄럼틀에서 내려가 녀석들을 향해 달려갔다.

녀석들은 아직 내가 달려오는 것을 눈치채지 못하고 있었다. 나는 우두머리로 보이는 놈의 등을 뒤에서 날라 찼다. 불의의 기습을 받은 녀석은 비명소리를 지르며 앞으로 고꾸라졌지만 옆에 있던 두 녀석과 눈이 마주치자 난감해졌다. 미끄럼틀 위에서 본 녀석들은 분명 앳된 고등학생들이었지만 밑에서 같은 눈높이로 본 녀석들의 인상은 몸이 얼어붙을 만큼 험악했다. 그들의 얼굴을 보자 고삐리 조폭이 더 무섭다던 군대 동기의 말이 머리를 스쳤다.

논산훈련소에서 같이 훈련을 받았던 동기 중에는 조폭 출신이 한 명 있었다. 확실히 그는 시시한 양아치들에 비해서 카리스마가 대단했고 군대 안이었지만 조교들도 그를 함부로 대하지 못했다.

그는 훈련소 수료 후에 나와 같은 부대에 배치되었는데 같이 첫 휴가를 나온 날이었다. 우리는 청량리 역 근처에서 거하게 술 한 잔 걸치고 간만에 마신 술로 취기도 오르겠다 해방감에 들떠 술집 골목길에서 고래고래 노래를 불렀다.

"아 씨발 군바리 새끼들이 되게 시끄럽네, 입을 찢어 버릴까보다."

뒤에서 누군가 우리에게 욕을 했다. 뒤돌아보았더니 윤기가 반들반들 나는 싸구려 양복을 차려 입은 어린 애들이었다. 많이 보아야 스무 살이었다. 나는 이미 술이 많이 취했을 뿐만 아니라 상대도 두 명뿐이었고 내 곁에는 조폭 출신의 친구도 버티고 있었으니 겁날 것이 없었다.

"개노무 새끼들이 지금 뭐라는 거야?"

내가 그들의 시비를 못 참고 맞대응하려고 하자 군대 동기가 내 팔을 붙잡았다.

"야, 튀어."

그러고는 부리나케 도망치는 것이었다. 나도 갑자기 술이 확 깨면서 조폭 동기를 따라 정신없이 뛰었다. 한참을 달려 대로변에 이르자 조폭 동기가 웃으면서 나를 기다리고 있었다. 나는 숨을 헐떡거리면서 어떻게 된 거냐고 물었다.

"세상에서 제일 무서운 게 고등학생 조폭이야. 걔네들은 철이 없어서 사람 찌르고 감방 가는 걸 멋으로 생각하는 놈들이거든. 그래서 윗대가리들도 사람 찌를 일이 있으면 고삐리한테 시켜. 그런 놈들 만나면 오늘처럼 무조건 튀는 게 상책이야."

군대 동기의 말처럼 놀이터의 고삐리들도 흉기를 지니고 있지 않을지 덜컥 겁이 났다.

싸움은 기술도 아니고 덩치도 아니고 오직 기 싸움이다. 겁을 집어 먹은 순간 이미 게임은 끝났다.

한 놈이 나의 빈틈을 보고 달려들어 주먹으로 배를 가격했다. 살면서 얼굴이나 배를 제대로 맞아본 경험이 있는 사람은 아마 드물 것이다.

나는 영화나 드라마가 비현실적이라서 잘 안보는 편인데 그 중에서도 가장 맘에 안 드는 건 남자들이 멋지게 주먹거리를 하는 장면이다. 영화에서처럼 있는 힘껏 휘두른 주먹에 얼굴을 맞으면 그 순간 바로 기절할 것이며 배를 맞는 순간 몇 분간 숨을 쉴 수 없는 극도의 고통과 함께 다리 힘이 풀려 바로 주저앉을 것이다. 나에게도 바로 그런 증상이 찾아왔다. 나는 배를 움켜쥐고 놀이터 모래사장에 고꾸라졌다. 혼란을 틈타 키 작은 남자애는 도망쳤고 잠시 뒤에 내가 쓰러트린 우두머리가 일어났다.

"와, 씨발 늙다리 새끼들 때문에 오늘 존나게 재수없네."

그는 병든 닭처럼 쓰러져 있는 나와 그 남자를 번갈아 보더니 바닥에 침을 뱉었다. 그러고는 다른 녀석에게 말했다.

"야. 거기 가방 좀 갖고 와바."

내 가방을 말했다. 내 옆에 있던 한 놈이 가방을 집어 들어 우두머리에게 건넸다. 그 녀석은 내 가방을 뒤지더니 흡족한 표정을 지으며 지갑을 꺼냈다. 그때 멀리서 경찰차의 사이렌 소리가 들렸다. 녀석들은 사이렌 소리를 듣자 바로 놀이터를 떠났다. 들고 있던 가방은 던져 버렸지만 지갑은 우두머리가 갖고 튀었다. 고통은 그 후로도 한참 동안 지속되었다.

“다른 데 다치신 데는 없나요? 병원은 안 가봐도 괜찮겠습니까?”

경찰은 조서를 작성한 다음 우리 둘에게 물었다. 그때쯤은 통증이 가셨고 그런대로 괜찮아졌다. 나는 괜찮다고 대답하고 옆에 있던 남자를 쳐다보았다. 그도 괜찮다며 웃어 보였다.

“그럼 피해보신 물건은 지갑뿐이군요. 일단 접수해 두겠습니다.”

“그 지갑은 꼭 찾아야 되거든요, 잘 부탁드립니다.”

경찰은 나의 간절한 부탁에 멋쩍은 웃음을 지었다.

“네. 노력은 해보겠습니다만 혹시 지갑에 돈이 있었다면 그건 포기하는 것이 좋겠습니다. 분실하신 카드는 빨리 사용정지 신청하시고요.”

경찰은 현금이나 카드에 대해서만 이야기했지 지갑에 대해서는 특별히 언급하지 않았다. 보통 누구나 다 그렇게 생각할 일이었다.

파출소 문을 나서자 눈앞이 깜깜해졌고 끔찍한 현실이 피부로 느껴지기 시작했다. 멍한 표정으로 서 있는 나를 지켜보고 있던 남자가 곤혹스러운 표정을 지으며 나에게 말을 걸어왔다.

“죄송합니다. 괜히 저 때문에 쓸데없는 일에 휘말리고 지갑까지 잃어버리시고. 괜찮으시면 가까운 데서 식사나 같이 하시죠. 오랜만에 몸을 좀 썼더니 갑자기 허기가 지내요. 제가 사겠습니다."

그의 말이 떨어지기 무섭게 심한 허기를 느꼈다. 그와 나는 가까운 삼겹살 집으로 들어갔다. 그는 삼겹살 4인분을 시켰다. 그러고는 내 얼굴을 한 번 보고 동의를 구하더니 소주를 한 병을 시켰다. 주문하기가 무섭게 점원은 밑반찬과 소주를 먼저 들고 왔다. 그는 병마개를 따고 나에게 한잔 따라 주었다.

"저는 노영태라고 합니다. 이것도 재미있는 인연이네요."

"네, 저는 이민혁이라고 합니다. 오늘 덕분에 잘 먹겠습니다."

우리 둘은 마치 경쟁이라도 하듯 소주잔을 한 입에 들이켰다. 술이 한잔 들어가자 온 몸에 알코올 성분이 무섭게 퍼져 나갔다. 잠잠했던 복부의 통증이 다시 시작하려는 듯하다가 이내 편안해졌다.

"그런데 민혁 씨도 애인하고 잘 안 되는 모양이죠. 이틀 연속 놀이터에서 그러고 있는 걸 보면."

그는 고추를 된장에 찍어 한입 깨물어 우걱우걱 씹어 돌리며 말했다. 그도 내 얼굴을 기억하고 있는 모양이었다.

"그렇죠 뭐. 영태 씨는 어떤가요?"

"하하. 저는 뭐 더 안 좋아요. 기다리는 여자가 있기는 있는데 아직 여자친구도 아니고 게다가 그녀는 애인도 있어요."

그는 내가 술을 따라 줄 새도 없이 혼자 술을 따라 단숨에 들이켰다. 애인 있는 여자를 그렇게 기다리고 있다니 놀이터에서의 용감했던 행동도 정의감이라기보다는 타고난 무모함의 발현인 듯싶었다.

“애인 있는 여자에게 그렇게 과감하게 돌진하다니 아까도 그렇고 타고난 용기가 있는 것 같네요.”

“하하. 그런 건 아닙니다. 아까 그 애는 제가 좀 알아요. 역 근처에 있는 조그만 분식집 가게 아들인데요. 제가 거기 단골이거든요. 아는 애가 그렇게 당하고 있는 걸 보니까 그냥 지나치지 못하겠더라고요.”

그는 정말로 배가 고팠는지 쉴 새 없이 젓가락으로 식탁 위의 여기저기를 헤집고 다녔다. 나는 그가 어디 살고 있는지 궁금해졌다. 그는 성북동이라고 대답했다.

“이 동네도 살지도 않는데 단골 가게가 있어요? 얼마나 자주 왔길래?”

“하하, 뭐 한 4개월 됐나요?”

그는 기다렸다는 듯이 그 동안의 이야기를 쏟아냈다.

그는 현재 대기업 전자 회사에 다니고 있었고 약 4개월 전에 한 여자와 맞선을 보았다고 했다. 그는 맞선에 나온 여자에게 한눈에 반했지만 여자는 애초부터 맞선에 관심이 없었고 단지 부모의 성화에 못 이겨 나왔다고 했다. 그러면서 그에게 사과를 했다고 한다. 그는 여자의 마음 씀씀이에 감복했고 반드시 이 여자와 결혼해야겠다고 결심했다.

“애인도 있다면서 왜 그렇게까지 끈질기게 매달리죠?”

“맞선을 볼 때까지만 해도 지금 남자와 사귀고 있지 않았어요.

그때는 아마 그 남자에 대해 확신이 없었던 것 같아 약간 망설이고 있었던 것 같은데…… 제가 우물쭈물하는 사이에 그 남자와 그런 사이가 돼버린 거죠."

"초면에 이런 말 하기는 좀 미안하지만 영태 씨가 우물쭈물했건 안 했건 그 여자가 이후에 다른 남자를 선택하고 연애를 하기로 마음먹었다면, 영태 씨는 고려 대상이 아니었던 거 아닌가요?"

그때까지 내 얼굴은 보지도 않고 식탁에 차려진 음식에만 눈을 쫓던 그는 갑자기 나를 억울한 표정으로 쳐다보았다.

"그건 아니에요. 맞선 본 이후에도 계속 연락했고 데이트 비슷한 만남도 이어졌어요. 영화도 몇 번 봤고요. 제가 좀더 노력했다면 내가 그녀의 애인이 됐을 거라고 생각해요."

"그건 그렇다고 쳐도 이미 애인이 생겼는데 아직도 포기하지 않는 건 영태 씨를 위해서도 별로 안 좋을 것 같은데요."

"그런데 내가 볼 때는 아직 그쪽하고도 확실한 사이는 아닌 것 같아요. 그녀는 지금도 내가 밤늦게까지 집 앞에서 기다리고 있으면 카페로 나를 데리고 가서 따뜻한 차를 사주며 안쓰러운 눈으로 쳐다보곤 해요. 그리고 그때는 걸려오는 전화도 안 받아요. 전화는 보나 마나 그 남자겠죠. 아마 그 남자를 일단 애인으로 선택은 했지만 아직 저한테도 미련이 있는 것 같아요."

비슷한 사례들을 여자들에게 상담해 보면 그녀들은 열이면 열 같은 말을 했다. 어장관리. 노영태는 제법 덩치도 있고 얼굴도 호남형이고 인상도 좋았다. 여자들이 충분히 좋아할 타입이었다. 문제는 그 여자의 애인이라는 남자가 노영태보다 좀더 매력적일 가능성이 더 크다는 것이지만.

노영태는 갑자기 수저를 놓고 휴대폰을 꺼내 들었다. 일 관계로 걸려온 전화 같았다. 몇 마디 대화를 주고받던 그는 식탁 밑에 놓아두었던 다이어리를 들어 올려 펼쳤다.

"잠깐만요…… 음……. 1월 20일 오후 2시가 제일 적당하겠는데요."

펼친 다이어리에는 일정이 깨알 같은 글씨로 빼곡히 채워져 있었다. 남자다운 외모와 달리 여자들처럼 중요한 날짜에 색깔 있는 펜으로 잔뜩 별을 그려 놓았다. 여러 모로 반전이 있는 남자였다. 어느덧 식사가 다 끝나고 그는 나에게 물었다.

"그런데 내일도 올 거예요?"

"글쎄요. 이젠 안 올 것 같습니다."

세은이가 다니는 학원을 확인했으므로 이제 여기 올 필요는 없었다. 그리고 이 놀이터에서 매일 같이 노영태를 만나는 것도 우스웠다.

"영태 씨는 어떻게 할 거예요?"

"저도 잘 모르겠어요. 조금만 더 해보고 관둬야죠."

"포기하는 건가요?"

"그런 건 아니고요. 그냥 놀이터에서 그녀를 기다리는 방법이 별로 효과가 있는 것 같지도 않고 그냥 고민 중입니다. 다른 좋은 방법이 없을지."

"다른 방법이요?"

"이렇게까지 노력했는데도 그게 통하지 않는다면 다른 방법을 찾아봐야죠."

그의 무모함은 대단한 점이 있었다. 나도 세은이를 찾아 위험을 무릅쓰고 미래에서 여기까지 왔지만 노영태의 노력도 나 못지 않았다. 게다가 나보다 13년을 더 빨리 그런 열정을 불태웠으니 그의 용기와 진심은 인정할 수밖에 없다.

물론 노영태가 기다리는 여자가 이 남자의 진심을 알아줄지는 의문이었다. 진심과 스토킹은 천정에 달린 형광등과 같다. 불이 켜지면 진심이고 불이 꺼지면 스토킹인데 그 스위치를 켜고 끄는 것은 순전히 여자 마음인 것이다.

헤어질 때 그에게서 차비로 오천 원을 빌렸다. 그는 놀이터에서 또 마주칠 일이 생기면 그때 달라고 했다. 그러면서 돈 안 받아도 좋으니 더 이상 서로 놀이터에서 보지 말자고 호탕하게 웃었다.

4

26일. 이제 2000년의 과거에서 나에게 남은 날이었다.

아직 그녀를 만나지는 못했지만 그 동안 세은이가 살고 있는 집과 그녀가 다니고 있는 학원을 확인했다.

그러나 어이없게도 노파에게서 받은 종이를 잃어버렸다. 이대로라면 설사 세은이와 다시 잘 된다고 해도 26일 후면 나는 시공간에서 미아가 될 처지였다. 노파가 들려줬던 시간 여행에서 주의할 점에 대한 이야기를 떠올려 봐도 이런 경우에 대처하는 방법은 없었다.

노파라면 이런 일이 일어날 수 있다는 사실을 미리 알고 있었을지도 모른다. 생각해 보니 화가 났다. 망할 노파는 왜 그토록 중요한 종이를 한 장만 줬단 말인가? 노파를 다시 만나면 단단히 따져 봐야겠다는 생각에 이르자 갑자기 좋은 아이디어가 떠올랐다.

2000년에 살고 있는 노파를 만나러 가자.

신비한 능력이 있는 노파니까 혹시 도움을 받을 수 있을지도 모른다. 「백투더퓨처」에서도 주인공이 과거에서 다시 미래로 돌아갈 타임머신이 고장 나자 그를 과거로 보내줬던 박사를 찾아간다. 그러니까 주인공이 이동한 과거 시대의 젊은 박사를 찾아가는 것이다. 주인공은 젊은 박사로부터 결정적인 도움을 얻어 다시 미래로 돌아갈 수 있었다.

그러나 다시 찾아간 노파의 가게는 지금은 다방이 들어서 있었다. 결국 이곳을 처음 접했을 때 어딘가 다방이나 카페 같다고 느꼈던 것은 근거가 없는 건 아니었다.

문을 열자 문 안쪽에 달린 방울이 울려 소리를 냈다. 가게 안에는 테이블이 아홉 개 정도 있었고 두 개의 테이블에는 중년 남자 손님들이 자리를 잡고 앉아 있었다. 그들은 나를 보고 신기한지 잠시 쳐다보았다. 변두리의 낡은 다방에 젊은 남자가 들어오는 경우는 없으니까 그럴 만도 했다.

중년 남자들과 가장 멀리 떨어져 있는 자리로 가 앉았다. 가게 안을 빠르게 훑었는데, 가게 홀은 며칠 전에 찾아갔던 노파의 점집보다는 넓어 보였다. 다방은 주방과 화장실 외에는 따로 된 방이 없었고 탁 트인 구조였다. 늙은 남자의 팔짱을 끼고 수다를 떨고 있던 풍만한 중년 아줌마가 주방 쪽을 보고 소리쳤다.

"손님 왔다."

잠시 후 주방 안에서 30대 후반에서 40대 초로 보이는 여자가 나왔다. 그런데 그녀의 얼굴을 보고 적잖이 놀랐다. 세은이와 어딘지 모르게 분위기가 닮았기 때문이었다. 마치 세은이가 나이가 들었을 때의 모습 같달까. 그녀의 얼굴에는 어딘지 모를 기품이 있었고 도저히 이런 싸구려 다방에서 일할 사람처럼 보이지 않았다.

그녀는 메뉴판을 들고 다가왔다. 나는 그녀가 메뉴판을 펼치기도 전에 그냥 커피를 주문했다. 그녀는 무표정한 얼굴로 다시 주방으로 들어갔고 잠시 후 커피포트와 설탕, 프림 통을 쟁반에 담아 와 내 맞은편에 앉았다.

"드세요."

그녀는 설탕 세 스푼과 프림 두 스푼을 넣어 만든 커피를 나에게 내밀었다. 달콤한 커피향이 코를 휘감았다. 나는 대화를 통해 그녀와 친밀감을 쌓은 뒤 가게와 노파에 대해 이것저것 더 물어볼 심산이었다.

"여기서 오래 일했어요?"

그녀는 나의 질문에 대답 대신 다른 말을 했다.

"커피 한잔 사주세요."

예상 외의 말에 나는 얼떨결에 그러라고 했다.

그녀는 말이 떨어지기 무섭게 주방으로 가 새 커피 잔을 하나 들고 와 조금 전과 같은 방식으로 다방 커피를 만들어서 홀짝 홀짝 마시기 시작했다. 머리숱이 적은 중년 남자들과 풍만한 아줌마가 노닥거리고 있는 테이블의 질척하고 퇴폐적인 분위기와 다르게 나와 그녀가 앉아 있는 테이블은 건조하고 메마른 기운이 감돌았다.

커피 잔을 다 비운 그녀는 조용히 잔을 내려놓고 창밖으로 고개를 돌렸다. 도무지 손님인 나에게는 관심이 없어 보였다. 무시당하는 것 같아 은근히 불쾌해졌다. 나의 그런 기분을 알아차린 듯 그녀가 처음 말문을 열었다.

"여기서 누구 만나기로 했어요? 보아하니 누구랑 약속 있어 보이지는 않고……"

"어떤 사람을 좀 찾고 있는데……혹시 이 가게 주인이 누구예요?"

그녀는 턱짓으로 다른 테이블에서 중년 남자들과 노닥거리고 있던 아줌마를 가리켰다.

"저분 말고 다른 분은 안 계세요? 좀더 나이가 많은…… 거의 할머니 정도 되는……"

그녀는 대답 대신 고개를 저었다. 그녀는 다시 창밖으로 시선을 돌렸다. 나는 노파에 대해 더 물어보려다가 그만 두었다.

그때 다방 출입문에 달린 방울 종소리가 울렸고 50대 중반쯤 되어 보이는 다부진 체격의 남자가 문을 힘차게 열어 젖히고 가게 안으로 들어왔다. 다른 테이블에서 남자들의 희롱을 받던 풍만한 아줌마는 여자에게 눈짓을 보냈다. 여자는 나를 향해 가볍게 목례를 하고 커피포트와 쟁반을 챙겨 일어섰다. 그녀는 나비처럼 가벼운 발걸음으로 새로 들어 온 남자가 있는 자리로 가 앉았다.

그녀가 다른 자리로 가고 나서야 가게 안을 유심히 살펴보았다. 노파가 이곳에 없는 것은 분명해 보였다. 그렇다면 이제 2000년 현재 시점에서 나를 도와줄 사람은 없는 셈이다. 문득 어제 사건 처리를 담당한 경찰이 생각났다. 어젯밤 사건 이후, 그에게 전화를 걸어 잃어버린 지갑에 대해 얘기했다. 경찰의 대답은 예상대로였다. 그는 지갑 하나에 왜 그리 집착하느냐는 투로 귀찮아했다. 아무리 생각해 봐도 종이를 되찾을 방법이 떠오르지 않았다.

"씨발 그만하라니까!"

다른 테이블 쪽에서 커피 잔이 테이블에 부딪히는 날카로운 소리와 앙칼진 여자의 욕설이 동시에 들렸다. 소리 나는 곳을 쳐다보았다. 여자가 몹시 흥분한 얼굴로 자리에서 일어서 있었다. 옆에 앉았던 남자도 이에 뒤질세라 일어서서 목에 핏대를 세우며 고함쳤다.

"이 년이 예쁘다 예쁘다 하니까 지가 뭐라도 되는 줄 알아!"

그는 순식간에 그녀의 긴 머리채를 손으로 잡아챘다. 나는 차마 그 장면을 더 보지 못하고 눈을 돌렸다.

곧이어 남자의 비명소리가 들렸다. 여자는 머리채를 잡은 남자의 손목을 재떨이에 놓여 있던 담뱃불로 지졌고 남자가 비명을 지르며 손을 놓자 그 틈을 타 다방 밖으로 뛰어 나갔다.

놀란 쪽은 주인 아줌마였다. 아줌마는 울상을 지으며 부엌으로 뛰어 들어갔고 물에 젖은 수건을 들고 와 남자의 손목에 갖다 댔다.

"제깟 년이 뭐라고 우리 장 사장님에게 이렇게 악다구니를 한대? 장 사장님 꼬셔서 돈 갖다 쓸 때는 언제고. 사정사정해서 거두어줬더니 고마운 줄도 모르고 뭔 지랄이야 지랄이."

남자를 달래려는 듯 문이 열린 밖을 향해 연신 욕을 퍼부었다. 나는 탁자 위에 만 원을 놓고 다방을 나왔다.

다방이 있는 거리를 벗어나 지하철 역 방향으로 돌자 방금 전의 여자가 건물 벽에 삐딱한 자세로 기대선 채 하늘 위를 향해 담배 연기를 내뿜고 있었다. 무심코 그녀와 눈이 마주친 나는 무안한 기분이 들어 시선을 피했다. 그러나 그녀는 스쳐 지나가는 나를 향해 한마디 했다.

"그런 눈으로 쳐다보지 마. 나도 한때는 꽃보다 아름다운 사람이었어……."

나한테 하는 말이라기보다는 어쩐지 자신에게 하는 말처럼 들렸고 그래서인지 그녀의 말과 목소리가 처량하게 느껴졌다. 나는 고개를 돌려 그녀의 눈을 잠시 바라보았다.

"네. 그랬을 거예요……"

험한 세월이 할퀴고 가버린 그녀의 얼굴 깊은 표층에서 희한하게도 세은이의 모습이 그려졌고 그래서 이 말은 진심이었다. 그녀는 내 대답이 의외였던지 약간 놀라는 표정을 지었다. 잠시 나를 바라보던 여자는 들고 있던 담배를 바닥에 던져 버리고는 하이힐로 짓이겨 밟았다.

"아까 누구를 찾고 있다고 했었지? 찾는 사람이 할머니야?"

"네, 그래요."

"그러고 보면 그쪽도 참 웃겨. 다방에 와서 할머니를 찾고…… 생각해 보니까 얼마 전에 다방에 웬 할머니가 찾아오긴 했어. 장사가 안 돼서 주인 여자가 6개월 전에 가게를 내 놓았는데 세가 나가야 말이지. 그런데 한 10일 전쯤인가 부동산 업자가 할머니를 한 명을 데리고 왔어. 가게 보러 왔다면서. 일이 잘 풀리면 그 할머니가 가게 주인이 될 수도 있을 텐데 혹시나 그쪽이 찾는 사람인가 싶어서 말야."

나는 그녀가 말하는 할머니가 내가 말하는 점쟁이 노파와 동일인이라는 생각이 들었고 갑자기 희망이 샘솟는 것 같았다.

"그 할머니 만나려면 어떻게 해야 될까요?"

"부동산 업자한테 알아보면 되겠지."

나는 그녀에게 머리를 숙여 인사했다.

"알려줘서 감사합니다."

그녀는 고개를 가볍게 흔들며 작은 목소리로 대답했다.

"나야말로……"

오던 길을 되돌아 급하게 다방문을 열고 들어갔지만 다방 홀에는 아무도 없었다. 주방에서 주인 아줌마가 손님이 온 줄 알고 호들갑스럽게 나오다가 내 얼굴을 확인하고는 의아한 표정으로 지었다.

"아까 왔던 손님 아니에요?"

"죄송한데 혹시 이 가게 내놓은 부동산이 어딘지 알려주실래요?"

주인 아줌마는 아까보다 더 어리둥절한 표정을 지으며 물었다.

"네? 무슨 일인데 그러세요?"

"좀 알아볼 게 있어서."

"한일 부동산인데, 요 앞에 사거리에 있어요. 찾아갈 거면 한 일주일 뒤에나 가봐요. 필리핀으로 놀러 간다고 했으니까."

"언제요?"

주인 아줌마는 더 이상 관심 없다는 듯 무성의하게 고개를 끄덕이고는 뒤돌아 다시 주방으로 들어가려고 했다.

"혹시 이 자리는 살 사람 구했나요?"

"찾는 게 이 가게였어요? 진즉에 말을 하지."

주인 아줌마는 갑자기 얼굴에 화색이 돌며 손뼉을 치고 다가왔다.

"그런데 여기 어떤 할머니가 가게 보러 오지 않았어요?"

"그건 또 어떻게 알았어요? 진짜 조사 많이 했나 보네. 그런데 그 노친네가 가게를 한 번 둘러보긴 했는데 별로 마음에 안 들어 해서 아직 계약한 사람은 없어요."

"혹시 그 할머니 연락처 아세요?"

"난 모르지. 근데 우리 가게 관심이 있어요 없어요? 보아하니 나이도 젊은데 무슨 가게 하실라고?"

"죄송한데요, 마지막으로 하나만 더 물어볼게요. 부동산 업자분 언제 돌아오는지 아세요?"

그때까지 사근사근하게 말대답을 해주던 주인 아줌마는 갑자기 인상을 찡그리며 언성을 높였다.

"가게 보러 온 거 아니면 그만 나가요. 궁금하면 한일 부동산으로 가보든가요. 언제 가고 오는지 내가 어떻게 알아요?"

나는 다방을 나와 한일 부동산이 있다는 사거리로 향했다. 걱정대로 부동산의 문은 굳게 잠겨 있었다. 밖에 적혀 있는 휴대폰 번호로 전화를 걸었지만 꺼져 있었다. 그대로 부동산 앞에 주저앉아 거친 숨을 고르다가 도로 한쪽에서 오뎅을 팔고 있는 포장마차가 눈에 들어왔다. 순간 노영태가 했던 말이 생각났다. 돈을 뺏긴 남자애는 그 동네 분식집 아들이라고 했다. 남자애는 불량배 녀석들과 아는 사이일 가능성이 크다. 원래 동네 양아치들의 먹잇감으로 한 번 찍히면 어지간해서는 마수에서 빠져 나오기 힘든 법이다. 나는 그길로 바로 길음역을 향했다.

5

길음역 지하철 역 입구에서 나와 30미터쯤 걷자 가판에 오뎅과 튀김을 내 놓고 파는 조그만 분식 가게가 눈에 들어 왔다. 가게로 다가가자 세월의 모진 풍파가 얼굴에 그대로 드러난 여인이 분주하게 튀김 거리를 준비하고 있었다. 나는 그녀에게 그 집에 중학생 자녀가 있는지 물었다. 그녀는 무척 놀란 표정으로 잔뜩 경계를 하며 무슨 일인데 그러느냐고 되물었다. 나는 그제 있었던 일을 설명하고 그녀의 아들을 만나고 싶다고 했다. 그러자 다소 경계심이 풀어진 듯 아들은 조금 있다 학교를 마치고 가게로 올 것이라고 했다. 그러면서 고맙다는 인사말과 함께 튀김과 순대를 섞어 담아 놓은 접시를 나에게 내밀었다. 배가 부르기도 했고 그렇게 좋아하는 음식도 아니었지만 그녀에게 맛있게 먹는 모습을 보여 주고 싶었다. 한참을 먹고 있는데, 그녀가 어딘가에 대고 소리쳤다.

"영식아, 저번에 너 도와줬던 아저씨 왔다. 어서 와서 인사해라."

그녀가 소리치는 쪽을 쳐다보았다. 그날 밤에 본 중학생이 가게로 향해 걸어오고 있었다. 어머니의 반가운 목소리와는 달리 아이의 표정은 어두웠다.

그는 불안한 눈동자로 나에게 인사를 했다. 나는 직관적으로 아이가 상습적인 폭력에 시달리고 있다는 것을 알 수 있었다. 그리고 아이의 미래가 보였다. 넉넉하지 않은 생활형편이야 어떻게든 극복이 되겠지만 상습적인 폭력은 인간의 자존감을 파괴시킨다. 아이는 커서도 늘 무엇엔가 쫓기는 불안 심리에 시달릴 것이며 조그만 난관이라도 만나면 공포에 질려 뒤로 도망칠 궁리만 할 것이다.

그러나 아이의 어머니는 아들의 이런 상태를 전혀 인지하지 못할 것이다. 빠듯한 살림살이로 그런 정신적 여유도 없겠지만 그녀의 눈에는 절대 보이지 않을 것이기 때문이다. 김민희의 경우도 그랬지만 세은이를 다시 만나러 찾아다니는 과정에서 다른 사람의 불행을 엿보아야 하는 일이 괴로웠다. 그러나 나는 그들의 불행보다 26일 이후에 시공간의 미아가 될 나부터 걱정해야 했다.

"너 저번에 만난 고등학생들 잘 알지?"

남자 아이는 흠칫 놀라는 표정을 지었다. 불량배에게 상습적인 폭력에 시달리는 아이들이 제일 걱정하는 것은 그들에게 당할 복수다. 그들은 어른들이 자신들을 불량배의 복수로부터 지켜 줄 수 없다는 것을 경험적으로 잘 알고 있다.

"그 녀석들을 경찰서에 잡아넣거나 복수하려고 그러는 건 아니니까 너무 걱정 마라. 단지 그 녀석들이 훔쳐간 간 내 지갑을 찾아야 돼서 그래. 그 지갑은 나에게 무척 중요하거든."

아이는 내 말을 듣더니 고민하는 눈치였다.

"그냥 녀석들을 어디에 가면 만날 수 있는지만 알려주면 돼. 너한테 들었다는 이야기는 절대 안 할 거니까."

아이는 곤혹스러운 표정을 지으며 모기만 한 목소리로 대답했다.

"그럼 절대로 저한테 들었다는 이야기는 하지 마세요. 그 놀이터에서 500미터 정도 시장 쪽으로 걸어가서 오른쪽으로 꺾으면 오락실이 나와요. 거기서 만날 수 있을지도 몰라요. 평소 거기에서 자주 게임을 하거든요."

나는 아주머니에게 인사를 하고 아이가 가르쳐 준 오락실로 향했다. 행여라도 도중에 길에서 세은이를 만날까 두려워 먼 길로 돌아가는 길을 선택했다.

오락실은 아직 낮이라 그런지 한산했다. 게임기가 스무 대 정도 설치되어 있었고 중학생과 고등학생이 뒤섞여 드문드문 보일 뿐, 그 날 밤의 불량배들은 보이지 않았다. 나는 자연스럽게 동전을 바꿔 오락을 하기 시작했다. 그 편이 가장 눈에 띄지 않는 좋은 방법이었다. 그렇게 하릴없이 시간을 보내는데, 한 무리의 학생들이 우르르 들어섰다. 딱 봐도 복장이 불량하고 행동거지가 거친 것이 평범한 학생들은 아니었다. 그 무리들의 얼굴을 곁눈질로 찬찬히 살폈다. 다섯 명이었는데, 그 중 한 명의 얼굴이 낯이 익었다. 그날 밤에 만난 세 명 중 하나의 얼굴과 겹쳐졌다.

나는 녀석들의 눈치를 살피며 게임을 하기 위해 흩어지기를 기다렸다. 그들은 동전을 바꿔 하나 둘씩 자기가 좋아하는 오락기 앞에 앉았다. 나는 목표로 하는 놈이 혼자가 되기를 기다렸다. 이윽고 내가 노리던 놈이 혼자 자동차 레이싱 게임기에 앉았다. 나는 기회를 놓치지 않고 재빨리 녀석에게 다가갔다.

"이봐. 나 기억나지?"

녀석은 처음엔 어리둥절해하더니 이내 상황을 인지하며 움찔했다. 내가 재빨리 녀석의 어깨를 감싸며 말했다.

"야. 가만있어. 어차피 네가 누군지 다 파악됐고, 경찰에 얘기하기만 하면 돼. 하지만 난 그냥 지갑만 찾으면 돼. 너 같은 양아치 새끼들 감옥에 잡아넣는 거 따위는 아무 관심도 없어. 지갑 어쨌어?"

녀석은 무엇인가 생각하다가 대답했다.

"지갑은 내가 안 갖고 있어요. 다른 애가 갖고 있는데 오늘은 안 올 거예요."

"안 오면 연락해서 오게 하면 될 거 아냐. 다시 말하지만 너네들한테 감정 없다. 지갑만 찾으면 돼."

"오늘 저녁에 만날 거예요. 8시에 정릉천 다리 밑에서 만나기로 했어요. 그때 지갑 챙겨서 줄게요. 경찰한테 얘기 안 한다 약속해요. 그러면 드릴 테니까."

그는 말을 마치기 무섭게 오락실 밖으로 뛰어나갔다.

밤 8시. 정릉천에 도착했다. 주위를 한번 살펴보고 알고 있던 경찰에게 전화를 걸었다. 그가 여기까지 오려면 족히 20분은 걸릴 것이었다. 경찰이 여기로 오기 전에 지갑을 찾으면 그걸로 된 거고 혹시 예상대로 안 돼 녀석들과 싸움이라도 벌어지면 경찰의 도움이 필요했다. 경찰서에 신고를 한 후 다리 밑으로 접근했다. 겨울이라 지나가는 사람들은 거의 나타나지 않았다. 나는 아무 곳에다 대고 소리쳤다.

"어이 아무도 없어? 지갑 찾으러 왔다."

"여기다."

멀리서 나를 부르는 소리가 들렸다. 자세히 보니 그날 밤의 불량배 셋이었다. 나는 천천히 녀석들에게 다가갔다. 이번만은 무사히 지갑을 찾고 세은이와 만나는 일에 집중하고 싶었다. 저 놈들이 제발 나의 이런 순수한 마음을 알아주면 얼마나 좋을까?

녀석들은 녹슨 페인트 통에 나무를 넣어 불을 때고 있었는데, 손에 각목을 하나씩 들고 있었다. 지갑만 돌려받으면 된다고 했는데도 일을 크게 벌리려는 건지. 나는 그들과 10미터 정도 거리를 두고 멈춰 서서 소리 쳤다.

"야, 지갑 넌져! 지갑만 받으면 된다니까."

녀석들 중에 한 명이 호주머니에서 지갑을 꺼내 나를 향해 힘차게 던졌다. 그런데 방향 조준을 잘 못해서 길 옆에 개울물이 흐르는 곳으로 떨어졌다. 나는 황급히 물 속으로 지갑을 주우러 들어갔다. 얼음같이 차가운 물 때문에 발을 바늘로 찌르는 듯한 고통을 느꼈다. 나는 물에 떠밀려 흘러가던 지갑을 재빨리 낚아 채, 개울 밖으로 뛰어나왔다.

그런데 촉감이 달랐다. 자세히 보니 내 지갑이 아니었다. 비닐로 만들어진 싸구려 지갑이었다. 그 모습을 본 양아치 녀석들은 배를 잡고 깔깔대며 웃었다. 녀석들의 웃는 얼굴을 보자 화가 나서 참을 수 없었다.

"이 새끼들이, 좋은 말로 하려고 했는데 아직도 말귀를 못 알아들어? 진짜 콩밥 한 번 먹게 해줄까? 대가리에 피도 안 마른 것들이 어른을 갖고 놀려?"

"미친놈. 지랄하네. 나이 처먹고 왜 고등학생들을 스토킹하고 그래. 우리 따라다닐 시간 있으면 집에 가서 잠이나 처자 쪼잔한 새끼야. 그렇게 지갑 찾고 싶어? 지갑 찾고 싶으면 이리 가까이 와 봐."

그는 다시 주머니 속에서 뭔가를 꺼냈다.

"이거 아냐? 네가 찾고 있는 거?"

그는 라이터로 그 지갑을 비췄다. 멀리서 보아도 종이가 들어 있는 지갑이 맞았다. 어쩔 수 없이 그들에게 더 가까이 갈 수밖에 없었다. 경계를 하며 한 걸음씩 다가가 녀석들이 모여 있는 곳에 이르자 지갑을 들고 있던 녀석이 말했다.

"어이. 아저씨. 무릎 한번 꿇어 봐."

기가 찼다. 무릎을 꿇으라니. 어린 녀석들에게 이런 수모를 당해야 한단 말인가? 그런데 나는 저 지갑이 없으면 계속 이러지도 저러지도 못하고 남은 26일을 허비해야 한다.

결심을 굳혔다. 어차피 이 모든 것은 26일 후면 끝날 일이고 설사 나의 이런 굴욕적인 모습을 누군가 목격한다 한들, 그들의 존재 또한 돌아갈 미래에서는 내 눈앞에서 사라질 것이다. 무릎을 꿇어서 해결될 일이면 그나마 다행이었다.

나는 주위를 한번 둘러보고 지나가는 사람이 아무도 없는 것을 확인 후 천천히 무릎을 꿇었다. 녀석들은 설마 하는 표정을 짓고 있다가 내가 무릎을 꿇자 어이없다는 웃음을 지었다.

"이 새끼 진짜 웃긴 놈이네. 이게 뭐라고 이렇게 생난리를 치는 거야?"

녀석이 지갑을 위로 들어 이리저리 살펴보았다.

"비싼 메이커도 아니구만."

녀석이 나를 힐끗 쳐다보더니 야비한 미소를 지었다.

"이거 없으면 네가 죽기라도 해? 응?"

녀석은 마치 어른이 아이를 혼내듯이 지갑으로 내 머리를 툭툭 건드렸고 옆에 있던 두 녀석은 낄낄거리며 웃었다. 모든 것이 미래로 돌아가면 잊혀질 것이라고 속으로 몇 번을 되뇌면서 참으려고 노력했지만 굴욕감에 몸이 덜덜 떨렸다. 녀석은 재미있다는 듯이 내 표정을 보다가 갑자기 지갑을 페인트 통 불 속으로 휙 던져 버렸다.

순간 피가 역류하는 듯한 분노를 느꼈다. 지갑이 불에 타면 그 안에 있는 종이도 불에 탈 것이고 그러면 나는 아무것도 한 것 없이 2012년으로 되돌아가야 했다. 본능적으로 몸을 일으켜 페인트 통으로 향했다. 그러나 그 순간 주위의 모든 것이 희미하게 사라졌고 마취 주사를 맞은 것처럼 몸에서 힘이 빠져나가고 정신을 잃었다.

6

무슨 일이 일어 난 것일까?

몽롱한 정신 상태가 계속되었다. 이곳이 정릉천 다리 밑이 아닌 것은 분명했다. 나는 침대 위에 누워 있는 것 같았으며 몸은 따뜻했다. 훈훈한 공기가 콧구멍으로 솔솔 들어왔고 이곳이 실내임은 확실했다.

종이가 불에 태워져 2012년으로 되돌아온 것 같았다. 이곳은 노파의 가게일 수도 있고 아니면 나의 오피스텔일 수도 있다. 순간 나도 모르게 설움이 북받쳤다. 2000년 1월로 되돌아가 기껏 한 일이라고는 먼발치에서 세은이의 뒷모습만을 봤을 뿐이었다. 아무것도 한 것이 없었다. 노파는 분명 과거로 돌아갈 수 있는 기회는 한 번뿐이라고 말했다.

대체 내가 무슨 잘못을 저질렀기에 이런 일이 벌어진 것일까? 과거로 돌아갔지만 세은이를 만나는 일 외에는 어떠한 허튼짓도 하지 않았고 노파의 신이 화가 날 일도 하지 않았다. 이은희를 만나서도 2000년과는 다르게 바로 헤어졌다. 너무 억울했다. 억울한 생각이 들자 나도 모르게 눈에서 눈물이 흘러내렸다.

"어머 눈물을 흘리네?"

바로 옆에서 여자의 목소리가 들렸다. 그러고는 티슈로 나의 얼굴을 닦는 여자의 손길이 느껴졌다. 이 여자는 누구일까? 전처? 혹시 전처와 이혼하기 전으로 되돌아온 것인가? 정신을 차리기 위해 몸부림쳤지만 몸이 말을 듣지 않았다. 가위에 눌린 기분이었다.

"악몽이라도 꾸는 건가?"

그 순간 여자의 목소리가 이은희라는 사실을 알았다. 온몸에 소름이 돋았다. 내가 2012년에도 이은희와 연락하고 지내고 있는 것인가? 아니면 더 깊은 관계? 침대에 잠든 나를 옆에서 지키고 있다면 보통 관계가 아닐 것이다. 내 미래가 전혀 엉뚱한 모습으로 바뀌어 버린 걸까? 마음속에서는 한바탕 폭풍우가 휘몰아치고 있었지만 여전히 내 몸은 꼼짝도 할 수 없었다. 그녀는 티슈 한 장을 더 뽑아 오른쪽 눈가를 닦아주고 난 후 나의 팔 다리를 주무르기 시작했다. 그녀의 마사지 덕분에 신체 감각이 서서히 돌아오는 느낌이었다.

그로부터 시간이 꽤 흐른 뒤 눈을 뜰 수 있었다. 형광등 때문에 눈이 부셨다. 왼쪽 눈에서 사람의 형상이 차츰차츰 구체화 되어갔다. 모자이크의 크기가 조금씩 작아져 또렷한 영상이 맺히는 과정 같았다. 어느 정도 사람의 형상이 나타났을 때 그녀가 이은희라는 것을 눈으로 확인할 수 있었다. 정확한 모습은 분간이 안 됐지만 이미 나는 그녀를 느낌으로 인지할 수 있었다.

"오빠! 정신 차렸어?"

그녀의 얼굴이 어느새 또렷해졌다. 그러나 시각을 제외한 다른 감각은 여전히 둔탁한 느낌이었다. 말을 하려고 했지만 입이 잘 움직여지지 않았다.

"경찰한테 전화 와서 깜짝 놀랐어. 전에는 이상한 가짜 돈을 갖고 다니질 않나 이번에는 고삐리들과 싸움질이라니 도대체 뭘 하고 돌아다니는 거야?"

그녀의 말에 심장이 다시 급하게 뛰기 시작했다. 지금 한 말대로라면 나는 아직 2000년에 있었다. 지갑이 불에 타지 않았다는 이야기인가? 더 이상 그대로 있을 수 없어 힘겹게 입을 움직였다.

"어…… 떻…… 게 된…… 거야?"

"어떻게 되다니? 그건 내가 묻고 싶은 말인데. 한 시간 전에 내 휴대폰으로 오빠한테 연락이 오는 거야. 연락이 올 거라고 생각했지만 예상보다 많이 늦었다 싶었거든. 그런데 받아 보니 파출소 경찰이라는 거야. 이민혁 씨가 지금 폭행을 당해 응급실에 있는데 휴대폰 통화기록을 보니 이 번호랑 제일 많이 통화한 걸로 되어 있어서 혹시 가족이거나 애인이 아닌가 싶어서 전화했다고 말이야."

그녀의 말을 들으니 어떻게 된 일인지 파악이 됐다. 내가 미리 연락해 둔 파출소 경찰이 고삐리들에게 얻어맞고 쓰러져 있던 나를 구해준 모양이었다. 그렇다면 지갑은 도대체 어떻게 된 것일까? 분명 녀석이 페인트 통 불 속으로 지갑을 던졌고 안에 있던 종이는 금방 재가 되었을 것이다.

그때 하얀 가운을 입은 젊은 청년이 내가 누워 있는 침대 쪽으로 다가왔다. 그는 내게 이름을 말해 보라고 했고, 나는 이름을 또렷하게 한 자씩 말했다. 그러고 나서 몇 가지 손 동작을 시켜보더니 안심하라고 설명해 주었다.

"다행히 큰 이상은 없는 것 같고 충격에 의해 일시적으로 기절했던 것으로 보입니다. 목 쪽에 타박상이 있고요. 며칠간 좀 안정을 취하면서 상황을 봐야 될 것 같습니다."

의사는 이은희를 보고 물었다.

"보호자세요?"

"아…… 네 그런데요."

의사는 그녀에게 몇 가지 주의사항을 말했다.

"별 이상은 없어 보이지만 당분간 절대 안정을 취해야 되니까 여자 친구 분이 좀 신경 써서 옆에서 잘 돌봐주세요."

의사는 이은희를 여자친구라고 불렀다. 하긴 병원 응급실에 누워 있는 남자 환자의 팔다리를 주무르고 있는 젊은 여자를 봤다면 누구라도 부인이 아니면 애인이라고 생각하는 것은 당연한 일이다.

그러나 이은희에게는 미안한 일이지만 갑자기 세은이가 생각났다. 세은이도 그날 병원 응급실에 누워 있었을 때 내가 지금 이은희처럼 옆에서 지키고 있길 바랐을까? 나는 지금껏 한 번도 그때 세은이가 어떤 생각을 했을지 상상해 본 적이 없다는 사실을 깨달았다.

"방금 의사도 우리 둘이 약속한 걸 알고 있나 봐."

이은희는 능청스러운 표정을 지었다. 내가 의미를 모르겠다는 표정을 짓자 아랫입술을 깨물고 장난스럽게 화난 표정을 지었다.

"기억 안 나? 우리 다시 만나게 되면 사귀자고 했잖아."

며칠 전에 그녀와 강남역에서 헤어지면서 나누었던 말이 기억났다. 나도 모르게 심각한 표정이 되었는지 그녀는 눈을 흘기며 말했다.

"표정 봐라……. 착각하지 마. 남자한테 먼저 매달리는 그런 값싼 여자 아니니까."

나의 다리를 주무르던 그녀의 손에 힘이 들어갔다.

다음 날 응급실에서 일반 병실로 옮겼다. 이은희는 저녁 7시쯤에 병실에 나타났다. 이은희는 어느새 2000년의 나와 가장 친밀한 관계의 사람이 되었지만 정작 나는 그녀에 대해 아는 것이 거의 없었다. 그녀가 나이트클럽에서 이런저런 이야기를 해 주었겠지만 이미 나에게는 13년 전의 일이었고 가장 기본적인 나이조차도 기억에 없었다. 물론 이런 친밀한 관계도 25일 후면 물거품처럼 사라질 것이기는 했지만 그래도 이렇게 정성으로 나를 챙겨주는 그녀에 대해 너무 모르고 있다는 사실이 왠지 미안했다. 그녀는 쇼핑백에서 일회용 용기에 담은 죽과 일회용 수저와 젓가락을 꺼내 내밀었다.

"그런데 너 직업이 뭐야?"

그녀는 나의 뜬금없는 질문에 황당하다는 표정으로 나를 쳐다보았다.

"미용사라고 했잖아. 왜? 설마 내가 거짓말했을까 봐?"

"아…… 그랬지. 미안. 내가 머리를 얻어맞았더니 기억력이 나빠졌나 봐."

괜히 이것저것 더 물어봤다가는 본전도 못 찾을 것 같아서 그만두기로 했다. 수저를 쥐고 죽을 한 숟가락 떠 입으로 가져갔다. 그녀는 내가 죽을 떠먹는 모습을 오래도록 물끄러미 쳐다보았다.

"그런데 좀 이상해."

그녀는 한참을 침묵하다가 말을 꺼냈다.

"뭐가?"

"나이트클럽에서 만난 오빠랑 며칠 후에 만난 오빠는 좀 다른 사람 같아서."

며칠 사이에 정신적으로 13년을 늙어버린 나를 만났으니 당연한 일이었다.

"그렇다고 근본적인 성격이랄까, 그런 게 달라진 건 아니지만 말투도 그렇고…… 나를 대하는 느낌도 다르고 말야."

"그래?"

나는 그녀의 말에 무관심한 척 건성으로 대답하며 계속 죽을 떠먹는 데만 집중했다.

"특히 눈빛이 전혀 달라."

도둑이 제발 저리듯이 나도 모르게 그만 그녀의 눈을 바라보게 됐다.

"지금 나를 보는 눈빛에는 남자로서의 본능이 안 느껴져. 그냥 동생을 보는 듯한 그런 느낌이야."

어쩌면 그녀는 내가 생각했던 것보다 영민한 사람일지 몰랐다. 다른 사람의 미묘한 감정선을 읽을 수 있다는 것은 둔한 사람에게는 굉장히 어려운 일이다. 그녀의 말대로 2000년의 내가 그녀에게 어떠한 욕망을 품었는지는 기억나지는 않지만 지금 나에게 이은희는 그저 과거의 스쳐 지나간 한 사람일 뿐이었다. 미래의 나에게 아무런 의미도 없는 그런 그녀를 대하는 건조한 나의 눈빛을 이은희는 본능적으로 느끼고 있었다.

"왜 그런지 내가 맞혀 볼까?"

그렇게 말하는 그녀의 눈동자는 흔들리고 있었다. 말을 할까 말까 갈등하고 있는 모습이 느껴졌다. 짧은 시간 흔들렸던 그녀의 시선은 이내 안정을 찾았고 말하기로 결정한 듯 보였다.

"옛날 애인한테서 연락이 왔지?"

그녀의 말은 전혀 예상하지 못한 것이었고 나는 숟가락질을 멈췄다.

"대답 못하는 것 보니까 맞네."

그녀는 예감이 맞아떨어진 것에 대한 씁쓸함 때문인지 눈을 밑으로 내리깔았다. 그러다가 갑자기 자리에서 일어나 먼 창밖을 보았다. 표정관리가 힘든 모양이었고 그 모습을 나에게 보여 주기 싫은 것 같았다. 몇 초의 시간이 흘러 그녀는 다시 의자에 앉아 나를 쳐다보며 웃음을 지었다.

"하긴 오빠가 맘에 들었던 것도 그것 때문이었으니까. 그 날 만났던 남자들은 모두 어떻게든 나에게 술을 진탕 먹여 모텔방으로 업어갈 궁리만 했는데, 오빠는 술이란 술은 혼자 다 마시고는 계속 옛날 애인 이야기만 했잖아. 그때 자존심을 버렸어야 했는데, 전화를 다시 걸었어야 했는데 후회하면서 말이야. 이야기를 들어봤을 때 여자로서 내 직감은 오빠하고 그 여자는 그때 끝난 것 같았는데…… 다시 연락이 온 거야?"

이은희와의 관계를 어떤 식으로 풀어갈지 고민이었는데 그녀가 그런 말을 꺼내자 오히려 잘됐다는 생각이 들었다.

"그 여자한테서 연락이 온 게 아니라 내가 다시 연락하려는 참이야."

잠시 침묵이 흐른 후 그녀는 침대 위에 놓아두었던 핸드백에서 무엇인가 꺼내 나에게 건넸다.

"근데 이거 뭐야? 혹시 그 여자 집 주소야?"

놀랍게도 그녀가 내민 것은 노파가 준 종이였다.

"그 여자 주소인지 뭔지 모르겠지만, 자 받아."

나는 그녀의 손에서 냉큼 종이를 낚아채며 물었다.

"그런데 왜 이걸 네가 갖고 있어? 경찰한테서 받은 거야?"

"전혀 눈치채지 못했던 거야?"

그녀는 혀를 차면서 말했다.

"쯧쯧…… 그렇게 둔해가지고서는. 그때 경찰서에서 풀려난 뒤 나랑 카페에 갔었잖아. 내가 오빠한테 돈 주면서 커피 사오라고 했지? 오빠가 카운터에 주문하러 간 사이에 슬쩍 한 거야."

무용담을 늘어놓는 것 같은 이은희의 말에 화가 난다기보다는 허탈했다. 그 종이를 찾기 위해 이틀의 시간을 허비했다. 이곳에서 이틀이란 피 같이 소중한 시간이다. 하지만 달리 생각해 보면 그 때 이은희가 종이를 지갑에서 빼가지 않았다면 종이는 지갑과 함께 한 줌 재가 됐고 나는 지금 2012년으로 되돌아 가 있었을 것이다. 오히려 이은희에게 고마워해야 할 일이었다.

"내가 지갑을 건네줬을 때 오빠는 카드나 신분증 같은 건 안중에도 없고 그 종이를 보고는 무척 안심하더라고. 그때부터 그 종이에 관심이 생겼어. 그렇게 중요한 거라면 없어지자마자 나한테 다시 연락이 올 줄 알았는데 웬걸 며칠이 지나도 소식이 없더라고. 그런데 뭐야? 지금까지 전혀 모르고 있던 거였잖아. 진짜 재미없네."

같이 있으면 유달리 에피소드가 많이 생기는 사람이 있다. 보통 그런 사람들은 외부 환경에 즉각적으로 반응하는 강한 충동성을 갖고 있는 경우가 많다. 그러니까 생각하기 전에 행동하는 것이다. 이은희는 그런 여자였다. 나와는 굉장히 다른 종류의 사람이었다. 2000년에는 이런 그녀의 성격이 나와 맞지 않았지만 지금은 그녀의 성격이 묘하게 나를 보완해 주고 있었다. 이은희와는 연인은 못돼도 오래도록 친하게 지낼 친구는 될 수 있었을지도 몰랐다. 옛날에는 제대로 된 작별인사도 없이 그냥 그녀의 곁에서 사라졌지만 지금의 그녀에게 또 그런 행동을 하고 싶지는 않았다.

"나 내일 퇴원할 거야. 아마 당분간 못 만날 거야. 그 동안 병간호해 줘서 고마워."

그녀는 나의 말에 놀란 얼굴이 되었다.

"안 돼! 의사가 며칠 더 쉬어야 된다고 했잖아."

걱정스러운 그녀의 표정은 진심처럼 느껴졌다. 그러나 나는 더 이상 마음의 여유가 없었다. 이제 종이도 찾았고 세은이를 만나는 일에만 집중해야 했다.

"뭐가 그렇게 중요한 일이 있길래, 이렇게 급하게 퇴원한다는 거야?"

지금 나를 둘러싸고 있는 모든 것은 얼마 후면 사라질 존재들이었지만 이은희만은 예외라는 기분이 들었다. 그녀에게는 내가 미래에서 왔다는 사실을 밝히지는 못해도 내 감정을 솔직하게 말하고 싶었다. 그것이 지금 내가 그녀에게 할 수 있는 최선이라는 생각이 들었다.

"나, 그 여자 빨리 다시 만나야 해. 시간이 없어."

붉게 달아오른 얼굴로 나를 거세게 몰아붙일 듯한 기세였던 이은희는 갑자기 말문이 막힌 듯했다. 그녀는 입술을 부르르 떨었다.

"그 여자한테서 먼저 연락 온 것도 아니고 오빠가 못 잊어서 다시 연락하겠다는 거 아냐? 그래 그건 좋다 쳐. 그런데 그렇게 못 잊는 여자가 있으면서 왜 나한테 그렇게 한 거야? 내가 네 장난감이야? 나쁜 새끼……"

그녀는 더 이상 내 눈을 보려 하지 않았고 병원에 가져 온 짐을 챙기기 시작했다. 짐을 다 챙기고 핸드백을 어깨에 걸친 순간 시선을 아래로 둔 채 수 초 동안 움직이지 않았다. 그러고는 나를 한

번 노려보더니 그 길로 병실을 나가버렸다. 그 짧은 순간은 마치 세은이가 이별을 고하고도 며칠 후에 나에게 전화를 한 것과 같은 이유일 거라고 생각했다. 이은희가 어떤 행동을 해도 그 행동이 나에게 세은이를 떠올리게 한다면 이렇게 끝이 나는 것이 이은희에게 최선일 것이다. 같은 병실에 있던 다섯 명의 환자들은 모두 나의 눈치를 살폈다. 내가 그들의 시선에 담담할 수 있었던 것은 단지 지금의 상황이 잊혀져 버릴 과거이기 때문만은 아니었다. 나에게는 찾아야 할 꿈이 있었고 그 꿈은 나에게 담대함과 뻔뻔함을 주었다.

제3장

블랙홀 저편의 그녀

1

아침에 회진하러 온 의사에게 퇴원하겠다고 말했다. 이은희의 호들갑스러운 걱정이 무색하게 의사는 아무런 망설임도 없이 그러라고 했다.

무엇엔가 쫓기듯 서둘러 병원 문을 나섰지만 정작 이제 어디로 가서 뭘 어떻게 해야 할지 몰랐다. 이은희에게는 잔인하도록 솔직하게 세은이를 다시 만날 것이라고 선언했지만 병원 문을 나와서 한동안 우두커니 멈춰 서 있었다. 마네킹처럼 서 있던 나를 다시 깨운 건 태호로부터 걸려온 전화였다.

"인마, 너 세은이랑 다시 만난다며?"

태호는 인사말도 없이 흥분하며 따져 물었다.

"누가 그래? 내가 세은이랑 다시 만난다니?"

"너 잘 있다가 갑자기 왜 그래. 엉뚱한 여자나 울리고 말이야."

"무슨 말이야?"

"어제, 은희가 갑자기 민정이한테 전화해서는 술 마시자고 하는 거야. 그때 민정이랑 같이 있었거든. 그래서 엉겁결에 술자리에 합석하게 됐지. 그때 걔가 그러더라고. 네가 다시 옛날 애인 만난다고."

그러고 보니 이때 태호는 12월 31일에 나이트클럽에서 만났던 이은희의 친구 민정이와 한창 연애 중이었다.

"그래, 세은이랑은 만나봤어?"

"아니 아직. 이제 만나려고……"

"내가 너보다는 여자를 더 잘 알잖아? 그런데 내가 볼 때 별로 가능성이 없거든. 괜히 헛수고하지 마라. 어제 보니까 은희도 괜찮은 애더만. 새삼스럽게 세은이는 뭔 세은이야?"

태호가 나보다 여자를 더 잘 안다는 말은 사실이었다. 과거로 올 때는 전혀 기대도 안 한 인물이었지만 태호와 상의해 보면 뭔가 좋은 아이디어가 나올지 모른다는 기대감이 생겼다. 나는 태호에게 당장 만나자고 말했다.

태호와 만나기로 한 약속 시간이 20분이 넘었다. 바람둥이들의 공통적인 특징은 남자들과의 약속을 깃털처럼 가볍게 여긴다는 것이다. 일상의 모든 것들이 여자를 중심으로 돌아가는데다가 동시에 여러 명의 여자를 상대해야 하기 때문에 약속 날짜나 행동 동선이 겹치지 않도록 항상 머릿속이 바쁘게 돌아간다. 어차피 인간에게 허락된 시간과 에너지는 한정되어 있는 것이고 그렇기 때문에 남자들에게까지 신경 쓸 에너지가 없는 것이다. 평소에 태호의 바람둥이 짓을 그렇게 못마땅하게 생각했지만, 그가 지금의 나를 도와줄 수 있다고 생각하니 오히려 그런 모습이 예뻐 보였다.

태호는 약속 시간보다 30분이 지나서야 모습을 드러냈다. 얼마 전에 집에 술 마시러 온 태호와는 전혀 다른 사람이었다. 고단한 일상의 피곤에 절어 개기름이 번지르르하고 무표정한 얼굴은 탄력 있는 피부와 생기가 도는 얼굴로 변해 있었고 곰돌이 푸우같이 귀엽게 볼록 솟은 아랫배는 온데간데 없었다. 잘 다듬어 빗은 머리에 말쑥한 옷차림, 은근슬쩍 풍기는 고급스러운 스킨 냄새까지, 언제 어디서 생길지 모르는 여자와의 돌발적 만남에 항상 준비가 되어 있는 진정한 선수였다.

나는 오랜만에 보는 그의 스타일이 무척 마음에 들었고 심지어 흐뭇하기까지 했다. 무엇인가 내 머리로는 생각하지 못할 기똥찬 그만의 노하우가 있을 것 같았다.

"갑자기 무슨 바람이 난 거야, 웬 세은이?"

그는 자리에 앉자마자 퉁명스럽게 나를 타박하기 시작했다.

"갑자기가 아니야. 그 동안 진지하게 생각했어. 역시 나에게는 세은이가 제일 맞는 여자 같아."

태호는 시큰둥한 표정을 지으며 말했다.

"제일 맞는 게 어디 있어? 세상에 별 여자 없어. 다 사귀어보면 그게 그거다."

모순적인 말이다. 다 사귀어보면 그게 그건데 왜 그렇게 뻔질나게 여자를 갈아치우는 건지.

"내가 세상에서 나랑 제일 어울리는 여자 만나려고 이 여자 저 여자 만나는 줄 알아? 난 그냥 습관이야. 그냥 그렇게 타고난 거라고."

내 속마음을 읽기라도 하듯이 태호는 당당하게 말했다.

어차피 2000년의 태호에게 2012년의 나를 이해시키는 것은 가능하지 않은 일이었다. 나는 태호에게 세은이와 헤어진 지 반년이 넘었지만 절대로 그녀를 잊지 못하겠고 꼭 다시 만나야겠다고 비장한 각오를 한 것처럼 말했다. 태호는 이거 장난 아닌데 하는 심각한 표정으로 팔짱을 꼈다.

"그러니까 어떻게 세은이와 다시 만날 수 있을지 그 방법을 나한테 상담하는 거야?"

나는 고개를 끄덕였다. 그는 입을 삐쭉 내밀며 미간을 찌푸렸다.

"음…… 나는 그런 일에는 약한데…… 왜냐면 말이야. 나는 한 번도 헤어진 여자와 다시 만난 적도 없고, 다시 만날 이유도 없었으니까. 세상은 넓고 여자는 많잖아."

태호가 헤어진 여자와 다시 만난 적이 없다고 말하는 순간 아차 싶었다. 확실히 태호가 여자를 사귄 경험은 셀 수 없을 정도로 많았지만 한 번도 헤어진 애인과 다시 만났던 적은 없었다. 내가 모르는 케이스가 있는지는 모르겠지만 태호가 여자 문제를 제일 친한 친구에게 비밀로 할 만큼 조심하는 성격도 아니고 적어도 내가 아는 한 그랬다.

여자에게 접근하고 환심을 사는 일과 헤어진 여자의 마음을 돌리는 것은 전혀 다른 메커니즘이 작동한다. 전자가 감성과 타이밍의 영역이라면 후자는 이성과 근면함의 영역인 것이다.

여자와 만난 지 얼마 안 된 상황이라면 남자의 인간적 매력이나 신뢰감은 그렇게 중요하지 않다. 첫 대면 후 3초 이내에 인간의 뛰어난 뇌 시스템은 상대방을 사귀어 볼 수도 있는 사람과 하늘이 두 쪽 나도 그럴 수 없는 사람으로 양분한다. 사귈 수 없는 사람으로 판단되면 무슨 짓을 하더라도 헛수고가 될 것이며 사귀어볼 수도 있는 사람 그룹에 속해야만 다음 단계가 진행될 것이다.

그 다음 단계는 여자가 여자로서의 존엄성을 고고하게 지키며 자신에게 몸이 달아 있는 불쌍한 남자를 자비롭게 받아들이는 모양새를 만드는 것뿐이다. 그러나 이 과정이 그렇게 쉽지는 않다. 똑같은 행동을 하더라도 여자의 그때 감정 상태와 처해 있는 상황에 따라 결과는 얼마든지 달라질 수 있다.

남자에게 실망하고 돌아선 여자는 더 이상 감정적으로 생각하지 않는다. 어느덧 남자에게 익숙해지고 무뎌진 마음은 남자의 임시방편적이고 허튼 수작에 쉽사리 넘어가는 것을 허용하지 않는다. 철벽같이 차갑고 높은 그녀들의 결심을 무너트리기 위해서는 의심할 수 없을 정도의 처절한 반성적 행동을 보이는 것뿐이다. 그 동안의 인고의 시간을 견뎌내지 못한다면 인연은 그것으로 끝이다. 물론 이것도 여자가 남자에 대해 일말의 애정이라도 갖고 있어야 가능한 일이다. 태호처럼 오는 여자 안 말리고 가는 여자 안 붙잡는 녀석에게 헤어진 여자의 마음을 돌릴 비법 따위는 애당초 기대할 수 없는 일인 것이다. 이런 내 마음도 모르고 태호는 나를 설득하기 위해 무던히도 애를 썼다.

"게다가 다시 만나도 똑같은 이유로 또 헤어진다잖아. 너희들 벌써 두 번째 헤어진 것 아냐?"

나는 태호가 뭐라든 커피 잔만을 응시했다. 태호 딴에는 그러는 내 모습이 처량하게 보인 모양이었다.

"전화라도 한번 해봤어? 목소리 들어보면 대충 느낌이 오잖아."

"전화번호 몰라."

"뭐야? 그럼 어떻게 만나려고?"

"집 앞에서 기다리거나, 아니면 지금 세은이가 아나운서 학원을 다니고 있으니까 그 앞에서 기다리거나……"

태호는 한심하다는 듯 시선을 아래위로 움직였다.

"여자는 말이야, 초라한 남자는 딱 질색이야. 모성애가 느껴진다 어쩐다 하지만 그건 초라한 거 하고는 전혀 다르단 말이야. 어디서 목 빠지게 여자를 기다리고 있는 남자처럼 불쌍한 게 없어요. 특히 한번 헤어진 남자가 그렇게 하면 그건 불쌍한 게 아니라 무서운 거지. 될 일도 안될 거다."

태호가 그렇게 열변을 토하지 않아도 충분히 공감하는 말이었다. 혀를 차며 헛웃음을 짓던 태호는 갑자기 무엇인가 생각이 난 듯 바지 주머니에서 휴대폰을 꺼냈다. 엄지손가락으로 휴대폰을 열심히 누르다가 나에게 물었다.

"너 은하랑 친하지?"

"경제학과 이은하?"

"그래, 내 일 년 후배. 얼마 전에 은하를 만나서 휴대폰 번호를 받았거든. 걔가 세은이랑도 꽤 친했잖아. 은하한테 한번 물어보는 게 어때?"

은하는 태호의 후배기도 했지만 나와 같은 광고 동아리의 멤버이기도 했다. 은하와는 이성적인 관계는 아니었지만 내가 세은이와 사귀기 전까지는 학교에서 가장 친한 여자아이였다. 성격이 무척 좋아 나중에는 세은이와도 친해졌고 내가 세은이와 처음 사귀기 시작했던 시기에는 셋이서 자주 만나 놀았다. 은하는 내가 군대 간 사이에 휴학하고 호주로 어학연수를 떠났고 그 이후로는 소식을 몰랐는데 태호와는 연락이 되는 모양이었다.

태호는 내가 말릴 새도 없이 통화버튼을 눌렀다. 그러면서 나에게 큰 도움이라도 베푸는 것처럼 의기양양한 미소를 지었다.

"은하야 나야 태호 오빠. 잘 지냈어? 그래 나도 잘 있었지. 나 지금 민혁이랑 만나고 있거든. 너 호주가고 민혁이 군대 간 사이에 연락이 끊겼다며? 민혁이 바꿔 줄게, 기다려."

태호는 이 상황이 재미있어 죽겠는지 얼굴에서 웃음이 사라지지 않았다. 나는 엉겁결에 태호로부터 휴대폰을 건네받았다.

"여보세요?"

마치 세은이와 통화를 하는 것처럼 조심스럽게 말을 꺼냈다. 그러자 수화기 너머로 친숙한 목소리가 들려왔다.

"민혁 오빠? 너무 오랜만이다. 우리 몇 년 만이죠?"

"내가 군대 간 이후로 못 봤으니까…… 5년 정도 된 거 같네."

우리는 오랜만에 만난 사람들이 밟아야 하는 대화의 과정들을 하나하나 거쳐 갔다. 안부 인사나 의례적인 이야기들이 하나씩 끝나 갈 때마다 가슴도 덩달아 뛰었다. 어떻게 세은이 이야기를 꺼내야 할까? 그런데 전화기 너머 은하의 목소리에서도 묘한 긴장감이 느껴졌다. 은하가 지금의 의례적인 대화를 끝내고 싶어 하지 않는다는 느낌이 들었다. 맞은편에 앉은 태호는 '어서 빨리 물어봐'라고 입 모양을 만들었다. 그러고는 테이블 위에 올려둔 내 휴대폰을 집어 들었다.

휴대폰 액정에는 그날의 날짜가 표시되었다. 2000년 1월 7일. 과거로 되돌아 오고 나서 벌써 일주일이나 시간이 흘렀다. 그 사실은 그 어떤 것보다 나를 강하게 채찍질했다.

"근데 은하야, 혹시 너 세은이 연락처 알고 있니?"

잠깐이지만 깊은 적막이 흘렀다. 전화기 너머의 은하는 무엇인가 고민하는 것 같았다.

"세은이 전화번호요? 네 알죠……"

"그럼 좀 알려 줄래?"

"세은이한테 전화하게요?"

은하도 내가 세은이와 헤어진 사실을 이미 알고 있었다. 헤어졌는데 왜 전화번호가 필요하냐는 반문처럼 들렸다.

"응. 그냥 좀 할 말이 있어서."

"근데 오빠, 세은이 소식 들었어요?"

"아니 헤어지고 난 다음에 한 번도 소식을 들은 적이 없어."

"음…… 그렇구나……."

다시 대화가 끊어졌다. 전화기로 연결된 우리 둘 사이를 휘감고 있던 불안한 기운이 강하게 팽창되었다. 어색한 적막을 깬 것은 은하였다.

"근데 오빠, 내가 세은이 연락처를 알긴 알지만, 세은이한테 연락 안 하는 게 좋을 것 같은데요……"

"왜?"

"그러니까 그게…… 세은이 지금 사귀는 사람 있거든요."

드디어 주위를 맴돌던 불안감의 실체가 밝혀졌고, 나는 순간 맥이 풀렸다. 하마터면 들고 있던 휴대폰을 놓칠 뻔했다. 은하는 내가 그 순간 아무런 말도 못할 것이라는 것쯤은 안다는 듯 나의 반응을 기다리지 않고 계속 말을 이어갔다.

"영국에 어학연수 가서 만난 사람이라는데 작년 여름부터 사귀기 시작했으니까 한 6개월 된 거죠. 지금 한창 좋을 때인데 괜히 오빠가 다시 연락해 봤자, 오빠가 지금 무슨 생각하는지는 모르겠지만…… 암튼 오빠만 힘들어질 거 같아서 그러는 거예요."

작년 여름이라는 말은 충격으로 그로기 상태였던 나를 링 바닥에 패대기 쳐버리는 마지막 강펀치였다. 나와 헤어진 후 바로 새 애인이 생겼다는 말이다. 내가 말을 잇지 못하자 은하도 나와의 어색한 대화에서 탈출하고 싶어 했다.

"오빠 지금 기분이 좀 그렇죠? 나중에 다시 이야기할까요? 그게 좋겠죠. 내 연락처는 태호 오빠한테 물어보세요. 힘내고요. 오빠도 좋은 여자 만나면 되죠 뭐. 나중에 다시 통화해요."

통화가 끊기는 소리가 나자 나는 힘없이 휴대폰을 내려놓았다. 내 표정을 보고 영문을 몰라 어리둥절해하던 태호는 휴대폰을 집어들어 은하에게 다시 전화를 걸었다. 나는 그들이 무슨 대화를 나누고 있는지 전혀 귀에 들어오지 않았다.

작년 여름에 사귀기 시작했다면 나와 헤어지고 바로 사귀었거나 아니면 일정 기간 나와 그 남자를 동시에 만나다가 끝내 그 남자를 선택한 것 중 하나였다. 어느 쪽이든 내가 받는 충격과 배신감에는 별반 차이가 없었다.

"인마, 헤어진 여자가 딴 남자 사귄다는데 그게 뭐가 그리 충격이라고 다 죽어가는 표정을 하고 그래? 너도 은희하고 사귀면 되잖아. 세은이 하고 끝난 지가 언젠데 지금 와서 이렇게 바보같이 굴어."

태호는 전화를 끊고 나의 어깨를 치며 말했다. 사실 그렇긴 했다. 나는 2012년에 그녀가 결혼하고 유산했다는 이야기까지 듣고 있다. 새삼스러운 일도 아니고 전혀 몰랐던 일도 아니었다. 게다가 배신감이라니 가당치도 않은 일이었다. 세은이가 나와 헤어진 이후에 바로 새 남자를 사귀거나 다른 남자와 나를 두고 고민하다가 다른 남자를 선택하면 안 되는 이유 따위는 없었다.

그러나 세은이가 결혼하고 유산까지 했다는 말은 나에게 옛날이야기고 그녀가 지금 애인이 있다는 것은 현재 진행형의 일이었다. 실제 사건이 일어난 순서와 내가 느끼는 순서가 바뀌어 버린 것이다. 시간 여행이 빚은 웃지 못할 역설이었다. 강남역에서 시간 여행은 축복이라고 감사했던 나의 어리석음을 비웃었다.

태호는 또 어디론가 분주하게 전화를 걸었다. 집중해서 듣지는 않았지만, 미리 정한 약속을 취소하는 것 같았다. 태호는 전화를 끊고는 목석처럼 굳어 있는 나를 일으켜 세워 근처 술집으로 데리고 갔다. 나는 때늦은 실연의 아픔을 잊기 위해 술을 입 안으로 퍼붓다가 어느 순간 정신을 잃고 말았다.

2

잠에서 깨어보니 온 몸이 땀에 젖어 축축했다. 주위를 살펴보니 태호의 집이었다. 태호는 이미 나가고 없었다. 바닥에 어질러져 있는 옷들, 책과 잡동사니가 수북하게 쌓여 있는 책상 위, 맨 눈으로 보아도 확연히 드러나는 집안 구석구석의 뽀얀 먼지들. 나의 집과 별반 다를 바 없는 태호의 더러운 방에서 깊은 잠을 깨자마자 가슴이 서늘해졌다. 잠시 술로 잊고 있었던 잔인한 현실이 생각났기 때문이다.

애인이 있는 세은이의 마음을 이렇게 짧은 시간 안에 어떻게 돌려놓는단 말인가? 2000년 1월 1일로 돌아오기 전에 왜 세은이에게 새 남자가 생겼을 수 있다는 생각을 못했던 것일까? 멍청하게도 반년이라면 아직 세은이가 나를 잊지 못하고 있을 것이라는 순진한 착각에 빠져 있었던 스스로를 원망했다. 내가 알고 있는 그 세은이라면 이 빌어먹을 시간 여행의 결과는 이미 결정이 난 것이나 마찬가지였다. 세은이는 헤어졌던 애인이 반년 만에 불쑥 나타나 울고 불며 매달린다고 해서 23일 안에 지금 사귀는 남자를 버리고 옛 애인을 따라나설 여자는 아니었다. 그럴 거면 애초부터 지금 애인을 사귀지도 않았을 여자다.

이제 어떡할까? 나는 침대에서 일어날 의욕도 상실한 채 천장만 바라보았다. 이왕 2000년으로 되돌아 왔으니 세은이를 한 번 만나보고 다시 2012년으로 되돌아갈까? 그렇게 하고 싶은 마음은 간절했지만 그럴 수는 없었다. 어정쩡하게 다시 만나 미련이 남은 못난 모습으로 평생 세은이의 머릿속에 각인되는 일은 피하고 싶었다. 박재상과 김민희의 이야기대로라면 세은이는 2000년에 결혼한다. 그러니까 올해 안이다. 그렇다면 지금 사귀는 남자와 결혼한다는 이야기다.

순간 나는 침대를 박차고 몸을 일으켰다. 이미 알고 있듯이 그녀는 이번 결혼으로 불행해진다. 어릴 때부터 꿈이었던 아나운서의 꿈도 끝내 포기할 것이고 어렵게 가진 아기도 유산하고 급기야 이혼녀라는 멍에를 뒤집어쓰고 머나먼 영국 땅으로 도망치듯 떠날 것이다.

세은이의 지금 애인은 결코 그녀를 행복하게 만들 수 없다. 그렇다면 내가 해야 할 일은 분명하다. 어떻게든 그녀의 결혼을 막아야 한다. 나에게 주어진 시간은 이제 23일이다. 침대에서 일어섰다. 지금 술에 곯아떨어져서 낙담하고 있을 때가 아니었다. 태호에게 은하의 연락처를 알려달라는 문자 메시지를 보냈다. 그리고 샤워를 하기 위해 욕실로 들어갔다. 거울을 보며 양치질을 하는데 갑자기 맞선녀였던 김민희가 생각났다. 그녀의 결혼도 막아보려 했지만 결국 잘 안 됐다. 정해진 인연을 어떻게 할 수 없을 거라는 생각이 들자 갑자기 기분이 우울해졌다. 나는 불길한 예감을 떨쳐 버리기 위해 머리를 세차게 흔들었다. 김민희 때는 내 일이 아니니까 열심히 하지 않아서 그런 것이고 이번 경우는 완전히 다르다. 나는 마음을 다잡고 샤워기를 머리 위에 올려 물을 뿌렸다. 차가운 물이 정수리에서부터 목 줄기를 거쳐 등을 타고 흘러내리자 생각이 명료해졌다. 오직 한 가지 목표만이 머릿속에 남았고 모든 잡생각은 지워졌다.

샤워를 마치고 나와 휴대폰을 확인하니 은하의 연락처가 와 있었다. 나는 바로 전화를 걸어 만나자고 했다. 은하의 목소리는 당황한 기색이 역력했지만 시간을 내겠다고 했고 우리는 두 시간 후에 신촌에서 만나기로 했다. 마르지 않은 머리카락 끝에서 물방울이 바닥으로 뚝뚝 흘러 내렸다.

3

"나도 두 달 전에 딱 한 번 세은이를 만나서 들은 이야기라 많이 알지는 못하는데……"

은하는 별로 알고 있는 것이 없어 미안하다며 세은이에 대한 이야기를 시작했다. 세은이의 남자친구는 그녀와 동갑이며 현재 같은 대학교에 다니는 4학년이라고 했다. 세은이가 그 남자와 사귀기 시작한 것은 작년 8월부터였다. 8월이면 나와 마지막 통화를 하고 나서 한 달 후쯤이다. 세은이가 나와 헤어진 후 한 달 만에 새로운 남자와 사귈 가능성은 별로 없다. 틀림없이 그 전부터 만나고 있었을 것이다. 그렇다면 양다리였단 말인가? 그건 너무 극단적인 상상이었다. 아마도 그 남자와는 친구와 연인 사이의 애매한 관계가 한동안 지속되었을 것이다.

사귀기 시작한 지 4개월 정도 됐다면 한창 좋을 때. 활활 사랑이 타오르고 있는 연인들을 떼어 낼 방법은 없다. 누가 하나 사라지든지, 아니면 한쪽이 엄청난 실수를 저지르든지 그 정도의 일이 벌어지지 않고서야 어떻게 시작하는 커플을 갈라놓을 수 있단 말인가? 교묘한 술수를 부려 둘 간에 오해를 만들어 볼까? 말은 그럴 듯하지만 현실의 사람들은 드라마의 주인공처럼 멍청하지 않다. 잠깐만 진정하고 차근차근 대화를 하면 풀릴 오해가 눈덩이처럼 불어나 결국 어이없는 이별을 초래하게 만드는 일 따위는 현실에서는 일어나지 않는다. 지금으로서는 세은이를 만나 설득하는 방법 외에는 다른 방도가 생각나지 않았다. 나는 은하에게 도움을 요청하기로 했다.

"은하야, 이유는 묻지 말고 내 부탁을 한 번만 들어줘."

"무슨 부탁이요?"

"세은이에게 내 이야기는 하지 말고 그냥 연락해서 한번 만나자고 해. 그러면 약속 장소에 나도 나갈게. 우연을 가장해서 만나는 것으로 하자."

"세은이 만나려고요? 만나서 어떻게 하려고……"

"이유는 묻지 말라고 했잖아. 절대 너를 곤란하게 만들거나 세은이에게 나쁜 짓을 하려는 게 아니야."

나는 은하의 말을 가로채고 힘주어 말했다. 그리고 최대한 진심어린 눈으로 은하의 눈을 바라보았다. 은하가 나의 진정성을 알아주기 바랐다.

"휴…… 남녀관계 참 어렵다니까."

그녀는 어쩔 수 없다는 듯이 핸드백을 열어 휴대폰을 꺼냈다.

"다음 주 정도면 괜찮아요?"

은하는 세은이와 약속을 잡으려는 듯 휴대폰을 열고 나에게 물었다.

"아니. 내일 만나자고 해. 정 안되면 모레라도."

나를 바라보는 은하의 표정은 점점 더 일그러져 갔고 고개를 절래 절래 흔들고서는 휴대폰의 통화버튼을 눌렀다. 은하는 세은과 내일 오후 1시에 종로에서 만나기로 약속했다.

"진짜 오빠가 부탁하는 거니까 하긴 하는 건데, 기분이 좀 그래요. 세은이에게 절대 말하지 마세요. 오빠는 믿어도 되죠?"

은하는 탐탁하지 않은 얼굴로 거칠게 핸드백을 열어 휴대폰을 집어넣었다.

"은하야, 자세히 말할 수는 없지만 네가 지금 여러 사람 구하는 거야. 좋은 일 한다고 믿어도 돼."

나의 확신에 찬 말에도 불구하고 은하는 귀찮은 일에 휘말리게 됐다는 표정이 역력했다. 은하에게 세은이의 전화번호를 물어 바로 연락하면 간단한 일이었지만 첫 만남을 그런 방식으로 하고 싶지만은 않았다. 알량한 자존심인지 고도의 전략적 사고였는지는 모르겠지만 이런 나의 모습이 결국 세은이와 마지막으로 통화했을 때와 하나도 다를 바 없다는 사실을 이때는 몰랐다.

오전 10시쯤에 목욕탕에 갔다 집에 돌아오니 12시였다. 세은이를 만난다고 생각하니 도저히 그냥 외출할 수가 없었다. 금방 목욕을 하고 나와 반들반들해진 얼굴 상태는 그럭저럭 괜찮았지만 옷이 문제였다. 옷장에 있는 옷을 다 꺼내 입어 보았지만 마음에 드는 옷이 한 벌도 없었다. 2012년의 패션 감각으로는 도저히 입을 수 없는 촌스러운 옷만 있었을 뿐 아니라 그나마 변변한 브랜드 옷도 눈에 띄지 않았다. 거울 앞에서 옷장에 있는 모든 옷을 꺼내 입고 벗고 한 후, 결국 그 중에 제일 근사해 보이는 오리털 잠바를 걸치고 나가기로 했다.

오전 내내 겉모습에만 신경 쓰다 보니 정작 세은이를 만나서 어떻게 이야기를 풀어가야 할지 생각조차 하지 못했다. 집을 나서 지하철에 올라타고 나서부터 슬슬 걱정이 되기 시작했다. 종로로 가는 전철 안에서 여러 가지 생각을 한 끝에 대충 세 가지 정도의 방안으로 정리되었다.

첫 번째는 그냥 다시 만나자고 솔직하게 말하는 것이었다. 이건 내 간절한 바람일 뿐, 말도 안 되는 이야기였다. 이미 새로 사귀는 남자 친구도 있고 게다가 오늘은 세은이를 우연히 만난 척하는 작전이므로 그 상황에서 절대 어울리지 않는 말이었다. 그냥 본능적으로 머리가 마음대로 토해낸 아이디어였다.

두 번째는 이런저런 대화를 이어가다가 아나운서가 되기 전에는 절대 결혼 같은 것은 꿈도 꾸지 말라며 한때 애인이었던 사람으로서 근사하고 멋진 조언을 하는 것이었다. 지나가는 말로 이 말을 한다면 별로 신경 쓰지 않을 테니까 아나운서라는 주제를 끈질기게 물고 늘어지면서 계속 대화를 이끌어 가야 한다.

세 번째는 뭔가 핑계를 만들어서 다음에 몇 번 더 만날 수 있는 계기를 만드는 것. 세 번째가 제일 자연스럽고 이상적이지만 나에게 남은 시간을 생각한다면 선택할 수 없는 방법이었다.

결국 가능한 건 두 번째 방법이다. 그러니까 내가 지금 세은이를 만나서 할 수 있는 일의 최대치는 그녀가 잘못된 선택을 하지 않도록 막는 것뿐이었다.

내 말이 얼마나 효과가 있을지 알 수는 없지만 실현 가능한 목표를 설정하는 편이 현명할 것이다. 결심이 서자 오히려 더 긴장이 됐다. 몇 시간 후에 있을 세은이와의 만남이 이번 시간여행의 결론이 될 것이다.

종로에 도착하니 오후 12시 30분이었다. 은하와 미리 말을 맞춰 놓은 것은 내가 먼저 카페에 앉아 차를 마시고 있으면 은하가 세은이와 함께 카페에 들어와 우연히 나를 발견한다는 시나리오였다. 세은이 혼자라면 나를 보고서 못 본 체할 수도 있겠지만 은하가 중간에서 분위기를 만들어주면 자연스러운 대화가 이루어질 것으로 기대했다.

약속 장소인 카페로 들어가기 전에 신문 가판대로 가서 주간 경제지를 한 부 샀다. 혼자서 커피를 마시자면 뭔가 책이라도 있는 편이 좋았고, 경제지를 고른 것은 그나마 내가 읽을 만한 이야기는 이것뿐이었기 때문이다.

카페로 들어가 커피를 한 잔 주문하고 햇볕이 드는 창가에 앉았다. 그리고 잡지를 펴 철 지난 옛 기사들을 대충 훑다 보니 오후 1시가 되었다. 드디어 카운트다운이 시작되었고 나의 심장박동수도 덩달아 뛰기 시작했다. 조심스럽게 곁눈질로 카페 정문을 흘깃 쳐다보았으나 아직 세은이와 은하는 나타나지 않았다. 나는 긴장을 풀기 위해 자세를 바로 잡고 어깨를 폈다. 크게 심호흡을 몇 번 하고는 다시 잡지를 펼쳐 보는 척을 했다. 잡지의 다음 페이지를 넘기려는 순간 옆에서 은하의 찜찜한 목소리가 들려 왔다. 그리고 그렇게 그날의 쇼는 시작되었다.

"어머 민혁 오빠 아니에요? 세상에 이런 데서 보네."

나는 미리 정해진 각본대로 고개를 돌려 소리 나는 쪽으로 향했지만 나의 시선은 그만 길을 잃고 미아가 되어 버렸다. 잡지를 떠난 나의 시선은 반갑게 다가오는 은하가 아니라 그 뒤쪽에 어색하게 서 있는 세은이의 얼굴에 꽂혔고 이내 세은이의 얼굴을 떠나 맹렬히 은하의 얼굴을 찾아 방황했다. 나는 전기에 감전된 것과 같은 전율을 느꼈고 등 뒤로 달아오르는 뜨거운 열기를 느꼈다.

불행한 것은 처음 생각해 두었던 대로 연기가 되지 않았다는 것이다. 세은이를 보자마자 바로 방향을 틀어버린 나의 시선이 원망스러웠다. 피하지 않고 자연스러운 미소라도 지어 보였다면 얼마나 멋졌을까?

나는 이내 급속도로 불안감에 빠져들었다. 그러나 다행스럽게도 나에게는 은하가 있었다. 마지못해 나의 청을 들어주었던 은하는 당황해서 하얗게 질려버린 내 모습이 측은했던지 정말 나를 우연히 만난 것처럼 훌륭한 연기를 시작했다.

은하는 내가 있는 자리로 다가오더니 세은이를 향해 오라는 손짓을 보냈다. 세은이의 표정도 어색하기는 매한가지였다. 세은이는 마지못해 우리 쪽으로 걸음을 한 발짝 한 발짝 옮겼다. 그녀의 가녀린 다리는 모래주머니라도 매달아 놓은 것처럼 무거워 보였다.

"오빠 우리 몇 년 만이죠? 오빠 군대 가기 전에 보고 처음 만났으니까 한 5년 만인 거 같네요, 그렇죠?"

은하는 나와 세은이를 번갈아 보며 정말 우연에 놀랐다는 듯 호들갑을 떨었다. 이미 나의 맞은편에 자리를 잡고 앉은 은하와는 달리 세은이는 테이블 근처에서 어떻게 할까 고민하고 있었다. 은하는 스스로의 연기에 취했는지 아예 오늘 작정한 것 같았다.

"세은아, 너도 이리 와서 앉아 참 아직은 둘이 어색한 관계인가? 뭐 어때 못 볼 사이도 아니고, 요즘은 쿨한 게 대세 아냐?"

은하가 과장되게 웃으며 재촉하자 세은이는 의자에 오물이라도 묻어 있는 듯 조심스럽게 자리에 앉았다.

드디어 내 앞에 앉은 세은이는 아름다웠다. 예전에도 아름다웠지만 지금 이 순간은 그녀를 소유할 수 없다는 안타까움이 더해진 탓인지 더 절절하게 다가왔다. 단지 아나운서 학원의 수강생일 뿐이었지만 그녀는 이미 큰 방송국의 일류 아나운서 같아 보였다.

유능한 커리어우먼의 느낌이 물씬 풍기는 짧고 웨이브 진 단발머리에 단정한 아이보리색 블라우스, 그리고 적당한 길이의 스커트에 고급스러운 구두까지. 세은이의 머리부터 발끝까지는 이미 아나운서였다. 실제로 그녀를 마주 대하고 있자니 그녀에 관한 온갖 욕망이 꿈틀거리기 시작했다. 그녀에게 닥칠 불행을 막아야겠다는 숭고한 목적은 순식간에 사라지고 무슨 일이 있어도 그녀를 다시 차지하고 말겠다는 욕심이 불화산처럼 타올랐다. 나는 그 순간 욕망의 반지를 손가락에 낀 추악한 골룸이 되었다.

"뭐야 어색하게? 인사라도 좀 해."

은하는 어색한 분위기를 깨려는 듯 세은이와 나를 번갈아 보며 능청스럽게 말했다.

"잘 지냈어? 정말 오랜만이네……"

나는 최대한 차분한 어조로 세은이에게 인사말을 건넸다.

"네…… 오빠도 잘 지내셨어요?"

그런데 어딘가 이상했다. 세은이와 이야기를 나누고 있었지만 세은이가 아닌 것 같았다. 나는 곧 그 이유를 알아챘다.

"얼굴이 좋아 보이네요."

세은이는 나에게 존댓말을 하고 있었다. 처음 만나 잠깐 존댓말을 들은 이후 세은이로부터 존댓말을 들어본 기억이 없었다. 갑자기 세은이가 타인처럼 느껴졌다. 그리고 나의 내면에서 타오르던 욕망의 불화산도 폭우가 쏟아져 내린 것처럼 이내 싸늘히 식어버렸다. 우리는 이미 헤어진 연인이었고 지금은 그저 남남일 뿐이라는 냉엄한 현실을 온몸으로 체감해야 했다.

"근데 오빠 여기는 웬일이세요? 나는 오늘 오랜만에 세은이랑 만나서 수다나 떨려고 나온 건데. 진짜 서울 좁네. 이런 데서 만나고 말이에요."

지금 이 자리에 은하라도 없었다면 어쨌을까 생각하니 등골이 오싹했다.

"후배가 취업 면접에 대해 상담하고 싶다고 해서 오늘 만나기로 했는데 그만 펑크를 내버렸지 뭐야. 오랜만에 시내 나온 김에 그냥 집으로 돌아가기도 그래서 여기서 커피 한잔하면서 책 보고 있던 중이었어."

"취업 면접? 오빠 취업 결정됐어요?"

"응."

"어디?"

"S전자."

"와…… 좋은 데 됐네요, 축하해요. 오늘 커피 쏘세요."

후배 면접 운운한 건 내가 미리 생각해 둔 말이었지만 그 다음에 주고받은 대화는 순전히 은하의 재치였다. 나는 세은이에게 은연중에 내가 얼마나 좋은 기업에 취직됐는지 알리고 싶었고 은하는 나의 그런 속물근성을 간단히 간파했다.

어쨌거나 은하와의 대화는 긴장감을 해소하는데 도움이 됐다. 나는 은하의 말대로 은하와 세은이에게 커피를 살 생각으로 일어서려는데 테이블 한쪽 편에 있던 잡지가 바닥에 떨어졌다. 잡지를 줍기 위해 허리를 바닥에 숙였을 때 테이블 밑에서 세은이의 손이 휴대폰 버튼을 분주하게 만지작거리고 있는 모습이 보였다. 어디론가 문자를 보내는 중이었다. 내가 바닥에 떨어진 잡지를 주워 일어서는 순간 카페 입구에서 세은이를 부르는 남자의 목소리가 들렸다.

"세은아."

나와 은하는 깜짝 놀라 동시에 카페 입구로 시선을 돌렸다.

남자는 키가 훤칠했고 새하얀 피부가 인상적이었다. 맵시 있게 빠진 긴 코트 차림에 카우보이처럼 끝이 뾰족한 구두를 신은 남자는 우리가 앉은 테이블 쪽으로 성큼성큼 씩씩하게 걸어왔다. 그는 세은이에게 손짓을 하더니 은하와 나를 보고는 상체를 크게 숙여 인사를 했다.

"세은아, 누구?"

은하는 세은이를 보고 물었다. 세은이는 뭔가 망설이다 결심을 한 듯 입을 열었다.

"남자친구야. 오늘 너랑 만난다고 하니까 자기도 오겠다고 해서 그냥 그렇게 하라고 했는데……"

뜻밖의 상황이 펼쳐지자 그 동안 능청스럽게 연기를 잘 해왔던 은하도 당황하기 시작했다. 은하가 그 정도였으니 나는 두말할 것도 없었다. 그리고 그것은 세은이도 마찬가지였다. 아마도 방금 전의 그 행동은 남자친구에게 오지 말라는 문자 메시지를 보내려고 했던 모양이었다. 아무것도 모르는 남자친구는 나와 은하에게 큰 목소리로 자기소개를 했다. 마치 나와 은하가 세은이의 친오빠 친인니라도 되는 것처럼 깍듯했나.

"처음 뵙겠습니다! 배영진이라고 합니다. 잘 부탁드리겠습니다."

유쾌하게 인사를 마친 그는 한껏 상기된 얼굴로 은하와 나의 소개를 기다렸다.

"네, 저는 세은이 동아리 친구 이은하라고 해요."

"아, 그럼 저랑 동갑이겠네요? 우리 앞으로 친하게 지내요."

배영진은 동갑이라는 말에 조금 마음이 놓였는지 친근한 말투로 은하에게 대답했다. 그러고는 약간 고개를 돌려 나를 바라보는 것이 느껴졌다.

그 순간 나는 세은이의 표정을 보았다. 지금 그녀는 무슨 생각을 하고 있을까? 그녀의 크고 깊은 눈망울에 담긴 감정을 읽을 수가 없었다. 나에 대한 미안함일까 아니면 현재 남자친구 앞에서 과거 남자친구의 존재가 드러나는 것에 대한 불안감일까? 아니면 현재의 묘한 상황에 대한 불쾌감일까.

"이쪽은 저랑 친한 오빠예요. 세은이랑 오늘 여기서 만나기로 했는데 오빠랑 우연히 만나서 잠깐 이야기 중이에요."

그냥 우연히 만난 선배라고 말하는 편이 제일 좋았을 것 같은데 은하는 굳이 친한 오빠라고 말해버렸다.

"안녕하세요. 이민혁이라고 합니다."

나는 건조하면서도 정중하게 인사를 했다.

"네. 만나서 반갑습니다."

그는 고개를 끄덕이며 나와 은하를 번갈아 쳐다보았다. 무슨 상상을 하는지는 뻔했다. 그가 세은이의 친한 친구들과 만나 세은이의 세계에 한 걸음 더 깊이 들어가고 싶어하듯, 나도 그런 목적을 갖고 있으리라고 짐작하는 것 같았다. 졸지에 커플 데이트를 하는 모양새가 되어 버렸다. 나와 은하가 모의한 작당에 세은이 자신도 모르게 공범으로 추가된 것이다. 세 사람이 한 사람을 속이는 상황이 유쾌할 리가 없었다. 우리 셋은 말은 안 했지만 모두 어떻게 이 자리를 빨리 끝낼 수 있을지 궁리하기 시작했다.

그러나 배영진은 우리와는 완전히 생각이 달랐다. 아니 그는 지금 큰 착각에 빠져 있었다. 세은이 앞에서 자신이 얼마나 그녀의 친구에게 친절히 대하는 매너 있는 남자인지 증명하고 싶어 했다.

"혹시 식사하셨나요? 안 했으면 제가 좋은 곳으로 안내할게요. 근처에 맛있는 스파게티 집이 있거든요."

배영진의 제안에 나와 세은이, 은하는 미리 짠 것처럼 동시에 고개를 끄덕였다. 쇼의 한 막이 끝나려면 무엇인가 계기가 필요했고 식사를 끝낸 다음이면 자연스럽게 지금의 이 기묘한 상황이 어떤 식으로든 일단락 될 수 있다는 무언의 합의가 생겼기 때문이었다.

카페에서 걸어서 5분 거리에 있는 스파게티 집으로 자리를 옮긴 우리는 자연스럽게 세은이와 배영진, 그리고 나와 은하가 같은 편에 앉게 되었다. 누가 봐도 커플 데이트였다.

배영진은 주문은 자기에게 맡기라고 했다. 그는 종업원을 불러 익숙한 듯이 차례로 음식을 주문했다. 그가 뭘 시키든 상관은 없었다. 그러나 그가 주문한 두 잔의 레몬에이드는 심히 불만이었다. 세은이가 레몬에이드를 제일 좋아하는 것을 알고 주문한 것도 얄미웠지만 딱 두 잔만 시킨 사실에 화가 났다.

두 사람이 마셔도 될 정도의 큰 유리컵에 담겨진 레몬에이드는 빨대가 각각 두 개 씩 꽂혀 테이블 위에 올려졌다. 종업원은 시키지도 않았지만 알아서 하나는 세은이와 배영진의 앞에, 나머지 하나는 나와 은하 앞에 두고 갔다.

이런 경우 대개 커플들은 빨대를 두 개 다 사용하지 않는다. 빨대를 통한 간접 키스, 그것은 커플이 가지는 특권이고 우리는 커플이라는 자랑스러운 표식이다. 나는 제발 배영진이라는 남자가 양식 있는 사람이기를 마음속으로 빌었다. 그런 녀석이라면 처음 보는 사람들 앞에서 빨대를 하나만 사용하는 상스러운 짓을 하지는 않으리라. 내 눈 앞에서 빨대를 매개로 한 세은이와 배영진의 간접 키스를 보는 일만은 피하고 싶었다.

세은이의 앞에 놓인 컵에는 노란 빨대와 빨간 빨대가 꽂혀 있었다. 세은이는 목이 타는지 먼저 컵을 들어 빨간색 빨대를 입에 넣고 입술에 힘을 주었다. 세은이가 컵을 내려놓자 배영진이 그 컵을 다시 들었다.

그 순간, 나는 화장실을 핑계로 자리에서 일어났다. 그 녀석이 무슨 색깔 빨대를 입 안으로 처넣는지 보고 싶지는 않았다.

화장실로 들어온 나는 거울을 보았다. 거울에 비친 모습이 바보 같았다. 그토록 고대하던 세은이와의 재회가 이런 우스꽝스러운 모습이 될지는 상상조차 하지 않았다. 누구 탓으로 돌릴 수도 없었다. 정해진 운명은 되돌릴 수 없다는 말인가? 점점 꼬여가는 지금의 상황을 보면 결국 아무것도 변하지 않을 것이라는 공포스러운 예감이 가슴 속에서 스멀스멀 피어나기 시작했다.

이대로 여길 떠날까? 세은이와 배영진이 나란히 앉아 있는 그 자리로 다시 돌아가고 싶지 않았다. 어차피 이 상황도 내가 잠시 머물다 가는 사라질 현실일 뿐이었다. 하지만 이 자리를 피한다면 그것은 평생 떨쳐 내 버리지 못하는 씁쓸한 기억으로 남을 것이 분명했다. 수도꼭지를 돌려 세차게 흘러나오는 물에 손을 넣었다. 자신에게 격려하는 기분으로 뽀득뽀득 소리가 날 정도로 세게 손을 씻었다.

화장실을 나오자 문 밖에서 은하가 기다리고 있었다. 화장실과 홀은 꺾어진 좁은 복도로 이어져 있었기 때문에 홀에서는 화장실이 보이지 않는 구조였다.

"오빠 어떻게 할까요? 생각보다 좀 일이 커져버렸네……"

"미안하다 은하야. 괜히 나 때문에 너까지 이상한 일에 휘말리게 해서."

"나는 괜찮은데…… 저 두 사람이 맞은편에 앉아 있는데 밥이 목구멍으로 넘어가겠어요?"

딴에는 그랬다. 사실 두려웠다. 지금의 나는 그다지 고통을 느끼지 못했다. 그러나 수술을 마친 후 긴 잠에서 깨어난 환자처럼 마취가 풀리고 난 후 엄습할 극심한 통증을 생각하면 너무 두려웠다. 나는 단지 지금 엄청난 충격에 고통을 느끼는 세포가 일시적으로 마비가 된 것일 뿐, 본격적인 고통은 아직 시작도 되지 않았다는 것을 알고 있었다.

"내가 그래서 연락하지 말자고 했잖아요."

은하는 자기 말을 듣지 않은 나를 나무랐다.

"그런데 진짜 오늘 세은이 만나서 어떻게 하려던 거였어요? 설마 지금 남자친구도 있는데, 다시 시작해 보려는 거예요? 세은이가 그럴 애가 아니라는 건 오빠가 더 잘 알잖아요."

노파가 나에게 무서운 얼굴로 경고하지 않았다면 은하에게 내가 미래에서 왔다는 사실을 털어놓았을 것이다. 은하가 믿어줄지 안 믿어줄지는 모르겠지만 답답한 심정은 조금이라도 해소가 될 것 같았다. 처음 노파가 그 규칙을 말했을 때 별로 어려울 것도 없는 일이라고 생각했지만 이것은 마치 차, 포를 떼고 장기를 두는 격이었다. 노파의 경고를 어기면 어떻게 되나 시험해 볼 만큼 간이 크지 못하니 나의 진심이 은하에게 전해지기만을 바라면서 진지하게 말했다.

"은하야, 이런 말 하면 어떻게 생각할지 모르겠지만, 세은이는 나랑 결혼해야 돼. 지금 저 남자는 절대로 세은이를 행복하게 하지 못해, 아니 오히려 불행하게 만들 거야."

"그건 오빠 생각이죠, 세은이가 행복하고 안 행복하고는 세은이 자신이 판단할 문제지 오빠가 그걸 판단할 수는 없잖아요."

은하는 나의 집착이 이해가 안 된다는 듯이 조금 짜증 섞인 말투로 대답했다. 세은이의 미래를 알 수 없는 은하로서는 당연한 반응이었다. 세은이가 지금 만나는 남자 때문에 불행해질 수 있다는 이야기로 은하를 이해시키는 것은 애당초 무리였다.

"은하야, 그럼 이렇게 묻자. 너는 나를 잘 아는 사람이니까 내 질문에 충분히 답할 수 있을 거라 생각해. 나를 어떤 사람으로 생각해? 그러니까 네가 생각했을 때 세은이가 결혼해도 충분히 좋은 사람이라고 생각하니?"

은하는 바로 대답하지 않았다. 대신 내 눈을 한참 보았다. 짧은 시간이었지만 은하는 그녀와 내가 쌓아 온 역사를 반추해 보는 것 같았다. 그러고는 이내 결론을 낸 것처럼 보였다.

"네. 세은이가 결혼해도 괜찮은 남자라고 생각해요."

그녀의 대답을 기다렸다는 듯이 다음 질문을 이어갔다.

"그럼 저기 저 남자는?"

"그건 모르죠, 내가 저 사람을 아직 잘 모르니까요."

"그럼 내 편을 들어줘. 나를 믿어 달란 말이야."

나도 모르게 목소리를 높여 애꿎은 은하에게 화를 내고 말았다. 말해 놓고 보니 그렇게 유치할 수가 없었다. 믿어 주고 편을 들다니 그래서 지금 어떻게 하자는 말인가? 은하는 나의 격렬한 어투에 잠시 미간이 찌푸려졌다가 이내 평상시의 얼굴로 되돌아왔다.

"우리끼리 이런 거 그만 해요. 나도 지금 오빠 기분 충분히 이해하니까요."

"미안하다……."

"되도록이면 자리를 빨리 끝내요. 밥 다 먹으면 적당히 핑계 대고 우리 먼저 일어나죠."

나는 고개를 끄덕여 은하의 말에 동의했다. 은하와 나는 약간의 시차를 두고 테이블로 다시 돌아갔다.

테이블 위에 놓인 음식에서는 아직도 김이 모락모락 나고 있었다. 배영진은 무엇이 그렇게 기분이 좋은지 연신 싱글벙글한 표정이었고 세은이는 여전히 불편한 기색이었다.

음식을 먹는 동안 나와 세은이는 거의 말을 하지 않았다. 다른 사람들이 보면 마치 배영진과 이은하가 사귀는 것으로 오해받을 정도로 두 사람은 쉬지 않고 대화를 이어갔다. 나는 가끔 그들의 대화에 가벼운 감탄사를 내뱉으며 최소한의 예의를 지켰고 세은이 역시 이따금 미소를 지어 보이는 것으로 대화에 참여하고 있을 뿐이었다.

"그런데 두 사람 처음에 어떻게 만나게 된 거예요?"

은하의 질문은 친구에게 애인이 생겼다면 반드시 물어봐야 하는 필수 항목이었다. 그러나 조금씩 긴장감이 엷어지는 듯 보였던 세은이의 얼굴은 은하의 이 질문에 다시 굳어졌다. 그 변화가 표나게 드러나는 것은 아니었다. 그러나 나는 헤어진 지 13년이 넘었지만 신기하게도 여전히 세은이의 미묘한 감정변화를 읽을 수 있었다. 배영진은 은하의 질문에 마치 그때를 회상하는 듯 두 눈을 가늘게 뜨며 시선을 위로 올렸고 씩 미소를 지었다. 나에게는 무척 불쾌한 제스처였다.

"영국에서 처음 만났죠. 보자마자 첫눈에 제가 반했죠. 게다가 알고 보니 같은 학교 동기였고. 이건 완벽한 인연이다 싶어 내가 몇 번이나 대시했지만, 세은이는 도무지 받아들이지 않더라고요. 아마 그때가 사귀던 남자와 헤어진 지 얼마 안 됐을 때지?"

배영진은 자신의 기억이 정확한지 확인하려는 듯 옆에 앉은 세은이를 쳐다보며 물었다. 세은이의 표정이 굳어진 이유를 알 것 같았다. 영국시절의 이야기가 나오면 나와 잠시 헤어져 있던 몇 년간의 행적이 드러나는 것이 걱정되었기 때문이었으리라. 이것은 은하도 알고 있는 내용이었다. 전에 사귀던 그 남자가 나라는 것을 알고 있는 은하였지만 그녀는 질문을 멈추지 않았다.

"그럼 영국에서 사귀기 시작한 거예요?"

"네, 그런 셈이죠."

그때까지 한마디도 없던 세은이가 갑자기 한마디 했다.

"그건 아니지."

배영진의 대답과 동시에 거의 반사적으로 튀어나온 말이었다. 갑작스럽게 말을 꺼낸 후 나와 눈이 마주친 그녀는 얼굴이 붉어졌다. 배영진은 그런 세은이를 쳐다보며 호탕하게 웃었다.

"하하, 나는 그렇게 생각하는데 세은이는 아니라네요. 그럼 뭐 아닌 거죠."

"이머, 왜 둘이 서로 말이 달라? 어떻게 된 거야?"

은하는 지금의 대화 주제가 나와 세은이에게 얼마나 곤혹스러운 것인지 알면서도 무슨 생각인지 집요했다.

"뭐…… 영국에 있을 때는 손도 잡아 본 적 없고, 정식으로 사귀기로 합의한 것도 아니니까 사귀었다고 말하기는 좀 그렇긴 하지만 세은이가 한국으로 떠나기 한 달 전부터는 매일 같이 만났죠. 아마 그때 세은이가 영국에 1년만 더 있었더라면 좀더 빨리 연애를 시작했을 거 같은데 아쉬워요."

"그럼 본격적으로 사귄 것은 한국 돌아와서?"

은하의 호기심 어린 질문에 배영진은 갑자기 손에 쥐고 있던 포크를 접시 위에 놓고 말했다.

"혹시 신의 계시가 있다고 생각해요? 아니면 운명이라든가?"

그는 은하와 나를 번갈아 쳐다보았지만 우리의 대답을 기다리는 것이 아니었다. 그의 특별한 경험을 들려주기 위한 잠깐의 숨고르기 같았다.

"한국으로 다시 돌아와서 세은이를 만나고 싶었지만 세은이의 연락처를 몰랐어요. 세은이는 그때 이미 졸업했으니 학교에서 만날 수도 없었죠. 그런데 어느 날 학교에서 정말 오랜만에 동기를 한 명 만났어요. 그 친구는 기독교 서클에 가입한 친구라서 과에서 완전히 아웃사이더였는데 그나마 내가 거의 유일한 학과 친구였을 거예요. 그 친구가 학생증을 안 갖고 왔다면서 나보고 도서관에 가서 책을 한 권 빌려 달라는 거예요. 마침 수업 시작 시간이 다 돼서 곤란했는데 그 녀석이 꼭 지금 빌려 달라는 거예요. 그러면서 크리스천을 도와주면 복 받을 거라나 뭐라나. 하하. 뭐 꼭 복 받으려고 그런 것은 아니었지만 친구라고는 나밖에 없는데 불쌍하기도 하고 수업시간이야 좀 늦어도 되니까 도서관으로 갔죠. 그리고 책을 빌려서 나오는데 그때 내 눈앞에서 세은이가 쓰러진 거예요. 저는 급하게 응급차를 불러 세은이를 태워서 같이 병원 응급실로 갔죠. 지금 생각해 보면 그때가 아마 시작이었던 거 같아요. 저는 기독교를 믿지도 않고 별로 좋게 생각하지도 않지만 그래도 되도록이면 개독이니 뭐니 욕은 안 해요. 하하하."

나의 머리는 정확하게 우뇌와 좌뇌로 갈라져서 왼쪽 뇌로는 배영진의 이야기를 분석하고 있었고, 오른쪽 뇌로는 세은이의 얼굴을 살폈다. 왼쪽 뇌에서 분석되어 오는 세은이의 과거 행적과 오른쪽 뇌에서 호소하는 세은이의 괴로운 표정이 나의 머리 안에서 맹렬하게 충돌하고 있었다. 더 이상의 대화는 나에게도 세은이에게도 고문과 같았다. 은하도 더 이상 우리 둘을 괴롭힐 생각은 없는 것 같았다.

"국경과 시간을 초월해서 이어지는 러브스토리가 재미있네요."

은하는 배영진에게 이 말을 한 다음 물을 한 잔 마시고 세은이에게 말했다.

"세은아, 그런데 우리 먼저 일어나야 될 것 같아. 오빠랑 어디 같이 갈 데가 있어서."

세은이도 은하도 나도 처음부터 있었던 암묵적인 합의대로 행동하기 시작했다.

"그래, 괜히 미안하네 오랜만에 만났는데."

"뭐 어때, 또 보면 되지."

은하는 벗어 두었던 외투를 입으며 짐을 챙기기 시작했다. 배영진은 자신의 장황한 이야기 끝에 갑자기 모임이 해산되는 분위기가 못내 아쉬웠는지 우리 셋을 번갈아 쳐다보았다. 그러고는 무엇인가 생각 난 듯 다시 말을 꺼냈다.

"아 참. 영국에서 세은이랑 같이 찍은 사진을 어제 발견했어."

그는 의자에 걸어 둔 가방 안에서 사진 한 장을 꺼냈다.

"이거 그렇게 찾으려고 했는데도 안 보이더니 어제 우연히 찾았지 뭐야."

그는 세은이에게 그 사진을 보여주고 난 후, 다시 은하에게 보라고 뒤집어 보였다. 세은이와 배영진이 얼굴을 맞대고 우스꽝스러운 표정으로 찍은 클로즈업 사진이었다. 얼핏 보면 연인 사이 같아 보이기도 했다. 은하는 사진을 보고 별말 없이 재미있다는 표정을 짓더니 세은이와 배영진에게 작별인사를 고했다.

"재미있게 놀아, 그럼 또 봐요."

나도 같이 일어서서 배영진에게 눈인사를 보냈다. 그리고 잠깐 고민을 하다가 세은이에게도 시선을 보냈다. 그녀 역시 나를 보고 있었다. 어쩐지 그녀의 눈빛에서는 안타까움 같은 것이 느껴졌다. 나만의 착각이었는지 몰라도 난 그녀의 눈빛을 이렇게 해석했다.

'오빠. 지금 이 친구가 했던 말은 믿지 마. 그건 이 친구만의 생각이고 내가 오빠와 사귀던 중에는 절대로 오빠에게 미안한 행동을 한 적 없어.'

4

벌써 10분 째 서로 말이 없었다. 스파게티 집에서 먼저 나온 나와 은하는 근처 카페로 자리를 옮겼다. 나는 배영진으로부터 들었던 이야기들, 그때 세은이의 표정들, 그리고 배영진이 보여준 사진이 머릿속에서 뒤죽박죽 엉켜 정신을 차릴 수 없었다.

"아까는 미안했어요."

은하가 말을 꺼내기 전에는 내 앞에 그녀가 앉아 있다는 사실조차 잊고 있었다.

"뭐가?"

"아까 오빠가 듣기 거북한 이야기를 계속 해서……"

"괜찮아. 상관없어. 이미 지나간 일이고…… 그보다 은하야. 세은이 전화번호 알려줄래?"

은하의 얼굴에 가득했던 연민의 눈빛은 사라지고 다시 심하게 표정이 일그러졌다.

"왜 내가 오빠가 싫어할 줄 알면서도 그 남자한테 세은이 하고의 일을 꼬치꼬치 물어본 줄 알아요?"

"……"

"오빠는 옛날부터 세은이한테 무슨 환상을 갖고 있는 것 같아요. 세은이가 꽤 괜찮은 아이인 것만은 틀림없어요. 같은 여자인 내가 봐도 그래요. 하지만 세은이도 그냥 평범한 여자일 뿐이에요. 애인이 있어도 다른 남자가 잘해주면 살짝 흔들리기도 하고, 때로는 남자가 오해할 만한 행동도 아무 생각 없이 할 수도 있는 그냥 보통 여자란 말이에요."

은하의 말이 맞을 것이다. 세은이는 내가 짜 놓은 이상형이란 틀에 한 치의 빈틈도 없이 완벽하게 들어맞는 여자였고 세은이와 헤어지고 나서도 그 생각이 변한 적은 없었다. 그래서 역설적으로 그것은 모두 환상일지도 모른다. 완벽한 것은 세상에 존재하지 않으며 그렇게 보이는 것은 모두 사람들이 만들어 낸 진짜 같은 가짜다. 그래서 완전하고 완벽한 것은 사람들의 머릿속에만 들어 있는 것이다.

하지만 나는 세은이가 완벽한 여자라서 여기까지 온 것이 아니었다. 한때는 그렇게 생각하기도 했다. 그러나 지금 나를 움직이는 에너지는 검증을 통해 얻어진 실증적 이유 때문이었다.

나를 행복하게 할 수 있는 것은 세은이었다. 내가 전처와 헤어진 이유에 세은이가 직접적으로 관련되어 있진 않지만 무의식적으로 세은이와 전처를 끊임없이 비교했음에 틀림없다. 세은이라는 큰 그림자 때문에 나는 온전히 전처를 사랑할 수 없었다. 결혼생활 내내 한 번도 세은이와 전처를 직접 비교한 적은 없지만 지금 과거로 돌아와서야 그것이 숨어 있는 이유라는 것을 깨달았다. 게다가 그것보다 더 확실한 사실은 세은이를 행복하게 할 사람도 바로 나라는 것이다. 지금 세은이가 만나고 있는 남자와는 헤어져야만 했다.

잠시 말이 없던 은하는 핸드백에서 볼펜과 종이를 꺼내 세은이의 전화번호를 적어 나에게 내밀었다.

"하긴 오빠가 연애하는 거지 내가 하는 것도 아닌데, 웬 흥분이람. 오늘 있었던 일은 세은이에게 절대 비밀이라는 거 알죠? 그리고 나는 오빠 편이에요. 그 남자 좀 느끼하더라."

은하는 자기만의 방식대로 나를 응원하고는 카페를 떠났다.

2012년 은하는 미국에서 의과대학 교수를 하는 남편을 만나 마이애미의 환상적인 해변가에 근사한 집을 지어 놓고 멋지게 살고 있다. 물질적인 가치로 인생을 판단할 수는 없겠지만 내가 보기에 은하는 적어도 세은이보다는 더 똑똑하고 인생을 잘 살고 있었다.

은하에게서 받은 메모를 집어 들고 길음역으로 향했다. 집으로 돌아오는 세은이를 집 앞에서 기다렸다가 만날 심산이었다. 어차피 내가 상상했던 근사한 재회 따위는 이제 물 건너갔다. 어떤 식으로든 그녀를 빨리 만나고 싶었다. 무엇보다도 그녀와 대화를 하고 싶었다. 나와 그녀 사이에 있었던 일, 그녀의 새 남자에 관한 것들, 나와 헤어지고 난 이후의 이야기들, 듣고 싶은 것이 너무 많았다. 그리고 그녀에게 맹세하고 매달리고 싶었다. 만약 나와 다시 시작한다면 그녀가 아나운서가 될 때까지 내 모든 것을 걸고 전력으로 돕겠다고.

지하철 역 근처에서 저녁을 일찍 먹고 오후 네 시부터 놀이터에 들어가 세은이를 기다리기 시작했다. 여느 때와 마찬가지로 미끄럼틀 위였다. 그나마 날씨가 춥지 않아서 다행이었다. 해는 뉘엿뉘엿 저물어가더니 어느새 주위가 새까매졌다. 시계를 보니 한 시간이 흘렀다.

어쩐지 세은이가 일찍 집으로 돌아올 것 같았다. 모르긴 해도 세은이의 기분도 그리 유쾌하지 않았을 것이고 심적으로도 많이 지쳤을 것이다. 어떻게 보면 오늘의 기묘한 만남이 오히려 나의 심적 부담을 덜어 준 측면도 있었다. 세은이를 기다리고 있는 지금, 며칠 전처럼 죽을 만큼 긴장되지는 않았다.

멀리서 남자와 여자의 목소리가 들렸다. 남녀의 목소리가 교대로 들리면서 일정한 패턴이 있는 것이 분명 같은 일행의 목소리였다. 세은이와 배영진이라는 것을 직감했다. 그들의 목소리는 점점 또렷해졌고 둘은 그 모습을 드러냈다. 나는 미끄럼틀 위에서 재빨리 내려와 세은이의 집 정문 쪽 놀이터 담벼락에 몸을 숨겼다. 그들은 세은이의 집 대문 앞에 멈춰 섰다.

"오늘 괜히 친구들과 만나는 자리에 내가 갑자기 끼어들어 분위기가 어색했지? 미안해."

배영진의 목소리였다.

"아니야 괜찮아. 어색하긴 뭘. 나름 재미있었어. 바래다줘서 고마워. 추운데 어서 돌아가."

세은이의 대답에 배영진은 작별인사를 하고 왔던 길을 되돌아 걸어갔다. 배영진을 잠시 바라보던 세은이는 초인종을 누르려다 말고 가방에서 휴대폰을 꺼내 전화를 받았다. 그러고는 휴대폰을 바로 끊고 놀이터 쪽을 향해 뒤돌아섰다. 놀이터의 왼편 모서리에서 한 남자가 나타났다. 그는 세은이에게 다가갔다.

"저 남자 다른 여자하고 바람피우니까 만나면 안 된다니까요!"

뜻밖의 이야기였으나 세은이는 별로 놀라는 기색도 없었다.

"또 그 소리예요? 쓸데없는 거짓말 하지 말라고 했잖아요. 정말 계속 이러시면 실망이에요."

세은이의 목소리는 다소 신경질적이었다.

"정말 환장하겠네. 제가 두 눈으로 똑똑히 봤다니까요. 제발 좀 믿어 주세요."

"미안한데요, 제가 오늘 정말 피곤하거든요, 기분도 별로예요. 먼저 들어갈게요."

세은이는 남자를 뒤로 하고 돌아서 초인종을 눌렀고 곧이어 육중한 철문은 철커덩 하는 소리를 내고 열렸다. 세은이는 순간의 주저함도 없이 집 안으로 들어가 모습을 감추었다. 세은이의 저런 차가운 모습은 심하게 낯설었다. 그러나 그것보다 나를 더 경악시킨 것은 바로 세은이에게 말을 건 남자였다.

그는 다름 아닌 노영태였다. 나는 망치로 머리를 한대 얻어맞은 것처럼 현기증이 났다. 그가 기다린다던 여자가 세은이었다는 말인가? 노영태가 말했던 그 여자의 애인은 배영진이라는 말이고, 심하게 어장관리를 하고 있는 것으로 보이는 그 여자가 정말 세은이라는 말인가?

그럴 리가 없었다. 그것은 어디까지나 노영태의 일방적인 이야기였다. 순간 오늘 낮에 배영진이 한 이야기도 떠올랐다. 그래 그럴 수 있었다. 원래 예쁜 여자들에게는 무수하게 많은 억울한 스캔들이 들러붙는 법이다. 나는 백 번 양보해서 세은이가 그런 소문으로부터도 깨끗했다는 기억을 수정할 용의는 있지만 노영태든 배영진이든 그들의 일방적인 이야기를 그대로 믿을 수는 없었다.

나는 놀이터 담을 뛰어 넘어, 힘없는 발걸음으로 역으로 향하던 노영태를 뒤에서 불러 세웠다.

"노영태 씨!"

그는 흠칫 놀라는 동작으로 뒤돌아섰다. 그는 어리둥절해하며 나를 한동안 쳐다보았고 곧이어 반가운 표정으로 바뀌었다.

"오랜만이네요. 또 보게 되네요."

노영태는 반가운 얼굴로 나에게로 다가왔다.

"저번에 제가 밥도 얻어먹었는데, 차 한잔하실까요?"

노영태는 나의 제안을 흔쾌히 받아들였다.

잠시 후 노영태와 나는 역 근처의 카페에서 마주 앉았다.

"방금 그 사람이 영태 씨가 기다린다는 분인가요?"

그는 부끄러운 표정으로 머리를 긁적이며 대답했다.

"봤어요? 하하. 네, 뭐 그렇게 됐습니다."

"우연히 듣게 됐는데…… 그건 무슨 말이에요? 바람피운다고 어쩌고 한 말?"

그는 순간 당황한 듯하더니 잠깐 고민을 하고는 말했다.

"저번에 제가 기다리는 여자가 사귀는 남자가 있다고 했잖아요? 그런데 제가 우연히 사귀는 남자가 다른 여자랑 만나는 것을 봤거든요"

"뭘 봤길래 바람 피운다고 생각해요?"

"친구하고는 키스를 하지는 않겠죠?"

노영태의 말을 듣고 있자니 그 남자가 배영진을 두고 하는 말인지 궁금해졌다.

“그 바람피운 애인이라는 사람, 아까 문 앞까지 바래다준 그 남자인가요?”

그때까지 순순히 대답하던 노영태는 나의 이 질문에 갑자기 정색을 했다.

“그런데 민혁 씨는 남의 애정사를 왜 그렇게 꼬치꼬치 캐물어요?”

그가 남의 일이라는 표현을 쓰지만 않았더라도 그냥 적당한 핑계로 둘러댔을 것이다. 그러나 지금 나에게 세은이의 일이 남의 일이 될 수 없었고 그 말은 은근히 화를 돋우었다.

“실은 제가 기다리는 여자도 바로 그 여자입니다. 윤세은.”

노영태는 큰 눈을 껌뻑껌뻑 거릴 뿐 말이 없었다. 조금 충격이 있는 모양이었다. 그는 커피잔을 들다가 이내 그만두고 옆에 있던 냉수 컵을 들었다. 물을 한 모금 들이켠 후에야 다시 말을 이었다.

“……세은 씨와는 어떻게 아는 사이죠?”

예상했던 범위 내에 들어오는 질문이었다.

“작년 여름까지 사귀었던 사람입니다.”

방금 전까지 나와 노영태 사이에 충만했던 넉넉한 친밀감은 순식간에 사라지고 팽팽한 긴장감과 서로의 심기를 베어 버릴 듯한 날카로운 눈빛만이 오고 갈 뿐이었다. 그러나 얼마 안 있어 노영태는 이내 사람 좋아 보이는 그 특유의 표정으로 되돌아가 말을 했다.

"그러니까 결국 지금은 세은 씨와 아무런 사이도 아닌 것이죠? 저와 똑같은 입장이네요. 아니 어떻게 보면 제가 더 낫죠. 한 번 헤어진 연인보다는 새로 시작하는 입장이 더 낫지 않을까요? 하하하."

그는 처음처럼 호탕하게 웃지는 않았지만 어느 정도 여유를 되찾은 것 같았다.

"바람피운 남자가 아까 그 사람 맞습니다."

"그런데 세은이는 그 사실에 대해 뭐라고 말해요?"

"그게 참…… 제가 세은 씨를 좋아하는 이유이기도 하지만 절대 그런 사람이 아니라면서 전혀 믿어주질 않고 그 남자를 철석같이 믿고 있어요."

"혹시 영태 씨가 잘 못 본 거 아니에요?"

그는 억울한 듯이 크게 한숨을 쉬며 말을 했다.

"그러니까 저도 참 답답해요. 세은 씨도 계속 그렇게 말하고 있고. 이럴 줄 알았으면 몰래 사진이라도 찍어 두는 건데 말이죠."

노영태의 얼굴을 보고 있자니 갑자기 세은이가 13년 전 어느 데이트 날, 꺼낸 맞선 이야기가 떠올랐다.

"혹시 세은이와 언제 맞선을 본 건가요?"

"작년 6월입니다."

역시 집에서 보라고 했다던 그 맞선 상대자가 노영태였다. 그때 세은이는 맞선에 나가지 않을 것처럼 이야기했다. 그리고 실제로 맞선에 나갈 마음이 없었을지도 모른다. 그러나 맞선을 봤고 그 사실을 나에게 말하지도 않았다. 부모의 성화에 못 이겨 그냥 나갔을지도 모른다. 그렇지만 이유야 어찌 되었건 맞선에서 본 남자와 아직까지 연락을 하고 지내고 있었다. 내가 기억하고 있는 세은이와 실제 세은이는 과연 어느 정도 차이가 있는 것일까? 나는 사랑을 다시 찾으러 온 것이지 불편한 진실을 찾으러 과거로 오지 않았다. 나의 시간 여행은 점점 달달한 러브스토리가 아니라 「그것이 알고 싶다」 같은 불편한 다큐멘터리로 변해가고 있었다.

"그런데 민혁 씨. 세은 씨가 그런 나쁜 녀석과 결혼하게 내버려 둘 수는 없는 것 아닙니까?"

노영태는 정말 화가 난 표정으로 나에게 말했다.

"결혼이라니요?"

"나와 세은 씨 맞선을 주선한 아줌마가 그러더군요. 세은 씨의 지금 남자 친구가 올해 결혼을 하자고 그러고 세은 씨 집에서도 긍정적으로 생각하고 있다고. 그 아줌마가 세은 씨 어머니와는 잘 아는 사이거든요."

나에게 한꺼번에 주어진 너무 많은 정보와 사건들은 나의 뇌가 이성적으로 사고할 수 있는 한계를 이미 넘어서고 있었다. 이 모든 것들은 세은이로부터 직접 확인하지 않고는 풀리지 않을 의문들이었다.

"세은 씨가 그 남자가 다른 여자와 만나고 있는 것을 목격하거나 그게 아니면 최소한 민혁 씨도 같은 증언을 하면 세은 씨도 믿게 되지 않겠습니까?"

"글쎄요. 저도 아직 영태 씨가 하는 말이 잘 믿어지지 않습니다만……"

"그래요……?"

노영태는 나의 미지근한 반응에 처음에는 실망하는 듯 보였지만 이내 여유 있는 표정을 되찾았다.

"그러면 전화번호라도 좀 알려 주시죠. 혹시 제가 또 그 놈이 나쁜 짓을 하는 현장을 목격하면 직접 눈으로 보게 해 드리죠."

나는 노영태에게 휴대폰 번호를 알려주고 그와 헤어졌다.

시간은 밤 8시였다. 세은이가 아직 잘 것 같지는 않았다. 나는 휴대폰 꺼내 그녀의 전화번호를 검색한 후 잠시 고민에 빠졌다.

문자를 보낼 것인가 전화를 걸 것인가? 전화를 걸기로 했다. 문자를 보내는 것은 칼자루를 상대에게 쥐어주고 목을 길게 빼고 기다리는 상황과 마찬가지다.

엄지손가락으로 통화버튼을 길게 눌렀다. 10초…… 20초…… 30초…… 마치 300초가 흐른 것 같은 시간이 지났지만 그녀는 받지 않았다. 나는 전화를 끊고 집으로 발걸음을 옮겼다. 그녀의 휴대폰에 부재중 전화 통화 기록을 여러 번 남기고 싶지는 않았다.

5

휴대폰 울림소리에 잠을 깼다. 문자 메시지가 들어 와 있었다. 나는 메시지를 확인한 후 휴대폰을 던져버리고 싶은 충동을 가까스로 참았다.

'신입사원 연수가 2000년 1월 17일 시작됩니다. 정해진 시간에 지정된 장소로 차질 없이 입사할 수 있도록 준비하기 바랍니다. 인사팀.'

1월 17이면 다음 주 월요일이었다. 오늘이 1월 10일이니까 정확하게 일주일 후였다. 연수 기간 동안은 외부출입이 금지되므로 일단 연수원에 입사하는 순간, 세은이와 관련된 모든 일은 그 날로 끝이었다. 이제 나에게 실제로 남은 시간은 일주일뿐이었다. 이렇게 중요한 사실을 기억하지 못한 내 잘못이 크지만 노파도 원망스러웠다. 내가 2000년 1월 1일로 돌아간다고 했을 때 묘한 웃음을 짓던 노파의 표정이 생각났다. 노파는 돌아가는 첫날이 공휴일인데 괜찮겠냐는 말로 놀렸지만, 분명 이렇게 될 것이라는 것을 알고 있었음에 틀림없다.

어떻게 해야 할까? 연수원 입사를 포기하는 방법도 있다. 그러면 다시 돌아간 2012년에 내가 어떻게 되어 있을지 모른다. 물론 더 잘 돼 있을 수도 있지만 내 삶의 뿌리부터 바뀔 수 있는 모험을 강행할 자신은 없었다. 결국 아무리 생각해 보아도 나에게 남은 시간은 일주일이 최대치였다. 도대체 일주일 동안 무엇을 할 수 있다는 말인가?

지난 일주일 동안 결국 세은이와 만나기는 했다. 그리고 내가 몰랐던 몇 가지 사실들도 덤으로 알게 되었다. 솔직히 몇 가지 일은 충격적이었다. 그러나 모든 부차적인 문제들은 떼어 내고 본질만 남겨 놓으면 그것은 세은이가 지금 나와 다시 시작하지 않으면 서로가 불행해진다는 것이다.

세은이에게 지금 남자친구가 있지만 그 만남이 잘못된 만남이라는 것을 알고 있다. 세은이를 그 남자와 헤어지게 하고 나와 다시 만나게 해야 한다. 나와 다시 시작하는 것이 어렵다면 지금 남자와 헤어지게라도 해야 한다.

순간 사악한 생각이 머리를 스치고 지나갔다. 세은이가 나와 다시 시작하지 않고 단지 배영진과 헤어지기만 한다면 그것이 정말로 내가 바라는 일일까? 오히려 그녀가 불행해지면 2012년으로 되돌아가서 이혼한 그녀와 다시 시작해 볼 수 있는 여지라도 있다. 세은이에게는 미안하지만 나에게는 그 편이 차선일지도 모른다. 그러나 그녀가 2001년에 이혼을 하고 2012년까지 재혼을 안 하고 있을 가능성이 있을까? 영국에서 온 편지를 보면 재혼하지 않았을 것 같지만…… 직접 만나서 확인하지 않은 이상 모를 일이었다. 생각이 꼬리에 꼬리를 물고 이어졌다.

그때였다. 귀에 익은 클래식 음악이 울렸다. 그 즈음 내가 선택해 놓은 전화벨 소리였다. 아름다운 멜로디의 음악보다 나를 더 매혹시킨 것은 전화기 너머에서 들려온 세은이의 목소리였다

"민혁 오빠?"

나는 13년 전에 세은이가 나에게 마지막으로 전화했던 때가 생각났다. 과거로 돌아 온 이후, 거의 처음으로 미래에서 온 이점을 취할 수 있겠다는 생각이 들었다. 그때의 교훈을 되새기며 나는 최대한 상냥하고 부드러운 목소리로 전화를 받았다. 그녀의 나긋한 목소리는 목구멍을 뜨겁게 데우며 넘어가는 한 잔의 위스키 같았다. 그녀의 그 말 한마디에 사지에 힘이 쫙 풀리는 기분이었다.

"응. 세은이구나……"

"어제 전화했었지? 기분이 별로라 전화를 받지 않았는데 오빠가 전화했을 것 같다는 생각이 들어서……"

"그랬구나. 한 번 더 해보려고 하다가 그냥 밤도 늦었고 해서……"

"어제는 좀 그랬지? 오랜만에 만났는데 마음이 좀 걸리더라……"

우리 둘 다 말의 끝을 잘 맺지 못했다. 잠시 침묵이 흘렀다. 나는 다시 과거의 교훈을 떠올렸다. 이대로 내가 가만히 있으면 아무것도 안 된다.

"한번 만나고 싶은데 괜찮아?"

"그래."

그녀는 생각보다는 순순히 나의 제안을 받아들였다. 아마도 내가 만나자고 하면 어떻게 할 것인지 미리 생각해 둔 듯했다. 내일 저녁에 만날 약속을 잡고 전화를 끊었다.

이상한 일이었다. 그녀로부터 전화를 받고 나니, 그녀에 대해 품었던 미움이나 의심까지도 모두 빗물에 씻기듯 사라져 버렸다. 그리고 그녀의 불행이 꼭 나쁜 것만은 아닐 거라는 나의 사악한 마음을 진정으로 반성했다. 정 안 될 경우, 내가 이곳에 있는 동안 반드시 그녀가 지금의 남자와 헤어지도록 해, 나중에 불행해지는 일이 없도록 해야겠다는 뜨거운 열정이 가슴을 불태웠다.

다음 날, 세은이와 저녁 7시에 신촌에서 만나기로 했다. 그녀의 학원이 마포였으므로 신촌에서 만나는 것이 그녀에게 편했다.

나는 시간여행을 위해 오피스텔을 떠나올 때처럼 깨끗하게 방을 청소했다. 뭐 때문에 그랬는지 집안 구석구석 철저하게 하다 보니 청소하는 데만 세 시간이 걸렸다. 그것은 어찌 보면 청소가 아니라 주술행위에 가까웠다. 경건한 기분으로 세은이를 만나고 싶었던 것이다.

청소를 마치고 저녁 5시쯤 여유 있게 집을 나서려는데 휴대폰으로 전화가 걸려 왔다. 전화를 받았더니 노영태였다.

"이민혁 씨죠?"

"아 네. 노영태 씨군요."

"지금 강남역으로 안 올래요?"

"지금이요? ……제가 약속이 있어서 안 될 거 같습니다."

"지금 그 남자가 다른 여자를 만나고 있다고요."

"배영진 말인가요?"

"네, 배영진. 내가 확실하다고 말했잖아요."

세은이를 만나기까지 아직 두 시간이 남아 있었기 때문에 나는 노영태의 말이 사실인지 확인해 보고 싶었다.

강남역에 도착하자 5시 30분이었다. 약속된 장소에 노영태가 기다리고 있었다.

"제가 사무실이 이 근처라서 언젠가는 다시 내 눈에 띌 줄 알았다니까요."

그는 드디어 한 명의 또 다른 증인이 생기는 것이 몹시 기쁜지 흥분했다. 나는 노영태가 안내하는 카페로 조용히 들어갔다. 그리고 내 눈을 의심했다. 배영진이 미모의 여자와 같은 소파에 몸을 파묻고 있었다. 여자는 배영진의 어깨에 머리를 기대고 한 손으로는 휴대폰의 액정화면을 보고 있었고 배영진은 책을 읽으며 가끔씩 그녀의 머리를 쓰다듬었다. 누가 봐도 틀림없는 연인 사이였다.

배영진의 어깨에 기대앉은 여자의 미모는 세은이를 능가했다. 그녀는 평범한 사람과는 한 차원 다른 사람이었다. 세은이가 보통 사람들 중에서 예쁜 정도라면 배영진 옆에 앉은 여자는 연예인과 같은 위엄이 있었다. 그 순간 안타깝게도 배영진에게는 세은이가 퍼스트가 아니라 세컨드가 아닐까 하는 생각이 들었다. 생각이 거기에 미치자 걷잡을 수 없는 분노가 들고 일어났다. 나는 카페를 나와 노영태에게 말했다.

"여기 좀 지키고 있겠어요?"

그는 내가 무슨 말을 하는지 이해를 못하겠다는 표정이었다.

"실은 내가 조금 있다가 세은이를 만나기로 되어 있어요. 원래는 신촌에서 만나기로 했는데 강남역으로 오라고 할게요. 그래서 세은이가 이 광경을 직접 눈으로 보게 할 겁니다."

노영태는 다시 흥분한 듯 큰 눈을 껌뻑껌뻑 거리며 대답했다.

"좋습니다! 일단 저 녀석을 어떻게 한 다음에 우리 둘은 나중에 승부를 봅시다. 오늘은 같은 팀이 되어보죠."

나는 세은이에게 문자 메시지를 보내 강남역 6번 출구에서 만나자고 했다. 그녀는 별 다른 이유를 묻지 않고 순순히 그러겠다고 했다. 문자를 보낸 후 강남역 6번 출구에서 초조하게 그녀를 기다렸다. 시간은 6시 40분을 가리켰다. 노영태에게 확인 전화를 해 보았다.

"아직 두 사람 그대로 있어요. 제 생각에 당분간 카페를 나갈 것 같지는 않습니다. 나가면 내가 따라갈 테니까 걱정 말고 세은 씨나 여기로 무사히 데리고 오세요."

노영태의 목소리는 들떠 있었다. 예상하지 못한 상황전개에 통쾌함과 스릴을 느끼는 듯했다. 설마 세은이가 배영진과 헤어지기만 하면 그녀가 자신의 차지가 된다고 생각하는 것일까? 노영태라면 그렇게 단순 명쾌하게 생각할지도 모르겠다. 그의 그런 점이 부럽기도 했다.

7시가 되었지만 세은이는 나타나지 않았다. 잠시 후 세은이에게서 문자가 왔다.

‘미안. 조금 늦을 것 같아. 20분 정도.’

이유를 묻는 답 문자를 보내려는 순간 노영태에게서 전화가 걸려 왔다.

“민혁 씨 큰일났어요, 제가 잠깐 화장실에 간 사이에 그 남자와 여자가 없어졌어요!”

“네? 아니 화장실에 얼마나 오래 있었길래 두 사람이 나가는 걸 못 봤단 말이에요? 그럼 이제 어떻게 합니까?”

“미안합니다, 민혁 씨. 하필 그때 배가 아파서…… 그런데 아마도 저녁시간이 됐으니까 이 근처에 식사를 하러 갔거나 아니면 술을 마시러 간 것 같은데…… 세은 씨는요?”

“조금 늦는답니다. 20분 정도.”

“그럼 이렇게 하죠, 저는 이쪽 편에 술집이 많으니까 여기를 한번 찾아보고요, 민혁 씨는 길 건너편에 있는 식당 위주로 한번 찾아보세요.”

“영태 씨.”

“네?”

“아…… 아닙니다. 알겠습니다. 그럼 또 연락하죠.”

순간적으로 굳이 이렇게까지 해야 하는지 회의감이 들었으나 애초에 나의 아이디어였고, 정말 세은이를 위한다면 이런 흥신소 직원 같은 일도 피하지 말아야겠다는 생각이 들었다.

나는 그들이 그 카페를 나와서 밥을 먹으러 갔다면 어디로 갔을지 동선을 상상해 보았다. 7번 출구 대로변에 늘어서 있는 식당이

나 레스토랑을 차례차례 확인했다. 역 입구에서부터 약 100미터 정도 거리 사이에 있는 식당과 레스토랑은 모두 들어가 보았지만 그들의 모습은 보이지 않았다.

이번에는 대로변 뒤에 위치한 언덕 쪽으로 올라가 보기로 했다. 언덕으로 올라가자 예쁘게 꾸민 카페들이 줄지어 자리 잡고 있었다. 그들이 방금 커피를 마시고 또 커피를 마실 리는 없으므로 나는 그 거리를 빠르게 그냥 지나쳐 갔다. 그 길을 끝까지 가보았지만 카페밖에 없었다. 나는 왔던 길을 되돌아가기 위해 돌아섰다. 그런데 방금 지나쳐 온 한 카페에서 배영진이 나왔다. 나는 길가에 주차되어 있던 자동차 뒤에 재빨리 몸을 숨겼다. 놀랍게도 카페에서 배영진을 따라 나온 것은 세은이었다. 세은이가 늦는다는 이유가 배영진 때문인가?

배영진과 세은이는 카페를 나와 대로변으로 향했다. 나는 그들과 10미터 정도의 간격을 두고 조심스레 미행했다. 충격 때문에 다리가 후들거려 잘 걸을 수가 없었다. 그들은 갑자기 뛰기 시작했다. 강남역 대로를 가로지르는 큰 횡단보도를 건너려는 것 같았다. 나도 그들을 따라 뛰었으나 그만 빨간 신호에 걸리고 말았다. 조바심이 났지만 눈으로 그들을 추적할 수밖에 없었다. 그들은 횡단보도를 건너자 작별인사를 나눴고 세은이는 나와 만나기로 한 6번 출구 쪽으로, 배영진은 반대 방향으로 걸어갔다.

고민스러웠다. 배영진을 계속 미행해야 하는가? 아니면 그냥 6번 출구로 가서 세은이를 만나야 할 것인가? 만약 배영진이 이미 그 여자와 헤어졌다면 배영진을 미행해 본들 아무런 의미가 없었다.

그런데 배영진이 갑자기 가던 길을 멈추고 되돌아섰다. 배영진을 뒤로 하고 걷고 있는 세은이의 모습을 살피더니 조심스럽게 세은이 쪽으로 걷기 시작했다. 그러다가 오른편으로 꺾어서 뒷길로 진입했다. 그곳은 술집이 많은 유흥가였다. 어느 술집에 조금 전의 그 여자를 데려다 놓고 잠시 빠져 나와 세은이를 만난 것임에 틀림없었다. 그야말로 배영진의 죄질은 최악이었다. 용서할 수 없었다. 추운 겨울에 세은이를 밖에서 기다리게 하는 것은 미안했지만 나는 배영진을 계속 추적하기로 결심했다. 먼저 노영태에게 전화를 걸었다.

"이민혁입니다. 지금 노영태가 CGV 극장 왼편에 있는 횡단보도를 건너 도로 안쪽의 술집 많은 쪽으로 가고 있으니까 그쪽으로 가보세요."

"CGV요?"

"네 CGV. 아…… 그게 아니고."

나는 고개를 돌려 극장 이름을 확인했다.

"동아극장 왼편에 있는 횡단보도예요. 반대편에서 보면 오른편이고요."

"그래요? 그거 잘됐네요. 마침 제가 그 근처거든요. 발견하면 다시 전화할게요."

노영태가 전화를 끊자 때마침 신호등이 파란색으로 바뀌었다.

나는 배영진이 들어간 길로 뛰어갔다. 20미터 앞쯤에서 그가 왼쪽 골목길로 접어드는 모습이 보였다. 나는 그가 사라지기 전에 그가 들어가는 술집을 확인하기 위해 전력으로 뛰었다. 그러나 내가 그 골목길에 접어들자 배영진은 보이지 않았다. 대신 골목길 끝자락에서 누군가가 막 왼쪽 모퉁이를 돌아가는 장면이 포착되었다. 나는 그가 배영진이라 생각하고 다시 골목길의 끝으로 내달렸다. 골목길 끝에서 왼쪽으로 돌자 다시 큰 도로로 이어졌다. 그리고 수많은 인파들과 휘황찬란한 네온사인들이 나의 눈을 어지럽혔다. 그 속에서 배영진을 다시 찾기란 불가능해 보였다. 가쁜 숨을 몰아쉬며 어떻게 할까 고민하고 있던 차에 노영태로부터 전화가 걸려왔다.

"찾았어요! 방금 배영진이 여기 비어가덴으로 들어갔어요. 제일 주차장 맞은편 건물 2층이요."

"그래요? 알았어요, 잘 지키고 있어요. 잠시 후에 세은이를 데리고 갈게요."

"그런데 빨리 와야겠어요. 또 이동할지 모르겠어요."

내가 잘못된 추적에 열을 올리다 보니 너무 멀리 와 있었다. 여기서 6번 출구로 가서 세은이를 데리고 비어가덴으로 갈려면 족히 20분은 넘게 걸린다. 나는 세은이에게 문자 메시지를 보내기로 했다. '제일 주차장 맞은편 건물 2층 비어가덴으로 와.'

문자 메시지를 보낸 후 그 술집으로 향했다. 그러나 지면에서 발을 뗄 수가 없었다. 전속력으로 백 미터 이상을 뛰어서 호흡이 힘들었고 다리에 힘이 풀려 걸을 수가 없었다. 나는 그만 길가에 주저앉고 말았다.

그렇게 몇 분이 흘렀다. 다시 일어서서 무거운 발걸음을 옮기기 시작했다. 50미터 정도 앞에 노영태가 말한 술집이 보였다. 지금쯤이면 세은이가 이미 저 술집에 도착했을 것이다.

내 기억이 맞는다면 술집은 테이블마다 칸막이가 쳐져 있기 때문에 세은이가 일부러 남의 테이블에 신경을 쓰지 않는 이상 들어가자마자 배영진 일행을 발견하기는 힘들다. 내가 세은이에게 그들의 존재를 직접 알릴 수밖에 없다. 결국 내 손에 피를 묻혀 세은이를 그 녀석에게서 구해 내야만 한다. 그것이 두렵지는 않았지만 자신의 애인이 바람피우고 있는 현장을 옛날 애인 앞에서 들켰을 때 그녀의 자존심은 얼마나 무너질 것인가? 그러나 이렇게 하는 것이 세은이를 위하는 것이라고 믿었고 내가 2000년으로 되돌아와서 할 수 있는 일이 이것뿐이라면 모든 것은 운명에 맡기고 그냥 받아들이기로 했다.

술집이 있는 건물에 이르렀다. 밑에서 보니 빨간 카펫으로 덮인 좁은 계단을 올라가면 비어가덴으로 들어가는 문이 이어졌다. 계단을 오르려는 찰나, 가게 문이 삐그덕거리며 격렬하게 열리더니 한 여자가 뛰어 나왔다. 그리고 급하게 계단을 뛰어 내려왔고 그 모습이 꽤 불안해 보였다. 계단을 중간쯤 내려 온 그녀는 밑에서

위를 올려다보던 나와 정면으로 눈이 마주쳤다.

세은이었다. 그녀는 순간 멈칫했다. 그녀의 눈시울은 적셔져 있었고 나를 바라보는 그녀의 눈빛은 원망과 증오로 가득 차 있었다. 그녀는 다시 재빨리 계단을 내려 와서는 나를 비켜 지나갔다. 그리고 강남역 쪽으로 뛰어갔다.

틀림없이 배영진과 그의 여자를 발견한 것이리라. 나도 그녀를 쫓아 뛰었다. 평상시면 그녀를 따라잡는 것쯤은 문제가 없었겠지만 이미 체력을 소진했기 때문에 그녀와의 거리 차이를 좀처럼 좁히지 못했다. 50미터 정도를 달렸을 때 세은이는 갑자기 걸음을 멈추고 섰다. 그리고 주위를 둘러보더니 오른쪽 건물 안으로 들어가 버렸다.

세은이가 사라진 지점에 이르자 오른편으로 조그만 주차장이 나왔다. 건물 위를 올려다보니 큰 십자가가 매달려 있었다. 나는 그녀가 사라져 버린 교회 안으로 들어갔다. 아치 모양의 빨간 벽돌 문을 통과하자 넓은 마당이 나왔고 키가 큰 나무들이 듬성듬성 심어져 있었다.

그 중 한 나무 밑의 벤치에 누군가가 고개를 숙인 채로 두 손을 모으고 앉아 있었다. 그 모습이 어쩐지 나를 기다리고 있는 듯 보였다. 나는 벤치로 조용히 다가갔다. 그러나 벤치와의 거리가 좁혀질수록 고개를 숙이고 앉아 있는 여자의 모습이 낯설게 느껴졌다. 그때 여자는 천천히 고개를 들었고 눈물을 흘린 듯 두 손으로 눈 밑을 훔쳤다.

세은이가 아니었다. 눈물을 닦던 여자는 어둠 속에서 내 모습을 발견하고는 놀라 어깨가 움츠러들었고 두려움을 떨쳐내려는 듯 갑자기 찬송가를 부르면서 벤치에서 일어나 황급히 나를 스치고 지나가버렸다.

여자가 떠나가고 어두운 공간에 혼자 남겨지자 나는 심한 허탈감에 빠져들었다. 과연 내가 과거로 온 진정한 목적이 무엇이었는지 혼란스러웠다. 그때 노영태로부터 전화가 걸려왔다.

"세은 씨는 어떻게 됐어요?"

"비어가덴에서 뛰어나오는 세은을 따라 쫓아가긴 했는데 결국 만나지는 못했습니다."

"음…… 그래요? 뭐 어쨌거나 제일 중요한 일은 해 치웠으니 다행입니다. 햐…… 앓던 이가 빠진 것처럼 속이 시원합니다. 그때 민혁 씨도 그 녀석의 똥 씹은 표정을 봤어야 되는데. 하하하."

"그런데 어떻게 된 거예요? 세은이가 바로 그 사람들을 발견했어요?"

"내가 좀 머리를 굴렸죠. 술집으로 올라가는 계단 앞에서 민혁 씨를 기다리고 있는데 멀리서 세은 씨 혼자 이쪽으로 오는 게 보이더라고요. 그래서 재빨리 가게로 올라가서 카운터 앞의 종업원한테 잠시 후에 여자 한 명이 들어오면 이름을 물어보고 윤세은이라고 하면 저쪽 자리로 안내해 달라고 했어요. 물론 그 남자와 여자가 한창 끈적끈적하게 붙어 있던 그 자리 말이죠."

노영태의 찬란한 승리였다. 어쩌면 세은이와 평생 공유해야 할 수도 있는 거북한 기억을 완벽하게 피해간 채 그의 목적을 이루었다. 그는 계속해서 전화로 그가 본 흥미진진한 광경을 흑백영화의 연사처럼 떠들어댔지만 내 귀에는 하나도 들어오지 않았다. 그가 장황한 묘사를 끝내고 잠시 마른기침을 하더니 진지한 어투로 나에게 말했다.

"이제 저와 민혁 씨와의 싸움인가요? 뭐 민혁 씨에게 뺏기면 조금 전의 그 남자에게 뺏기는 것보다는 덜 억울하겠지만, 그래도 그런 일은 없을 것 같습니다. 하하하."

노영태의 말은 사실일지도 모른다. 박재상의 말대로라면 세은이는 올해 안에 결혼을 하는데 남자가 세은이를 끈질기게 따라다녀 마침내 결혼에 골인했다고 했으니 지금으로 봐서는 노영태가 가장 유력한 후보다.

세은이에 대한 나의 지독한 집착은 끈질긴 구석이 있었다. 세은이를 위해서라면 노영태에게 결혼하게 되더라도 그녀가 아나운서가 될 때까지는 아이 갖는 문제는 조심하라고 이야기를 해 주어야 하지 않을까 고민했지만 이내 그만두기로 했다. 노영태가 진짜 세은이와 결혼할 사람인지는 아직 확실하지 않았고 무엇보다도 2012년으로 되돌아갔을 때 그녀가 이혼하지 않고 행복하게 사는 것보다는 혼자서 영국에서 지내는 현실이 나에게는 더 좋을 것이기 때문이다.

노영태와 통화를 끝내고 손에 쥔 휴대폰을 한참 바라보았다. 내키지 않았지만 2000년에 머물 수 있는 남은 시간을 생각했을 때

더 이상 머뭇거리는 행동은 하지 않기로 했다. 세은이의 전화번호를 찾아 통화 버튼을 꾹 눌렀다. 그러자 통화 발신음 대신 바로 전화기가 꺼져 있다는 냉랭한 안내음성이 들려왔다. 순간 부끄러운 기분이 들었고 얼굴이 화끈 달아올랐다. 그런 기분에서 빨리 달아나고 싶어 빠른 걸음으로 강남역으로 향했다.

도중에 이은희가 나를 데리고 갔던 카페를 지나쳤다. 순간 발걸음을 멈추고 휴대폰을 꺼내 들었다. 이은희라도 만나서 구멍 뚫린 가슴을 무언가로 메우고 싶었다. 이은희에 대한 미안한 마음은 수초간 나를 머뭇거리게 만들었지만 애써 무시해 버렸다. 전화를 받은 이은희의 목소리는 약간 떨렸으나 침착하려고 노력하는 것처럼 느껴졌다. 나는 그녀와 오래전부터 친한 친구였던 것처럼 태연하게 말을 했다.

"강남역이야. 진짜 배고프다. 밥 좀 사줘."

이은희는 평소와는 다르게 수수한 옷차림이었다. 그녀의 몸에서는 약한 화학약품 냄새가 났다. 미용실 일을 하다가 나온 모양이었다. 나와 그녀는 근처의 고깃집으로 향했고 그날 밤 늦게까지 술을 마셨다. 우리는 헤어질 때까지 그저 시시껄렁한 잡담을 주고받으며 웃고 떠들었을 뿐 누구도 세은이에 관한 이야기를 꺼내지 않았다.

제4장

편지의 윤회

1

이은희와 헤어진 후에 집으로 돌아와 잠을 자기 시작한 이후 이틀이 지났다. 세은이와 헤어지고 난 후 열병을 앓았던 것처럼 강남역에서의 사건은 나에게 깊은 상처를 남긴 듯했다.

이제 다음 주 월요일이면 신입사원 연수가 시작된다. 고생스러운 연수를 다시 받을 이유는 없으므로 늦어도 일요일까지는 노파에게서 받은 종이를 불태우고 2012년으로 되돌아가야 했다.

책상 서랍을 열어보니 라이터가 보였다. '그냥 이대로 2012년으로 되돌아 가버릴까' 하는 충동이 일었다. 지갑에서 종이를 꺼내 라이터 주둥이에 가져다댔다. 그러나 라이터를 쥔 손이 쉽사리 움직이질 않았다. 강남역에서 사건이 벌어진 날 집에 돌아온 후 세은이에게 다시 전화를 걸어 보았지만 그녀는 받지 않았다. 그 날 이후 나에게 다시 전화가 오지 않는 걸 보면 분명 그녀는 나와 연락을 하고 싶지 않은 것이다.

나도 모르게 쥐고 있던 라이터를 벽에다 던져 버리고 말았다. 지금의 상황이 너무 억울했다. 2000년으로 되돌아 온 후, 세은이에게 이미 새 남자 친구가 생겼다는 충격적인 사실을 알게 되었지만 불행 중 다행으로 그 놈은 바람둥이였다. 자존심이 강한 세은이라면 남자 친구가 바람을 피운 현장을 목격하고도 그걸 용서할 리가 없다. 지금은 정신적인 충격이 커 아무도 만나고 싶지 않겠지만 시간이 지나 마음이 조금 안정되면 세은이와 다시 시작해 볼 수 있는 환경이 만들어질 수 있다. 노영태가 거슬리긴 하지만 그는 험한 꼴을 당한 세은이의 혼란스러운 마음을 섬세하게 어루만지고 자연스럽게 마음을 열도록 할 만한 위인이 못 된다. 더군다나 그의 끈질긴 구애가 성공했던 것은 내가 세은이와 헤어진 후였기 때문이지 내가 세은이 옆에 있다면 어림도 없는 일이다.

문제는 시간이다. 세은이가 배영진에게서 받은 상처를 치유하고 새로운 남자를 받아들이기에는 시간이 너무 부족하다. 만약 신입 사원 연수를 포기한다면? ……2012년의 미래가 두렵긴 하지만 세은이가 내 인생에서 무엇보다도 소중하다면 못할 것도 없다.

하지만 그래봤자 2주 남짓한 시간이 더 늘어날 뿐이다. 그 시간 안에 과연 세은이와 다시 시작할 수 있을까? ……그때 휴대폰에서 문자 메시지가 들어오는 소리가 났다. 확인해 보니 세은이로부터 온 문자였다.

'연락 많이 했지? 미안. 아무와도 말하고 싶지 않았어.'

무의식적으로 통화 버튼을 누르려다 말았다. 그냥 문자 메시지를 보냈다. 세은이가 통화보다는 문자가 더 편할 것이라고 생각했다.

'괜찮아?'

세은이는 나의 답문자에 시간을 끌지 않고 바로 다시 문자를 보냈다.

'응. 괜찮아. 그날 강남역에서 못 만났잖아. 이번 주말에 볼래?'

세은이가 먼저 보자고 한 문자에 그만 심장이 떨어질 뻔했다. 그렇게 전화를 해도 안 받더니 왜 심경이 변했을까? 이유가 어찌되었든 나에게는 좋은 기회임이 틀림없었다. 이제는 세은이 곁에 아무도 없고 게다가 심적으로도 무척 힘든 상황일 것이다. 짧은 시간 안에 그녀의 마음을 다시 얻기에는 평상시보다는 지금과 같이 불안정한 상태가 더 유리할지도 모른다.

나는 만날 장소와 시간을 정하는 문자를 보내고는 창문을 활짝 열었다. 겨울바람이 훅하고 불어 들어와 나의 뺨을 부비고 지나갔다. 차가운 바람은 복잡했던 나의 생각을 명쾌하게 정리해 주었다. 주말에 세은이를 만나 가능성이 엿보인다면 신입 사원 연수를 포기하고 31일까지 그대로 있자고 결심을 했다. 그렇게 결단을 내렸을 때 이번에는 휴대폰 벨소리가 울렸다. 이은희였다. 그녀는 오늘 하루 일을 쉬는 날이라고 만나자고 했다. 지금 상황에서 이은희와 만날 정신적인 여유도 없었고 세은이와의 만남을 앞두고 있어 꺼림칙한 생각이 들었지만 한편으로는 이은희를 무시하면 또 이상한 일이 생길 수 있다는 두려움을 느꼈다. 또 저번에 강남역에서 내가 전화했을 때 아무 말 없이 나와 준 그녀에게 보답하고 싶기도 하고 이제 정말 마지막으로 이은희를 만나 그녀와의 인연을 깨끗하게 정리하는 것도 좋을 것 같았다.

그녀는 예전에 일하던 곳에서 알던 언니가 이번에 새로 여의도에 미용실을 개업한다면서, 개업식 때 뷔페를 부르기로 했으니 배부르게 먹고 오자고 했다. 이은희의 또 다른 지인을 만나는 것이 달갑지는 않았지만 시간 여행 내내 이은희에게 신세 진 것을 생각하면 하루쯤은 그녀가 하자는 대로 해주고 싶었다.

개업식에서 만난 언니라는 사람은 나에게 이은희 칭찬을 늘어놓기 바빴다. 나를 이은희의 애인으로 생각하는 듯했다. 물론 다른 사람이 보기에도 나는 이은희의 남자친구였다. 그에 대해 나는 적극적으로 긍정하지는 않았지만 그렇다고 적극적으로 부정하지도 않았다. 곤란해하는 이은희의 얼굴을 볼 때마다 내가 미안한 기분이 들었다.

언니와의 대화 내내 계속 손목시계를 확인하던 이은희는 그만 일어나자고 말했다. 이은희는 아쉬워하는 언니를 뿌리치고 어디 갈 곳이 있다고 했다. 나는 그녀를 따라 미용실을 나섰다. 이은희는 미용실이 있는 빌딩의 지하 주차장으로 나를 데리고 갔다. 그녀는 오늘 특별한 날이라서 직접 차를 몰고 나왔다며 그걸 좀 알아 달라는 듯 눈을 흘겼다. 나는 어색한 표정을 지으며 조수석에 앉아 말했다.

"이제 어디로 갈 거야?"

"가보면 알아."

그녀는 의미심장한 웃음을 지으며 힘차게 엑셀레터를 밟았다. 나는 그녀가 정말로 목적지에 도착할 때까지는 어떤 말도 해주지 않을 것 같다고 느꼈기에 더는 묻지 않았다. 그녀에게는 무엇인가 나름대로 계획이 있는 듯했고 그냥 맡겨 두자고 생각했다.

차는 지하 주차장을 벗어나 마주 다가오는 햇빛 속을 향해 달렸다. 운전하고 있는 이은희는 옆모습이 조금 낯설었다. 항상 진한 화장을 하고 있던 이은희는 오늘따라 화장이 좀 뜨는 느낌이었다. 방금 전에 언니로부터 들은 이야기를 분석해 보면 이은희는 고등학교를 졸업하고 바로 미용사 일을 시작한 것 같았다. 이은희의 정확한 나이는 여전히 모르지만 나보다 두세 살 어려보이고 그녀의 인생도 여러 가지 우여곡절이 있었을 법했다.

그녀는 세은이와는 전혀 다르고 나의 전처와도 아주 다른 사람이었다. 그녀의 눈가에 드리워진 가는 주름은 살아온 인생의 무게를 느끼게 했고 손톱에 바른 화려한 매니큐어는 손가락 끝 마디 군데군데 파인 흉터와 굳은살을 절묘하게 감추고 있었다. 무엇인가 만만치 않은 인생의 굴곡이 느껴지는 그녀를 2000년의 내가 맑고 맑은 세은이의 대체자로 생각했을 리가 없었겠다는 생각이 들었다.

그렇게 생각에 잠겨 있는 사이, 차는 정확하게 세은이가 다니는 학원 건물 앞에 멈춰 섰다. 나는 그녀가 차를 세운 곳이 세은이의 학원 앞이라는 사실에 무척 놀랐지만 이은희는 나를 보며 태연하게 내리라는 표정을 지었다.

차에서 내리자 도로에 수십 명의 사람들이 모여 웅성대고 있었다. 그들은 모두들 학원 빌딩 위를 올려다보고 있었는데 빌딩 위에는 남자 한 명이 위태롭게 옥상 난간에 서 있었다. 노영태였다. 그는 확성기를 들고 빌딩 아래에 모인 사람들을 향해 소리쳤다.

"세은 씨 사랑합니다! 저와 결혼해 주세요!"

그는 발밑에서 플래카드 같은 것을 집어 들었다. 자세히 보이지 않았으나 '윤세은'이라는 이름과 색색의 하트 그림으로 유치하게 꾸며진 사인판 같은 것이었다. 박재싱이 말했던 자살소동이라는 것이 바로 이것이었다. 같이 삼겹살을 먹었을 때 그의 다이어리에서 본 별표가 생각났다. 오래전부터 이 날을 디데이로 정해 놓고 있었던 것이다. 사람들은 점점 더 모여들기 시작했다. 어떻게 보면 자살소동이라기보다는 유쾌한 이벤트에 가까웠다.

"거참 이상하네."

옆에 서 있던 이은희가 혼잣말로 중얼거렸다. 나는 이은희를 쳐다보았다. 이은희는 주위를 둘러보더니 다시 말했다.

"오늘 무슨 날인가?"

그녀는 무엇인가 이상하다는 듯이 고개를 갸우뚱거렸다. 그러고 보니 이은희가 왜 나를 여기로 데리고 왔는지 궁금해졌다.

"그런데 왜 이곳으로 온 거야?"

나의 질문에 이은희는 흠칫 놀라며 웃었다.

"잠깐만 기다려 봐, 그럼 알게 될 거야."

그때 등 뒤에서 여자들의 목소리가 들렸다.

"세연아 저 남자 너 부르는 거 아냐? 계속 세연 씨 세연 씨 그러잖아."

"얘는 무슨 그런 끔찍한 소리를 해. 자세히 들어봐 세은 씨라고 그러잖아."

나는 뒤돌아서 그녀들의 모습을 확인했다. 아나운서 학원생처럼 보였다.

"그런가? 그런데 너, 결혼 준비는 잘 돼가?"

"아무래도 학원 관둬야 될까 봐. 너무 바빠."

그녀들은 도란도란 대화를 나누며 자리를 떠났다.

"세은 씨! 저의 마음을 제발 받아주세요. 정말 잘하겠습니다 세은 씨!"

노영태는 확성기를 빌딩 아래로 향하고 크게 목청껏 소리쳤다.

순간 무서운 기분이 들었다. 그제야 나는 노영태의 소동 때문에 세은이가 빌딩 안에서 밖으로 나올 수 있겠다는 생각이 들었다. 이은희와 같이 있을 때 세은이와 마주치는 것은 끔찍한 일이었다. 나는 이은희에게 자리를 피하자고 말했지만 그녀는 조금만 더 기다리라며 완강하게 버텼다.

무엇인가 이상한 느낌이 들었기에 나는 이은희를 두고 자리를 피하려고 했다. 그 순간 등 뒤에서 폭죽 터지는 소리와 팡파르 소리가 울려 퍼졌다. 내가 깜짝 놀라 뒤를 돌아보니, 기타를 맨 남자와 탬버린을 들고 있는 남자, 그리고 검은 나비 넥타이를 맨 남자가 기다렸다는 듯이 다시 나를 향해 폭죽을 터뜨렸다. 화려한 색종이 조각들이 나의 머리에 하늘하늘 내려앉았고 검은 나비 넥타이를 맨 남자는 나와 이은희에게 꽃다발을 안겼다. 그리고 그들은 준비해 온 플래카드를 활짝 펼쳤다.

'축하해요. 이민혁 이은희 커플 100일 기념!'

노영태의 자살소동으로 그곳에 모인 수 십 명의 사람들은 이제 모두 우리를 주목했다. 검은 넥타이의 남자가 주위에 모인 사람들의 박수를 유도하자 그들은 박수를 치며 환호성을 질렀다. 나와 노영태의 연속되는 이벤트가 신기한 듯 여기저기서 격려의 소리가 들렸다.

"멋있어요!"

"행복하세요!"

나는 이은희를 쳐다보았다. 그러나 이은희의 얼굴도 어리둥절함으로 가득했다. 그리고 내가 다시 고개를 정면으로 향했을 때 시간이 정지되었다.

그 순간 요란한 팡파르 소리도, 흥겨운 기타와 탬버린 소리도 사람들의 박수와 환호성도 들리지 않았다. 오직 멀리서 나를 바라보고 있는 세은이의 검은 눈동자만이 반짝 반짝 빛나고 있었다. 그녀의 눈동자가 한 번, 두 번, 세 번을 반짝거린 후 그녀는 무표정한 얼굴로 뒤돌아 서서 학원 빌딩 안으로 사라졌다.

그녀가 빌딩 안으로 사라진 후에야 다시 음악 소리가 들리기 시작했고, 사람들의 환호성, 그리고 시끄럽게 울려대는 자동차의 경적음이 혼재되어 내 귀에 쓰나미처럼 밀어닥쳤다. 마치 카오스가 소리를 갖고 있다면 그런 것이 아닐까 싶었다. 나는 그 순간 종이를 불태우고 이 빌어먹을 시간여행을 그만 끝내고 싶었다. 그러나 이대로 끝나버린다면 평생 나를 괴롭힐 오늘의 이 잔혹한 기억을 감당할 자신이 없었다.

2

“도대체 이게 어떻게 된 일이야? 무슨 백 일 기념이라는 거야?”

잡고 있던 이은희의 팔목을 끌어 건물 벽 쪽으로 밀어 던지며 따져 물었다. 혼돈 속에서 정신을 차린 후, 나는 이은희의 팔목을 잡고 우리를 둘러싸고 있던 사람들 틈을 빠져나와 학원건물과 옆 건물 사이의 통로로 이동했다. 이은희는 한 손으로 잡힌 팔목을 쓰다듬으며 나를 향해 눈을 흘기곤 대답했다.

“나도 어떻게 된 영문인지 몰라.”

“네가 모르면 누가 알아? 무슨 계획이 있었으니까 이곳으로 온 거 아냐?”

"진짜 나도 모른다니까 왜 내 말을 안 믿어?"

이은희는 내 말을 바로 받아치며 신경질적 목소리로 쏘아 붙였다. 그러면서 험악한 표정으로 나를 뚫어지게 쳐다보았다. 나도 그런 그녀의 눈빛을 피하지 않았고 둘 사이에 터질 듯 긴장감이 조성되었다. 그러나 그런 순간도 잠시뿐, 이글거리던 이은희의 두 눈동자에 눈물이 그렁그렁 모이기 시작하더니 금세 두 뺨을 타고 흘러내리기 시작했다. 이은희의 눈물은 이곳이 시간여행으로 이동한 과거의 세계라는 것을 다시금 상기시키는 신호였고 나는 흥분을 가라앉히기 위해 깊은 한숨을 내쉬었다.

"오빠 친구가 오늘 오빠 생일이라고 깜짝 파티를 할 거니까 오빠를 데리고 여기로 오라고 했단 말이야."

이은희는 양 손으로 눈물을 닦으며 말하기 시작했다.

"내 생일?"

"그래."

이은희는 콧물을 훌쩍이며 나에게 오늘 생일 아니냐는 표정을 지었다.

"오늘 내 생일 아냐. 그리고 내 친구? 내 친구 누구? 혹시 태호?"

"태호 오빠는 아니고…… 몰라. 암튼 오빠 친구라면서 내가 일하는데 찾아와서는 며칠 후에 오빠 생일인데 오빠가 요즘 통 기분이 안 좋은지 친구들하고 연락도 잘 안 한다고 했어. 그러면서 오늘 깜짝 파티할 거니까 이곳으로 오빠를 데리고 오라고 해서 내 딴에는 오늘 큰 맘 먹고 하루 휴가 낸 거란 말이야."

"친구 이름이 뭐였는데?"

"그게…… 잘 기억이 안 나…… 한창 바쁘게 일하고 있는 중에 갑자기 찾아와서……"

나는 이은희의 자신 없는 표정을 보자 다시 화가 치밀어 올랐다.

"제대로 알지도 못하면서 그런 말을 왜 믿어?"

"그런 걸 왜 안 믿어? 안 믿는 게 이상한 거 아냐?"

눈물이 다 마른 이은희는 이제 억울하다는 표정이었다.

"그런데 진짜 어떻게 된 거야? 방금 거기 있던 사람들 중에 친구 없었어?"

나는 이은희에게 말없이 고개를 저어 보였다.

"뭐야? 도대체 누구지?"

2000년에 내 생일 파티를 챙겨 줄 정도로 친한 친구가 누가 있었을까? 아무리 생각해도 태호뿐이었지만 태호는 오늘이 내 생일이 아니라는 걸 알고 있다.

"잘 생각해 봐. 친구가 아니면 뭐하러 이런 일을 벌여."

태호 말고 생일 파티를 해줄 만한 친구가 누가 있을까 생각해 보았지만 도통 떠오르지 않았다. 답답한 마음에 하늘을 올려다보았다. 무척 맑고 화창한 날씨였다. 옥상 위에 있을 노영태가 생각났다. 눈앞에서 노영태와 나의 모습이 동시에 대비되었고 두 사람을 바라보고 있는 세은이의 모습이 그려지자 그대로 있을 수만은 없었다.

나는 이은희를 그대로 두고 빌딩 정문을 향해 뛰기 시작했다.

누가 이런 일을 벌였던 그건 중요한 일이 아니었다. 지금 나에게 필요한 것은 당장 세은이를 만나서 지금의 상황을 해명하는 것이었다.

빌딩 문을 거칠게 열고 들어가 엘리베이터 문 앞에 멈춰 섰다. 엘리베이터는 두 대가 있었지만 모두 위층으로 올라가고 있는 중이었다. 학원은 5층에 있었고 엘리베이터가 1층으로 내려오는 시간을 기다릴 수 없었다. 세은이를 빨리 만나는 것 외에는 아무것도 할 수 없는 기분이었다.

주위를 둘러보니 엘리베이터 오른쪽에 있는 벽에 계단으로 연결되는 듯한 문이 있었다. 나는 곧바로 문을 열고 계단을 뛰어오르기 시작했다. 한 번에 두 세 계단씩 계단을 오르는 동안 몸은 지쳐갔지만 정신은 오히려 명료해졌다.

'세은이가 수업받고 있는 중이면 어쩌지? 그냥 무작정 강의실 안으로 들어간 뒤 세은이의 팔목을 잡고 데리고 나오는 거지 뭐. 조금 쪽팔려도 어차피 얼마 후면 떠날 세계잖아.'

5층에 도착한 후, 문을 열자 복도 맞은편으로 화장실이 나타났고 그 왼편으로 꺾어지는 길을 발견하고 그 쪽으로 내달렸다. 복도의 끝에서 왼쪽으로 방향을 튼 순간 멀리서 남자가 여자의 팔을 이끌고 엘리베이터 안으로 들어가는 모습이 눈에 들어왔다. 두 사람의 몸이 거의 다 엘리베이터 안으로 들어가는 찰나였지만 나는 그들이 누군지 알았다. 세은이와 노영태였다.

두 사람이 타고 내려간 엘리베이터 앞으로 뛰어가 엘리베이터가 어디까지 내려가는지 확인했다. 엘리베이터는 1층에 잠시 멈춘 뒤, 지하 1층으로 내려갔다. 두 사람은 어디서 내린 걸까? 왠지 지하 1층이라는 느낌이 들었다. 노영태가 방금 전의 유치한 이벤트를 위해 뭔가 준비물을 많이 챙겨 왔을 것이고 그러자면 분명히 차를 몰고 왔을 것이었다. 그때 마침 옆에 있던 엘리베이터 문이 열렸다. 내려가는 중이었다. 나는 급히 엘리베이터 안으로 몸을 던지듯 뛰어들어갔다.

지하 1층에 도착한 엘리베이터 문이 열렸고 복도로 나가자 오른쪽으로 지하 주차장으로 연결되는 유리문이 나타났다. 문을 열고 나가자마자 흰색 소나타가 내 앞을 스치고 지나갔다. 그 차 안에는 세은이와 노영태가 타고 있었다. 멀어지는 차를 보며 어떻게 할까 생각하고 있을 때, 검은색 그랜저가 내 옆을 지나쳤다. 그런데 차를 운전하는 사람의 행색이 몹시 수상쩍었다. 눈 빼고는 얼굴을 거의 다 가릴 만큼 큰 흰색 마스크에 청색 야구 모자를 깊이 눌러 쓰고 있었다. 어쩐지 그 차는 노영태와 세은이가 탄 차를 뒤쫓는 것 같았다. 나는 말로 설명할 수 없는 이상한 불안감을 느꼈고 본능적으로 검은색 그랜저를 따라 뛰기 시작했다.

지상으로 통하는 길고 긴 회전형 차도를 다 오르자 앞쪽으로 차도가 보였다. 차도 쪽으로 나가 주위를 살펴보니 노영태가 탄 차와 검은색 그랜저가 도로 오른편으로 멀리 떨어진 교차로에서 신호를 받고 있었다. 나는 택시를 잡아타기 위해 보도 블록에서 차도로 내려가 지나가는 택시에게 손을 흔들었지만 좀처럼 빈 차가 나타나지 않았다. 그러는 중에 노영태의 차와 그랜저는 신호가 바뀌어 앞으로 움직이기 시작했다. 서서히 멀어지는 두 차를 바라보고 있자니 입이 바짝 타들어갔다. 그때 하늘색 소형차가 브레이크 소리를 내며 내 앞에 멈춰 섰다. 조수석 창문이 아래로 내려갔고 이은희가 고개를 비쭉 내밀어 나를 올려다보았다.

"여기서 뭐해? 아까 말도 없이 어디로……"

나는 이은희의 말이 끝나기도 전에 조수석에 올라타 이은희에게 소리쳤다.

"일단 최대한 빨리 앞으로 달려. 방향은 내가 알려 줄 테니까."

그러나 이은희는 차를 움직이지 않고 화난 표정으로 나를 바라보고 있었다. 나는 크게 숨을 고른 후, 진심을 담아 이은희에게 말했다.

"미안해. 나중에 자세하게 다 말해줄게. 지금은 내 부탁을 들어줘."

이은희는 잠깐 생각에 잠겼다가, 정면으로 고개를 돌린 후, 핸들을 힘차게 꽉 쥐었다. 차는 고삐 풀린 야생마처럼 튀어나갔다.

차 안에서 노영태에게 계속 전화를 걸었지만 받지 않았다. 노영태의 차는 언덕길을 넘었고 시야에서 사라졌다. 나는 초조한 마음이 들었고 이은희에게 더 빨리 가자고 재촉했다.

"아 진짜 짜증나게 저 앞에 그랜저 왜 저래."

이은희는 차선을 바꾸기 위해 오른쪽 백미러를 보며 말했다.

"뭐가?"

"자꾸 우리 앞을 막는 것 같단 말이야……"

우리 앞을 막는다는 그랜저는 흰 마스크를 쓴 수상한 사람이 탄 차였다. 우리가 오른쪽으로 차선을 바꾸자 그랜저도 차선을 바꿔 우리를 막았다. 분명 고의적으로 하는 행동처럼 보였고 그것은 내가 노영태를 따라 가는 것을 막으려는 것처럼 느껴졌다. 그렇다면 더더욱 이상한 일이었다. 도대체 무슨 속셈인 것일까? 그러는 사이 우리 차도 언덕길을 넘었지만 이제 노영태의 차는 도로에서 보이지 않았다. 노영태의 차가 보이지 않자 갑자기 그랜저가 속도를 내며 앞으로 치고 나갔다.

"이대로 계속 달려? 목적지가 어디야?"

이은희는 나를 한 번 힐끗 쳐다보며 물었다. 이미 노영태의 차가 시야에서 사라진 후라 어떻게 해야 될지 막막했다. 일단은 나의 직감대로 그랜저가 노영태를 쫓아가고 있다고 보고 이은희에게 그랜저를 따라가자고 말했다. 우리가 탄 차는 소형차 특유의 불안정한 굉음을 내며 앞으로 내달렸다. 그때 누군가에게서 전화가 걸려왔다. 전화를 받자 처음 듣는 남자의 목소리가 들렸다.

"저기 유진빌 301호 사시는 분이죠?"

"네, 맞는데요?"

"놀라지 마시고요, 저는 건물 관리인인데요. 아까 오전에 301호에 도둑이 든 것 같습니다."

"네?"

“302호 사시는 분한테 들었는데 오전에 어떤 사람이 301호 현관문 열쇠를 통째로 바꾸고 있길래 그냥 그런가 보다 했다는데 편의점 갔다 오는 길에 못 보던 사람이 301호로 들어가더래요. 그래서 혹시나 싶어서 벨을 계속 눌러봤더니 갑자기 수상한 사람이 문을 박차고 뛰어나와 도망치더랍니다. 그래서 집 안으로 들어가 보니 집 안이 완전 쑥대밭이 되어 있었다네요. 집에 뭐 귀중품이라도 있었습니까? 일단 경찰에 신고는 해 뒀는데, 집에 언제 오세요?”

“제가 지금 급한 일이 있어서 조금 뒤에나 들어갈 것 같습니다. 암튼 고맙습니다.”

이 말을 하는 순간 차는 급하게 오른쪽으로 방향을 틀었다. 이은희는 왼쪽으로 쏠리는 몸의 중심을 애써 잡으며 소리쳤다.

“저 새끼 운전을 왜 저따위로 해?”

급하게 우회전을 했던 그랜저는 50미터 정도를 달리다가 다시 우회전해서 뒷길로 빠졌다. 우리차가 그랜저를 따라 우회전했을 때 멀리서 멈춰 서 있는 그랜저를 발견했다. 길은 차 두 대가 지나갈 정도의 넓이였고 길 양 옆으로 분식집이며, 휴대폰 가게같이 다양한 업종의 가게들이 어지럽게 늘어서 있었다. 이은희는 그랜저에서 10미터 정도 떨어진 거리에 조심스럽게 차를 세우고는 나를 보며 물었다.

“이제 어떻게 할 거야?”

나는 이은희의 말에 대답하는 대신 차 문을 열고 내려 그랜저 쪽으로 뛰어 갔다. 그러나 차 안의 운전석에는 아무도 없었다. 조수석이나 뒷좌석에도 사람은 보이지 않았다.

"오늘 하루 종일 도대체 무슨 일을 벌어지고 있는 거야? 이제 말 좀 해주지 않을래?"

뒤를 돌아보니 이은희가 팔짱을 낀 채 잔뜩 인상을 찌푸리며 나를 보고 있었다. 나는 아랑곳하지 않고 혹시나 싶어 차 문을 열어 보았다. 차는 잠겨 있지 않았다. 차 문을 열자 뭔가 기억날 듯 말 듯한 체취가 풍겼다. 차 안을 대충 살펴보았지만 별다른 특징은 없었다.

"악! 오빠."

갑작스런 이은희의 비명소리에 뒤를 돌아보았다. 그랜저를 운전했던 흰 마스크에 모자를 눌러 쓴 남자가 이은희의 차 뒷문을 열어 무엇인가 꺼내고 있는 중이었다. 비명소리가 들리자 남자는 황급히 우리 반대방향으로 도망치기 시작했고 한 손에는 검은 가방이 들려 있었다.

"오빠 어떡해. 저거 내 가방이야. 한 달 전에 비싸게 주고 산 거란 말이야."

이은희가 울상을 지으며 나를 재촉했을 때 갑자기 나의 머릿속에는 하나의 단어가 떠올랐다.

'부적'

나는 본능적으로 내 뒷주머니 속에 있던 지갑을 꺼내 부적이 잘 있는지 확인했다. 오전에 원룸을 뒤진 것도 지금 이은희의 가방을 훔쳐간 것도 모두 부적과 관련이 있는 것 같았다. 이상한 일이 연달아 일어난 것은 분명 우연이 아닐 것이라는 확신이 들었고 두 사건이 관련 있다면 연결고리는 부적 외에는 생각나지 않았다. 그러나 누가 이런 하찮은 종이 쪼가리를 훔쳐 갈려고 이 난리를 친단 말인가? 머릿속이 혼란스럽고 가슴이 답답해졌다. 그 순간 노영태로부터 전화가 걸려왔다.

"민혁 씨가 전화했죠? 무슨 전화를 그렇게 많이 해댑니까? 안 받으면 그냥 못 받을 사정이 있나 보다 생각하시지."

"지금 어딨어요?"

"그건 왜요?"

"아까 학원 빌딩 지하 주차장에서 세은이랑 같이 차 타고 나가는 것 봤습니다."

"음…… 뭐 봤다니까 사실대로 말해야겠네요. 실은 조금 있다가 여기서 배영진 씨하고 만나기로 약속이 되어 있어요."

"배영진을요?"

"배영진 씨가 어제 저한테 전화를 걸어왔어요. 처음엔 누군가 했죠. 세은 씨한테 제 이야기를 많이 들었다고 하더라고요. 세은 씨 하고는 이제 관계가 끝났지만 마지막으로 세은 씨에게 꼭 사과를 하고 싶다고 그러더라고요. 그러면서 제가 세은 씨와 잘 될 수 있게 도와주고 싶데요. 세은 씨한테 말 못 할 비밀이 있는데 그걸 말해준다면서."

"그 말을 믿어요?"

"뭐 아니면 어때요. 밑져야 본전인데."

"그래서요?"

"그래서 세은 씨 데리고 여기로 오라고 하더라고요."

"거기가 어디죠?"

"아니 왜 자꾸 그건 물어요? 이제 민혁 씨하고 상관없잖아요. 숨겨둔 애인도 있으면서. 민혁 씨 진짜 그런 사람인 줄 몰랐습니다. 실망했습니다."

"영태 씨!"

나도 모르게 고함을 치고 말았다. 노영태도 놀랐는지 아무런 말이 없었다. 나는 흥분을 가라앉히고 다시 차분한 어투로 말을 이어갔다.

"냉정하게 생각해 보세요, 제가 세은이가 다니는 학원 앞에서 왜 그런 쇼를 합니까?"

"음…… 그렇긴 한데…… 그럼 방금 전의 그 이벤트는 뭔데요?"

"그건…… 지금은 설명하긴 힘든데요, 아무튼 나는 다른 여자 숨겨두고 세은이 속이는 그런 나쁜 놈 아닙니다. 그것보다 조금 전에 누군가 영태 씨 뒤를 미행하고 있었는데 눈치챘어요? 검은색 그랜저였는데."

"나를 미행해요? 전혀 그런 낌새는 못 느꼈는데요. 내가 뭐라고 누가 날 쫓아요? 오늘 민혁 씨 되게 이상합니다."

정말 그렇긴 하다. 노영태가 뭐라고 누군가가 그의 뒤를 쫓는단 말인가? 그런데 가만히 생각해 보면 배영진이 노영태를 불러낸 것도 이상했다

"근데 영태 씨. 배영진이 두 사람을 부른 게 이상하지 않아요? 변명하려고 세은이한테 만나자고 하는 건 그럴 수 있는데 왜 영태 씨한테 그런 말까지 해요? 전화번호는 또 어찌 알고?"

"세은 씨가 안 만나주니까 나한테 부탁하는 거 아니겠어요? 또 나도 배영진 씨한테 살짝 미안하기도 하고 그래서 뭐……"

"세은이는요? 순순히 만나겠다고 하던가요?"

"세은 씨한테는 아직 말 안 했죠. 아까 학원에서 이벤트 한 것도 어찌나 야단치던지. 그런데 어차피 저도 오늘 이판사판입니다. 세은 씨한테 마지막으로 한 번만 시간을 내달라고 빌었어요. 강남역에서 있었던 일을 계속 속이는 것도 마음에 걸리고 좀 있다 배영진 씨 오면 사실대로 털어놓고 세은 씨에게 사과할 생각입니다."

나는 노영태의 단순무식함에 아연실색했다. 어떻게 세은이를 몰라도 저렇게 모를까? 아니 여자를 몰라도 저렇게 모를까. 나는 세은이가 노영태가 아니라 다른 사람과 선을 보고 결혼했을 것이라고 확신했다.

"그런데 민혁 씨 생각은 못했는데요……, 홍대입구역에서 세 블록 정도 합정역으로 가면 2층에 베네치아라는 카페가 있어요. 20분 후쯤에 배영진 씨도 오기로 되어 있는데 민혁 씨도 오려면 오든가요. 아예 잘 됐네요. 이참에 오늘 넷이 모여 결판을 냅시다."

노영태는 자신만만한 태도로 전화를 끊었다. 전화를 하는 사이 이은희는 이미 운전석에 앉아 핸들을 잡고 있었다. 나는 이제 여기서 이은희와 헤어져야겠다고 생각했고 작별 인사라도 할 생각으로 운전석 쪽으로 갔다. 내가 차로 다가가자 기다렸다는 듯이 운전석의 창문이 밑으로 내려갔다.

"빨리 타. 세은 씨 만나러 홍대입구 쪽으로 가야 돼잖아."

예상하지 못한 말에 내가 머뭇거리자 이은희는 다시 한 마디를 더하고는 창문을 올렸다.

"어차피 오늘 휴가 낸 거고 할 일도 없어."

달리는 차 안에서 한동안 나의 머릿속은 지금까지 일어났던 일에 대한 생각으로 가득찼다. 세은이가 다니는 학원 앞에서의 난데없는 생일 이벤트며, 집에 도둑이 든 사실과 이은희의 가방을 훔쳐 달아난 마스크의 남자, 그리고 세은이와 노영태, 배영진과의 일에 대한 생각들로 혼란스러웠다. 모든 일이 서로 관계가 있을 듯 없을 듯 애매하게 얽혀 있어 도무지 논리적으로 정리가 되지 않았다.

한 가지 확신이 드는 것은 이 모든 일이 동시에 일어난 것은 우연이 아니라는 점이다. 누군가 생일 이벤트로 나와 세은이와 관계를 망쳐 놓았고, 나의 집에 침입해 물건을 뒤졌다. 집에 도둑이 드는 일이야 있을 수도 있는 일이지만 마스크를 쓴 사람이 우리 차에서 이은희의 가방을 훔쳐간 사실과 함께 놓고 보면 목표물이 부적인 것 같은 느낌을 지울 수 없다.

그렇다면 이 종이가 무엇인지 알고 있다는 말인데 그건 결국 내가 미래에서 왔다는 사실도 알고 있다는 이야기다. 하지만 도대체 누가? 혹시 누가 나를 미행이라도 하면서 나에 대해 속속들이 조사라도 했단 말인가? 그렇다 해도 내가 2000년의 과거로 와서 아무에게도 미래에서 왔다는 사실을 말하지도 않았을 뿐더러 노파를 만난 일도 없다. 단지 이은희에게만 종이를 소중히 한다는 모습을 보여줬을 뿐이다. 설마 이은희가 이번일과 관련 있을까? 나는 옆에 앉아 운전을 하는 이은희를 쳐다보았다.

"뭘 봐? 얼굴에 뭐라도 묻었어?"

"너 혹시 생일파티 준비한다던 친구라는 사람한테 종이 이야기도 했어?"

"종이? 무슨 종이? 혹시 그 주소 적은 종이?"

"그래."

"종이 이야기가 거기서 왜 나오겠어?"

"진짜야?"

이은희는 나의 추궁에 어이가 없다는 표정을 지었다.

"진짜 도대체 그게 뭔데? 왜 그렇게 신주 모시듯 하는 건데? 안 그래도 저번에 강남역에서 만났을 때 오빠가 화장실 간 사이에 그 종이 잘 있나 싶어 한번 봤어. 오빠 몰래 또 지갑 뒤진 건 미안한데 다시 봐도 별 거 없길래 제대로 놔뒀지. 그게 뭐라고 이 난리야?"

이은희의 말하는 느낌으로 봐서는 아무런 관련이 없는 것 같았다. 2000년의 세계에서 나에게 원한을 가질 만한 가능성을 가진 사람은 배영진이 유일하다. 나는 노영태에게 다시 전화를 걸었다.

이번에는 발신음이 몇 번 울리지도 않았는데 바로 받았다.

"또 무슨 일이에요? 마침 세은 씨가 화장실에 간 사이라 전화를 받긴 받았는데 용건만 빨리 말해요."

"영태 씨. 혹시 배영진한테 그날 강남역에서 우리가 짜고 한 일 말했어요?"

"아직 안 했어요. 좀 있다 배영진 씨 오면 셋이 같이 있을 때 그 이야기도 꺼내려고요."

"그날 강남역에서 세은이가 가게를 뛰쳐나간 다음 배영진은 어떻게 됐어요?"

"그날이요? 그러니까 그때 세은 씨가 충격을 받고 나간 다음에 같이 있던 여자랑 대판 싸우더라고요. 난리도 아니었어요. 난 뭐 그 꼴사나운 광경을 고소하게 보고 있다가 세은 씨가 어떻게 됐나 궁금해서 금방 가게를 나왔죠. 거리에서 민혁 씨랑 세은 씨를 찾다가 안 보이길래 민혁 씨한테 전화를 걸었던 거고요. 아 세은 씨 이제 자리로 옵니다. 이만 끊습니다."

이상한 일이었다. 노영태의 말이 사실이라면 배영진은 아직 우리가 한 행동을 모르고 있다. 배영진이 나에 대해 원한을 품을 이유도 없는 것이다. 그렇지만 나를 세은이의 학원 앞으로 불러낸 사람과 지금 노영태를 어딘가로 불러내는 배영진, 마스크를 쓰고 이은희의 가방을 훔쳐 달아난 남자가 서로 연관이 있다는 느낌을 떨쳐 버릴 수 없었다.

3

노영태가 말한 카페는 4층짜리 상가건물 2층에 있었다. 건물 입구 쪽은 차를 댈 곳이 마땅치 않았다. 건물을 10미터쯤 지나쳤을 때쯤 주차를 할 수 있는 공간이 보였다. 나는 차가 완전히 멈추기도 전에 안전벨트를 풀고 이은희에게 미리 작별 인사를 건넸다.

“오늘 진짜 고마웠어.”

“진짜 고맙기나 한 거야?”

“응. 내가 지금 경황이 없어 제대로 마음이 표현 안 됐을지는 모르지만 진심으로 고맙게 생각해.”

“좋아. 한번 믿어 본 거 끝까지 믿어 볼게.”

이은희는 길가 쪽으로 차를 붙이기 위해 백미러를 보면서 말했다. 차가 멈춰 선 후, 이은희에게 짧은 눈 인사를 보낸 후 차문을 열고 내렸다. 차가 온 반대편으로 노영태와 세은이가 있는 카페가 멀리서 보였다. 마음이 급해 뛰어갈까 하다가 스스로를 진정시키듯이 한 걸음 한 걸음 정확하게 보도블록을 밟아 나갔다.

알 수 없는 누군가가 무엇인가 나쁜 짓을 꾸미고 있을 것 같은 불안한 예감이 계속 이어졌다. 그냥 혼자만의 착각일까? 그건 그렇고 세은이를 만나서 어떻게 해야 할까? 복잡한 생각에 빠져 있는 사이에 어느새 카페가 있는 건물 앞에 도착했다. 2층에 있는 카페를 올려다보았다. 두껍고 짙은 남색의 통유리 외벽 건물이라 안은 보이지 않았다.

건물 입구 쪽으로 걸어가려는 순간 빌딩 왼쪽 모서리쯤에서 낯익은 목소리가 들렸다. 배영진의 목소리였다. 소리가 나는 쪽 모서리로 재빨리 다가가 몸을 숨긴 후 고개를 슬쩍 내밀어 상황을 엿보았다. 배영진이 나를 등지고 서 있었고 야구 모자를 깊이 눌러쓴 남자가 배영진의 팔을 잡아끌어 건물 반대편으로 데리고 가려는 모양이었다.

"싫다는데 왜 자꾸 그러세요."

배영진은 야구 모자를 쓴 남자의 손을 뿌리치며 역정을 냈다. 배영진의 팔을 잡아끌었던 사람은 그랜저를 운전했던 흰 마스크의 남자였다.

"내 말 좀 들어 병신 새끼야."

흰 마스크 남자는 배영진에게 역정을 내며 한 대 칠 듯 주먹을 쥐고 팔을 들어 배영진을 위협했다.

"30분이면 된다잖아. 더럽게 말 안 들어."

"30분이고 3분이고 그럴 시간 없다니까요. 당신이 하란 대로 여기에 다들 불러서 날 기다린다고요. 며칠 전부터 자꾸 왜 이러세요?"

흰 마스크 남자는 배영진의 말이 끝나기 무섭게 주먹으로 배영진의 배를 한 대 쳤고 배영진은 딸꾹질 하는 신음 소리를 토하고는 마스크 남자를 보듬어 안으며 그대로 주저앉았다. 마스크 남자는 배영진을 부축한 뒤 건물 반대편으로 급하게 뛰어가듯 걸었다. 나는 마스크 남자의 정체가 궁금하긴 했지만 어차피 종이를 빼앗

긴 것도 아니고 지금 당장은 세은이를 만나는 일이 더 급했기 때문에 그대로 건물 입구로 향했다.

정문으로 들어서자 정면에 엘리베이터가 한 대 보였고 마침 문이 열렸다. 엘리베이터 안에는 노영태가 혼자 타고 있었다. 노영태는 나를 발견하고는 잠깐 눈살을 찌푸렸다가 이내 쓴웃음을 지었다.

“진짜 왔어요? 민혁 씨도 참…… 진짜 끈질기네요.”

노영태는 외투에 두 손을 푹 찔러 넣은 채 나를 향해 터벅터벅 걸어왔다.

“세은이는요?”

“2층 카페에 있어요.”

“영태 씨는? 어디 가요?”

“아뇨. 배영진 씨한테 1층으로 내려오라고 문자 메시지가 와서.”

“휴…… 영태 씨…… 이걸 어떻게 설명해야 될지 모르겠는데…… 일단 세은이를 만나러 2층으로 갑시다.”

나는 노영태에게 2층으로 올라가자는 손짓을 했다.

“있어봐요. 배영진 씨가 온다고 했으니까.”

그때 등 뒤쪽에서 차가운 바람이 밀어닥쳤다. 50대 후반 쯤 되어 보이는 남자가 문을 열고 건물 안으로 들어왔다. 남자는 나와 노영태를 비켜 지나가 왼쪽 복도를 따라 늘어 서 있는 가게 중에서 가장 현관 로비와 가까이 있던 중국집으로 걸어갔다. 중국집은

장사를 하지 않은 채 불이 꺼져 있었고 유리벽이라 내부가 보이는 구조였다. 남자는 중국집 현관문 앞에서 멈춰 서서 자물쇠에 열쇠를 끼워 넣고 신경질적으로 돌렸다. 자물쇠를 푼 후 열쇠를 다시 호주머니 안에 집어넣고는 문고리를 잡은 채 나를 한번 쳐다보았다. 아주 짧은 순간이었지만 남자의 눈빛이 매우 불안해 보였다. 그는 문을 열고 가게 안으로 들어갔다. 어두웠던 중국집이 환하게 밝아졌다. 유리벽에 붙어 있는 각종 메뉴 글자 사이로 남자의 모습이 보였다. 남자는 주방으로 이어진 듯 보이는 문을 열고 들어가 버렸다.

"근데 이 사람은 왜 이렇게 안 오는 겁니까?"

노영태는 손목시계를 내려다보며 짜증 나는 투로 말했다. 나의 시선은 아까부터 나도 모르게 계속 중국집 내부로 향하고 있었다. 세로쓰기 형태로 중국집 유리벽에 붙어 있던 메뉴 글자 사이로 조리된 음식이 나오는 직사각형의 배식창구가 보였고 그 네모 칸 속에 방금 들어간 남자의 모습이 나타났다. 그를 따라 시선이 옮겨졌다. 배식창구를 통해 남자는 허리부터 상반신까지만 보였고 남자의 한쪽 손에는 칼이 쥐어져 있었다. 칼을 든 손은 위로 올라가 배식창구를 벗어났다가 다시 내려왔고 칼은 벽에 붙어 있던 가스 배선을 날카롭게 베어버렸다.

나는 외마디 비명을 지르며 노영태의 손을 잡고 정문을 향해 뛰었다. 왼쪽 어깨로 정문을 그대로 들이 받아 문을 통과하는 순간 오른쪽 시야에서 번쩍하며 주황색 섬광이 느껴졌다. 그 다음 몇 발짝을 더 뛴 순간 고막을 찢어버릴 듯이 크고 날카로운 폭발음이 사방을 뒤흔들었고 나의 몸은 공중으로 잠깐 뜬 다음 차가운 길바닥으로 내리꽂혔다.

그 시간이 어느 정도였는지는 짐작조차 할 수 없었지만 잠시 동안 세상이 그대로 멈춰 버린 듯한 느낌이었다. 내 몸을 의지대로 전혀 움직일 수 없었다. 잠시 후 돌가루 같은 느낌이 물체들이 머리와 얼굴 위로 우수수 떨어졌다. 그러고는 사람들의 비명 소리가 한꺼번에 여기저기서 터져 나왔다.

사람들의 날카로운 비명은 나의 신경을 각성시켰고 길바닥에 대고 있던 손바닥에서부터 감각이 다시 살아나기 시작했다. 나는 힘겹게 고개를 들어 뒤를 보았다. 극심한 통증을 느꼈다. 노영태는 나의 종아리쯤에 머리를 대고 엎드려 누워 있었다. 나는 천천히 몸을 일으켜 세워 앉았다. 그러자 머리 위에 앉아 있던 돌가루가 얼굴로 흘러내렸고 일부가 눈 안으로 들어간 듯 눈이 따가웠다.

"영태 씨 괜찮습니까?"

노영태는 내 말에 정신을 차리려는 듯 손바닥으로 바닥을 천천히 긁었다. 그러고는 신음 소리를 내며 손바닥으로 바닥을 짚고 천천히 상반신을 일으켜 세웠다. 그러다 갑자기 고개를 돌려 빌딩을 쳐다보았다. 빌딩의 1층 유리벽은 산산조각이 나 있었고 벽을 따라 위층으로 불길이 치솟고 있었다. 그 광경을 본 우리는 동시에 세은이의 이름을 부르며 길바닥을 박차고 일어섰다. 누가 먼저라고 할 것도 없이 나와 노영태는 연기가 펑펑 뿜어 나오는 건물 안을 향해 달렸다. 비상계단으로 이어진 문에서 사람들이 입을 막고 괴로운 표정을 지으며 밖으로 쏟아져 나왔다. 노영태는 그 문을 향해 뛰어갔고 나도 노영태를 뒤따랐다.

패닉 상태가 되어 계단으로 뛰어 내려오는 사람들을 헤치고 위로 올라가기가 쉽지 않았다. 앞서 가던 노영태는 급하게 뛰어 내려오던 덩치 좋은 남자와 부딪혔고 그 때문에 중심을 잃고 계단에 털썩 주저앉았다. 내가 부축할 새도 없이 노영태는 내려오는 사람들에게 떠밀려 계단 아래로 굴러 떨어졌다. 나는 멈춰 서서 노영태가 괜찮은지 살피다가 갑자기 정신이 번쩍 들었다.

'이러고 있을 때가 아냐. 세은이를 먼저 구해야 한다.'

나는 노영태를 외면하고 그대로 2층을 향해 내려오는 사람들을 뚫고 돌진했다. 2층으로 연결된 문을 통과하자 로비가 나왔고 큰 통로를 따라 양쪽으로 가게들이 늘어서 있었다. 나의 눈은 카페의 방향을 찾았고 오른쪽 복도 끝에서 카페 간판을 발견했다. 그쪽을 향해 뛰려는 순간 엘리베이터 쪽에서 누가 소리쳤다.

"오빠."

엘리베이터 앞에서 이은희가 바닥에 주저앉아 있었다.

"네가 왜 여기 있어?"

내가 소리치며 다가가자 이은희는 참고 있던 울음을 터트렸다.

"여기까지 온 김에 그냥 세은 씨 얼굴이나 슬쩍 보고 갈려고 지하 주차장에서 엘리베이터를 타고 2층에서 내리려는데 갑자기 건물이 크게 흔들려서 발이 엘리베이터 문에 끼인 채로 넘어졌어

움직일 수가 없어."

이은희는 고통스러운 표정으로 말을 하다가 숨이 넘어갈 듯 마른기침을 했고 호흡이 곤란해 보였다. 이미 2층도 비상계단으로 통하는 문을 통해 연기가 많이 들어와 있는 상태였다. 나는 복도 끝의 카페 쪽을 잠깐 동안 바라보았다. 그리고 다시 이은희의 얼굴을 보았다. 이성적 판단보다는 본능에 따라 이은희의 양팔을 뒤에서부터 울러 매 등 뒤로 업었다.

"내 목 꼭 잡아."

나는 이은희를 등에 업고 다시 비상계단을 따라 1층으로 내려갔다. 1층 로비로 내려가자 뜨거운 열기가 우리를 덮쳤고 몸이 타 들어가듯이 살갗이 따가웠다. 로비를 가득 채운 검은 연기 때문에 어디가 어딘지 구분할 수도 없었다. 나는 오직 감각에 의지한 채 정문을 향해 달렸고 문 밖으로 나가자 화재를 지켜보고 있던 사람들이 호들갑을 떨며 우리에게 모여들었다. 나는 모여 있는 사람들 무리 속에 이은희를 내려 놓고 소리쳤다

"이 사람 발목을 다쳤어요. 구급차를 불러주세요."

그러고 나서 주위를 둘러보았다. 세은이가 건물을 빠져 나왔는지 사람들 속에서 찾았다. 그러나 보이지 않았다. 다시 건물 입구 쪽에서 뛰어 나오는 사람이 있는지 주의 깊게 확인해 보았다. 시간은 점점 흘렀고 불길은 외벽을 타고 2층까지 옮겨 붙었지만 노영태와 세은이는 건물 안에서 나오지 않았다. 나는 다시 건물 안을 향해 뛰었다. 그런데 갑자기 머리가 핑 돌면서 현기증이 왔고

그대로 바닥에 쓰러져 버렸다. 갑자기 무서워졌다. 건물 안으로 다시 들어갔다가는 죽을지도 모르겠다는 예감이 들었다. 그때 멀리서 소방차의 날카로운 사이렌 소리가 들려왔다. 그 사이렌 소리는 뭔지 모를 용기를 주었다. 나는 재빨리 다시 일어나 빌딩 2층을 향해 뛰었다.

2층은 조금 전 보다 훨씬 더 검은 연기로 차 있었고 건물 외벽 쪽에서 공포스러울 정도로 뜨거운 열기를 뿜어냈다. 나는 그대로 카페가 있는 쪽으로 달렸다. 카페 안으로 들어가 보았지만 이미 아무도 없었다. 순간 천장에 매달려 있던 조명 기구가 바닥으로 떨어졌고 유리 파편 하나가 손 등에 박힌 듯 따끔했다. 동시에 숨을 쉴 수 없는 것 같고 사지에서 힘이 빠져나가는 느낌이 들었다. 나는 비상구 계단을 향해 뛰었다. 문을 통과해 1층으로 내려가려는데 계단 밑에서 갑자기 붉은 불길이 치솟아 올라왔다. 나는 본능적으로 몸을 돌려 위층으로 뛰어올랐다. 계단을 오르고 또 올라 옥상으로 통하는 문을 열 계단쯤 앞두고는 완전히 기력이 소진되었다. 네발 동물처럼 겨우 기어올라 문턱을 넘어 옥상 바닥을 몇 번 데굴데굴 굴러 큰 대자로 뻗어 버렸고 얼굴을 하늘을 향하고 입을 열어 공기를 들이마셨다.

"세은 씨, 나를 믿어요. 제가 판자를 꽉 잡고 있을 테니까 천천히 한발 한발 건너면 됩니다. 알겠죠?"

옥상 한쪽 끝에서 노영태의 흥분된 목소리가 들렸다. 누운 채로 소리 나는 쪽으로 고개를 돌렸다. 2, 3미터쯤 떨어져 있는 건너편 건물과 불이 난 건물 옥상 사이에 두꺼운 나무판자가 걸쳐 있었고 노영태가 판자의 끝 부분을 양손으로 힘껏 누르고 있었다. 그리고 세은이가 판자 위에서 건너편 건물을 향해 천천히 기어가고 있었다. 판자의 중간쯤에서 잠시 머뭇거리던 세은이는 다시 조금씩 건너편으로 이동했고 건너편 끝에 거의 다다랐을 때쯤에 중심을 잃고 건너편 건물 옥상으로 굴러 떨어졌다.

"세은 씨! 괜찮아요? 제가 갈 테니 잠깐만 기다리세요."

노영태는 건너편을 향해 소리친 후, 한 다리를 들어 판자 위에 올려놓고 반동으로 판자 위에 올라앉았다. 순간 판자가 약하게 출렁거렸다. 나는 거친 숨을 진정시킨 후 몸을 일으켜 앉았다. 아무도 잡아 주지 않은 채 양 건물에 걸쳐 있는 나무판자는 매우 위태로워 보였다. 노영태를 도와야겠다는 생각으로 일어서려는데 옥상 문 쪽에서 계단을 뛰어올라오는 거친 발걸음 소리가 들렸다. 몇 초가 지난 후 헬멧과 흰 마스크를 쓴 사람의 상체가 드러났고 그가 계단을 완전히 다 올라왔을 때 헬멧을 벗어 던지고 주변을 살피다가 판자 위에 올라가 있는 노영태를 발견했다. 노영태는 판자 위를 한 발짝씩 걷기 시작했고 흰 마스크 남자는 노영태를 향해 달려갔다. 거의 동시에 나도 반사적으로 몸을 일으켜 그 쪽으로 뛰었다. 마스크 남자가 판자의 끝을 잡고 흔들려는 순간 나는 몸을 던져 그를 덮쳤고 그는 비명을 지르며 나와 함께 바닥에 쓰러졌다. 그 충격으로 판자는 순간 출렁거렸고 노영태는 중심을 잃고 흔들거리다가 판자 위에 양손과 무릎을 대고 바짝 엎드렸다.

쓰러진 마스크 남자는 다시 일어나 판자를 잡아 흔들려고 했고 나는 그의 한쪽 발을 잡아끌어 챘다. 그러자 그는 중심을 잃고 넘어지면서 판자를 손으로 건드렸고 옥상 벽과 정확하게 직각으로 걸쳐져 있던 판자의 각도가 비틀어졌다. 판자의 한쪽 끝이 아슬아슬하게 비스듬히 옥상 벽에 걸친 상태가 되었다.

"영태 씨 빨리 건너가요."

나는 엎드려 누운 자세에서 마스크 남자의 발을 잡은 채, 노영태를 향해 소리쳤고 남자는 앉은 자세에서 발로 내 머리를 걷어찼다. 순간 정신이 멍해지고 사물의 윤곽이 여러 개로 보였다가 지축이 심하게 흔들렸다. 마스크 남자의 다리를 잡고 있던 손에 힘이 풀리면서 헛구역질을 하기 시작했다.

그 순간 판자가 우당탕 소리를 내며 건물 벽에 부딪히는 소리가 들렸다가 바닥에 떨어져 산산조각이 나는 굉음이 들렸다. 나와 마스크 남자는 소리와 동시에 눈이 마주쳤다.

짧은 정적이 흘렀다. 나와 마스크 남자가 몸싸움을 벌이며 쓰러져 있던 옥상의 반대편 끝쪽에서 타오르던 검은 연기는 점점 부피가 커지면서 모든 하늘을 어둡게 가리기 직전이었다. 어디서 차가운 물이 두두둑 하고 얼굴에 떨어졌다. 밑에서 쏜 소방수가 옥상 위까지 날아온 것 같았다. 갑자기 소나기가 퍼부은 것처럼 온 몸이 물에 젖었다. 나는 물에 젖은 얼굴을 한 손으로 훔쳤다. 그때였다.

"민혁 씨, 나는 건너왔어요. 세우 씨를 데리고 내려가서 그쪽으로 구조 요청 보내겠습니다. 조금만 기다리세요."

노영태의 목소리에 마스크 남자의 미간이 찌푸려지더니 하늘을 올려다보며 길게 비명을 질렀다. 그런 후 그는 마스크를 벗어 던지고 핏발이 선 충혈된 눈으로 나를 노려보았다.

마스크 속에 감춰진 그의 얼굴은 심한 화상으로 입과 오른쪽 뺨이 녹아들어 서로 경계가 불분명한 기묘한 모습을 하고 있었고 왼쪽 뺨은 무엇엔가 크게 충돌한 듯 깊이 함몰되어 있었다. 그의 흉측한 몰골은 도저히 예전의 모습을 찾아 볼 수 없을 정도였지만 나는 그의 원망스러운 눈빛에서 그가 배영진이라는 것을 알았다.

그는 천천히 일어나 나에게 다가와서는 나의 옆구리를 걷어찼고 나는 새우처럼 배를 잡고 구부린 채로 신음 소리를 속으로 삼켰다. 숨을 쉴 수는 없는 고통이 시작되었다. 배영진은 쪼그리고 앉아 내 머리채를 잡아들어 올렸다.

"넌 그냥 세은이 앞에서 내가 당했던 것처럼 개망신 한 번이면 충분했는데, 왜 끼어들어? 조용히 원래 세계로 돌아갈 것이지. 내 진짜 목표는 노영태였는데, 네놈 때문에 망쳤어. 저 쥐새끼 같은 놈이 세은이를 가로채고 결혼까지 했으니 살려둬선 안 돼. 너도 그렇잖아. 노영태가 세은이를 차지하게 두고 싶어? 노영태만 없어지면 모든 게 깔끔하게 해결됐어. 그런데 주제 파악도 못 하는 너 때문에 모든 게 다 어긋났어. 이런 젠장 큭큭큭."

배영진은 나를 향해 소리치다가 실없이 웃기 시작했다. 한참을 웃다가 갑자기 멈춘 후 말을 이어갔다.

“원래 13년 전 오늘, 난 세은이와 바로 이곳에서 만나기로 했어. 한사코 만나지 않겠다는 세은이에게 사정사정해서 간신히 약속을 잡았는데, 노영태 그 새끼가 세은이 학원에서 그런 유치한 쇼를 한 덕에 세은이가 나오지 않은 거야. 난 여기서 마냥 세은이를 기다리다가 가스 폭발 사고에 휘말리고 말았고, 내 인생은 거기서 엉망이 됐지. 하지만 이제야 깨달았어. 내가 목적을 이루기 위해서 가장 먼저 처리해야 할 건 노영태가 아니라 네놈이라는 걸. 네놈 때문에 강남역에서도, 지금도 모두 어그러졌어.”

배영진은 내 머리채를 놓고는 뒷주머니에서 지갑을 빼냈다. 지갑에서 종이를 꺼내 펼친 후 만족스러운 표정을 지었고 종이를 자신의 호주머니 속에 넣고 나를 들어 일으켜 세웠다. 나는 배영진에게 저항하고 싶었지만 전혀 힘을 쓸 수가 없었다. 배영진은 나를 옥상 벽 위에 엎드린 자세로 만들었고 나의 한쪽 손과 다리가 옥상 밖으로 나가는 자세가 되었다. 그러고 나서 배영진은 나의 한쪽 손목을 잡고 옥상 안쪽에 있던 나머지 다리를 들어 옥상 밖으로 밀어 버렸다. 나의 몸은 배영진에게 한쪽 손목을 잡힌 채 공중에서 시계추처럼 흔들렸다.

“안타깝게도 작별인사는 내 손에 힘이 빠지기 전에는 해야 될 거야.”

배영진은 잔인한 웃음을 지으며 나를 내려다보았다. 나는 아무것도 할 수 없다는 무기력감에 눈물이 흘러 내렸다.

“왜 모든 게 내 잘못이야? 과거를 바꾸는 건 너의 몫이야 왜 난

탓을 해."

"큭큭큭 그러니까 억울하다는 거야. 2000년 1월에 강남역에서 다른 여자랑 만나다가 세은이에게 들켜버렸어. 난 과거로 와서 그 날 사건이 일어나는 것 자체를 막아야만 했지. 그러기 위해서는 들키기 전으로 돌아와야 되는데 그렇게 되면 여기서 내가 한 명뿐인 방식으로는 시간 여행이 안 된다더군. 망할놈의 할망구가 그렇다는데 어쩌겠어. 그런데 빌어먹게도 99년 12월에 내가 다른 여자와 만나는 장면을 노영태가 봤다는 걸 몰랐어. 우연히 세은이에게 걸린 게 아니라 노영태와 네놈이 벌인 짓이라는 걸 몰랐던 거야. 어떻게 바꾸려 해도 결국 노영태와 네놈 때문에 세은이와 헤어지게 되고 말았겠지. 이렇게 된 마당에 세은이도 네놈들도 모두 내가 겪은 고통을 똑같이 경험했으면 좋겠다고 생각했는데 그 계획마저도 엉망이 됐네. 개새끼들."

배영진은 말을 끝내고는 나를 잡고 있던 손에 살짝 힘을 풀었다. 나는 사타구니 사이가 감전이 된 것처럼 저렸고 비명을 질렀다. 배영진은 이 상황을 즐기듯이 웃었다.

"무서워? 15년 동안 내 인생이 얼마나 비참해졌는지 네가 알아? 그 고통을 네놈들도 겪었어야 했는데."

배영진은 말을 하면서 점점 더 흥분했다. 나를 노려보고 있는 눈빛에서 살기가 느껴졌다. 그리고 이제 배영진이 내 손을 놓을 것이라는 직감이 들었다. 나는 두려움에 눈을 질끈 감았다. 배영진은 잠깐 동안 아무런 말이 없다가 차분해진 어투로 말했다.

"이민혁…… 네가 죽지 않는다고 해도 이건 알아 둬. 난 이제 내 종이를 불태우고 미래로 돌아갈 거야. 네 종이를 갖고 말이야. 그럼 넌 시공간의 미아가 되겠지. 차라리 죽는 게 더 낫다고 생각할지도 몰라. 그 할망구의 무서운 경고가 사실이라면 말이야."

배영진은 말을 마치고 바로 내 손목을 놓아 버렸다. 나는 바람을 가르며 순식간에 밑으로 떨어졌고 그러면서 중심을 잃고 상체가 점점 뒤로 젖혀졌다. 차가운 바닥을 골수와 피로 물들인 채, 흉측한 몰골로 누워 있을 내 모습이 떠올랐고 나는 마지막 힘을 다해 비명을 질렀다.

4

바닥에 닿은 내 몸은 폭신한 땅속으로 잠깐 꺼졌다가 위로 튕겨져 올라왔고 다시 바닥으로 가라앉았다. 사람들이 내 주위로 몰려들었다. 소방 구조대원들이었다.

"괜찮습니까?"

구조대원 한 명이 누워 있는 나를 바라보며 물었다. 나는 급히 몸을 일으켜 앉아 주위를 살폈다. 두꺼운 구조용 매트 위에 떨어진 것 같았다. 잠시 후 나를 둘러싼 사람들 사이를 헤치고 들것을 든 구조대원들이 나타났다. 나는 괜찮다는 표시로 손을 흔들어 보였고 매트 위에서 내려왔다.

건물과 건물 사이의 통로를 벗어나 큰 길로 나오자 마치 전쟁터 같은 풍경이 눈앞에 펼쳐졌다. 여러 대의 소방차와 부서진 자동차가 무질서하게 서 있었고 길바닥에는 원래 형체를 알 수 없이 부서져 있는 파편들이 흩어져 있었다.

건물은 거의 불길이 잡혔지만 시커먼 연기들이 끝도 없이 뿜어져 나왔다. 주위를 둘러보니 현장에 빽빽하게 모여 있는 사람들 너머로 환자가 응급차로 실려 가는 모습이 보였다. 들것에 누워 있는 사람은 세은이였고 들것이 차 안으로 들어가자 노영태가 차에 올라탔다. 응급차 쪽으로 가려고 했지만 모여 있는 사람들의 틈을 비집고 나가는 사이 응급차는 문을 닫고 서서히 움직이다가 시끄러운 사이렌 소리를 울리면서 빠른 속도로 멀어져 갔다. 나는 점점 작아지는 응급차를 보면서 예전에 세은이가 학교에서 쓰러졌다던 때가 기억났다. 그때도 지금도 세은이의 옆은 내가 아닌 다른 사람이 지키고 있다는 사실에 소름이 돋았다.

원룸은 화재 현장 못지않게 난장판이었다. 나는 외투를 벗고 옷과 책이 널브러져 있는 침대에 몸을 던지듯 누웠다. 머릿속은 오늘 일어난 일로 뒤죽박죽이었고 이제 무엇을 어떻게 해야 할지 그 어떤 것도 생각나지 않았다.

나는 바지 호주머니 속으로 손을 집어넣어 진짜 부적을 꺼냈다. 배영진이 내 종이를 노리고 있다는 사실을 눈치 챈 후에 진짜 종이는 호주머니 속에 감춰두고 다른 종이를 비슷하게 접어 지갑 속에 넣어두었다. 구겨지고 얼룩이 진 종이를 보자 허탈한 웃음이 나왔다. 침대 위에 던져 놓은 휴대폰에서 벨이 울렸다. 전화를 받자 노영태의 목소리가 들렸다.

"민혁 씨? 민혁 씨 무사하죠?"

"네, 저는 괜찮습니다. 영태 씨는?"

"휴…… 진짜 다행입니다. 옥상에 사람이 있다고 소방대원에게 말은 해 뒀는데. 저도 괜찮고요, 세은 씨도 다행히 크게 다친 데는 없는데 며칠 병원에서 지내기로 했습니다. 그건 그렇고 아까 옥상에서 민혁 씨하고 몸싸움 벌이던 사람 누구예요?"

"그냥…… 탈출하려던 다른 사람하고 먼저 건너편 건물로 건너가려고 서로 흥분해서 싸운 것뿐이에요. 누군지 저도 몰라요."

"그래요? 진짜 고약한 사람이네……"

나와 노영태 사이에 잠깐 정적이 흘렀고 노영태가 먼저 말을 꺼냈다.

"세은 씨 백산병원 502호에 있어요. 응급차를 타고 같이 병원에 왔다가 조금 전에 세은 씨 어머님이 오셔서 저는 이제 집에 갑니다."

또다시 침묵이 흘렀다. 이번에도 노영태가 먼저 말을 했다.

"그럼 기회가 되면 다음에 만나죠. 이만 끊습니다."

전화를 끊고 시계를 보자 저녁 6시였다. 지금 병원으로 출발하면 면회 가능시간 안에 도착할 수 있을 것 같았다.

병원 5층 엘리베이터 문이 열리자 심장이 뛰기 시작했다. 502호 병실은 엘리베이터를 내려 오른쪽으로 2미터쯤 옆에 있는 방이었고 문이 열려 있었다. 나는 크게 한번 숨을 들이쉰 후, 병실 안으로 성큼 들어섰다.

병실은 6인실이었고 세은이는 창가 쪽 오른쪽 침대에 누워 있었다. 나는 침대 쪽으로 걸어가 세은이의 어머니에게 허리를 굽혀 인사했다. 세은이는 이불을 걷고는 침대에서 내려오며 어머니에게 말했다.

"엄마 나 옷 좀. 친구랑 잠깐 이야기 좀 하고 올게."

세은이의 어머니는 말없이 고개를 끄덕였고 옷장에서 외투를 꺼내 세은이에게 건넸다. 그러고는 나를 향해 인자하고 온화한 미소를 지어 보였다.

우리는 병원 옆 마당에 있는 야외 휴게실로 나왔다. 등나무 지붕 아래에 벤치가 하나 놓여 있었고 세은이가 거기에 앉았다. 나도 그녀를 따라 옆에 앉았다. 세은이는 내가 앉자마자 말을 건넸다.

"나 병원에 있는 거 어떻게 알았어?"

"노영태 씨한테서 들었어."

"영태 씨? 둘이 서로 아는 사이야?"

"너네 집 놀이터 앞에서 너 기다리다가 몇 번 만났어."

"……."

"그것보다 오늘 학원 앞에서 있었던 일."

"그건 해명할 필요 없어. 자세한 내막은 모르겠지만…… 어쩐지 그건 오빠 스타일 아니었어. 그런데 영진이 일은 언제 알았어?"

"무슨 일?"

"그날 강남역에서 있었던 일."

"음…… 그날 비어가덴에서 알았어."

"피……거짓말."

"왜? 진짜 그날 알게 된 건데."

세은이는 잠시 나를 빤히 쳐다보았다.

"오빠는 여전히 나를 너무 순진하게만 보네. 은하랑 우연히 만난 것도 그렇고 강남역 일도 그렇고 말이야. 그렇게 우연이 계속되는 건 틀림없이 계획된 거야."

세은이의 말은 사실이었으므로 나는 말문이 막혔다.

"어쨌든 고마워. 나쁜 남자한테 속고 있다는 걸 알려주려고 그렇게 애를 쓰고……"

나는 세은이와 단둘이 앉아 있는 이 시간을 배영진의 이야기로 허비하고 싶지 않았다. 그리고 이 길고 지루한 시간여행을 어서 빨리 끝내고 싶었다.

"세은아."

나는 그녀를 조용히 불렀지만 그녀는 정면을 응시할 뿐 나를 쳐다보지 않았다. 나는 다시 한 번 더 그녀를 불렀다.

"세은아."

"말해 듣고 있으니까. 어쩌면 얼굴을 보지 않는 게 하고 싶은 말을 하기 편할지도 모르잖아."

그녀는 차분한 심정으로 내 입에서 나올 가장 중요한 이야기를 들을 준비를 하는 것처럼 보였다. 나는 과거로 떠나기 위해 노파를 찾아 갔을 때부터 마음속에서 칼을 갈았던 말을 마침내 고요한 어둠 속에 던졌다.

"세은아. 너와 다시 시작하고 싶어."

이 말을 하기가 그렇게 어렵고 그렇게 시간이 오래 걸렸다고 생각하니 눈물이 나올 것 같았다. 그러나 세은이의 얼굴은 한치의 미동도 없이 태연했다. 그리고 대답도 없었다. 나와 다시 시작한다면 네가 아나운서 시험에 합격할 때까지 내 모든 것을 다 바쳐서 도와줄 것이라는 말이 목구멍까지 치고 올라왔지만 참았다. 그것이 세은이의 인생에 있어서 정말 중요한 일이라고 믿었지만 그 말이 지금의 그녀를 감동시킬 수 없다는 것쯤은 알았다. 세은이는 잠시 동안의 침묵 끝에 입을 열었다.

"오빠와 더 이상 할 건 없는 거 같아."

"무슨 말이야?"

"오빠는 좋은 사람이야. 그래서 내가 두 번이나 사귄 거고. 만약 대학 신입생 시절로 다시 되돌아 가도 오빠랑 사귀었을 거야. 그런데 거기까지가 딱 좋은 것 같아."

세은이는 여기까지 말하고는 고개를 돌려 나를 바라보았다.

"생각해 보면 오빠하고는 힘든 일을 같이 나눠 본 기억이 없어. 우리 처음 만났을 때는 내가 신입생 때였지. 그땐 세상 모든 것이 신나고 재미있을 때였고…… 오빠와의 만남도 그런 신나는 일 중에 하나였던 것 같아. 영국에 어학연수 갔을 때는 나름 힘들었는데 그때 오빠는 내 옆에 없었어. 오빠도 군대에서 많이 힘들었을 거야. 그치? 작년 여름에 아나운서 시험 떨어지고 자존심도 무척 상했고 게다가 몸까지 말썽을 피웠을 때는 정말 마음고생이 심했어. 그런데 그때도 오빠는 내 옆에 없었어. 오빠가 일부러 그렇게 하는 것도 아닌데 이상하게 계속 그랬어. 오빠랑은 즐거운 기억뿐이야. 인생이 온통 즐거운 것으로만 채워져 있다면 얼마나 좋겠어? 그런데 그런 것이 아닌 걸 아니까 무서워. 오빠랑은 즐거운 기억밖에 없는 것이 이상하게 두려웠어."

세은이는 거기까지 말하고는 얼굴에 미소를 머금은 채 벤치에서 일어섰다.

"나 먼저 일어날게. 지나고 나면 모든 것이 다 재미있는 추억이 될 거야."

세은이는 나를 뒤로 하고 몇 걸음 걷다가 멈춰 섰다. 그리고 뒤를 돌아 나를 보았다.

"참. 오빠 만나서 하고 싶은 말이 있었는데 잊어버릴 뻔했다. S전자 합격했다고 했지? 축하해. 그런데 광고회사에 가고 싶어 했잖아. 나 때문에 그때 워크숍 기간에 하루 일찍 서울에 왔다는 소식 들었어. 오빠 실력이라면 아마 그 일 때문에 떨어졌을 거야. 고마워. 실은 이 말을 해주려고 만나자고 했어."

세은이가 말을 끝내고 돌아서려는 순간 나는 그녀의 이름을 크게 불렀다.

"세은아."

"……."

"네가 헤어지자고 문자 보낸 후 며칠 있다가 나한테 전화 걸었었잖아. 그때 기억나?"

세은이는 나의 말에 고개를 갸우뚱했다

"그런 일이 있었어? 기억 안 나는데……"

그녀의 표정은 정말 기억이 안 나는 것처럼 보였다.

"미안해. 전혀 기억 안 나. 근데 내가 그때 무슨 못된 말이라도 했어?"

"아니……그런 건 아냐."

세은이는 더 이상 아무 말도 하지 않고 환한 미소를 지으며 손을 흔들었다. 그러고는 뒤를 돌아 병원 정문으로 걸어갔다. 나는 그녀가 병원 안으로 들어갈 때까지 그녀의 뒷모습에서 눈을 떼지 못했고 마침내 그녀의 모습이 사라지자 내가 살아 있는 동안 다시는 그녀를 볼 수는 없을 것이라는 슬픈 예감이 들었다.

나는 그 순간 과거로 되돌아온 것을 진심으로 후회했다. 나의 시간여행은 큰 착각에서 비롯되었고 세은이가 나와 이별을 결심한 것은 감정적이고 충동적인 판단이 아니라 논리적이고 이성적인 결론이었다. 내가 시간을 거꾸로 돌아와 다시 무엇인가를 한다고 해서 그녀의 마음속에서 이미 사라져버린 나에 대한 사랑을 되살릴 수 있는 방법은 처음부터 없었다. 그렇다면 이제 모든 것이 끝난 것이다. 내가 2000년에서 더 이상 할 일이 하나도 남아 있지 않다는 사실을 마침내 깨닫고 말았다.

한참 동안 병원 벤치에 홀로 앉아 있었다. 이제 내가 고민해야 할 유일한 일은 종이를 태울 장소를 결정하는 것뿐이었다. 2000년에서의 마지막을 어디에서 끝내야 할까. 그때 강렬한 붉은 네온 빛이 나의 눈을 할퀴고 지나갔다. 벤치 옆을 다급하게 지나가는 응급차였다. 응급차를 보자 발을 다쳤던 이은희가 궁금해졌다. 2012년으로 가기 전에 크게 다친 데는 없는지만이라도 확인하고 싶어졌다. 응급실로 가 물어보니 화재로 다친 환자는 백산병원과 동서병원 두 곳으로 나뉘어서 이송되었다고 했다. 그곳 환자 명단에 이은희가 없어 바로 동서병원으로 향했다.

이은희가 입원한 곳은 동서병원 303호였다. 계단을 올라 303호 앞까지 도착했을 때 이은희의 목소리가 문 밖으로 새 나왔다. 어디론가 전화를 걸고 있었다. 나는 잠시 문 밖에 서서 전화가 끝나기를 기다렸다.

"큰 수술도 아닌데 뭘. 아냐 언니. 아빠한테는 연락하지 마. 언니 그러면 나 화낼 거야. 그래. 응. 알았어."

전화가 끝난 것 같아 병실 안으로 들어갔다. 2인 1실이었지만 이은희 혼자였다. 오른쪽 발에 붕대를 감고 누워 있던 이은희는 나의 모습을 발견하자 약간 눈시울이 붉어졌다가 애써 환하게 웃어 보였다.

"살아있었네. 성질 같아서는 바로 전화를 걸까 했는데 혹시 사고라도 생겼을까 봐 무서워서 전화를 걸 수 있어야지."

"수술한다며?"

"응. 발가락도 약간 부러졌데. 그런데 큰 수술은 아니래."

"그렇구나……"

"그런데 어떻게 됐어? 그 세은 씨라는 사람 무사해?"

"응. 무사해."

"미안해. 내가 좀 방해가 됐지…… 근데 오빠가 그 사람 구했어?"

"아니."

나도 모르게 힘 빠진 대답을 했고 이은희는 시선을 밑으로 떨어뜨렸다. 그러다 다시 고개를 들어 손바닥으로 침대를 툭툭 쳤다.

"여기 의자에 와서 앉아 봐."

침대 옆에 놓인 의자에 앉자 이은희가 물었다.

"오늘 내가 도와줘서 고맙다고 했지? 그리고 무슨 일인지 설명해 준다며?"

"그래. 뭐든 물어봐, 해줄 수 있는 얘기는 다 해줄게."

"이런 거 물어봐도 될까? 그 세은 씨라는 사람하고 첫 만남이 언제야?"

그녀의 뜬금없는 질문에 나는 빤히 이은희의 얼굴을 쳐다보았다. 이은희는 입술을 삐죽 내밀며 어깨를 으쓱했다.

"도대체 어떻게 만나고 어떤 인연이기에 그 사람한테 집착하는지 궁금한 걸로 이해해 주면 안 돼?"

"아무리 그래도…… 아니다. 좋아 얘기해 줄게. 처음 만난 건 6년 전인 1994년 대성리 대학 동아리 연합 MT 장소. 학교는 달랐는데,

거기서 얘기 나누며 친해졌어. 그때 밤이라도 그렇게 춥지 않았거든. 평상에 누워서 밤이 새도록 얘기를 나눴어."

"여름이었어?"

"여름은 아니었어. 아마도 6월? 보통 6월 첫째 주 금요일에 MT를 가니까."

"무슨 계기로 친해진 거야?"

"음…… 내가 밤에 별자리 이야기를 해 줬던 거 같은데."

"뭐야…… 유치하게."

이은희는 오른쪽 손으로 왼쪽 팔을 문지르며 못 볼 것이라도 본 것처럼 미간을 찌푸렸다.

"그땐 그런 게 멋있었어."

"별자리 잘 알아?"

"잘 몰라. 그냥 맘대로 말했는데. 재밌어 했어."

"내가 장담하는데 엉터리인 거 알았지만 그 여자가 그냥 모른 척한 거야."

"왜 계속 삐딱해? 그만할까?"

"알았어. 알았어. 그래서?"

"그냥 그렇게 해서 사귀게 됐고 잘 사귀다가 작년에 헤어졌어. 그런데 내가 못 잊어서 다시 시작하려고 이리저리 애를 썼지만 잘 안 된 그렇고 그런 흔한 이야기야."

꼬치꼬치 물어 보는 이은희의 질문에 대충 얼버무리는 것이 좋겠다고 생각했다. 이은희는 고개를 몇 번 끄덕이다가 나와 눈을 마주쳤다.

"진짜 궁금한 건 그 종이야. 도대체 그게 뭔데 오빠를 처음 만났을 때부터 계속 그렇게 문제를 일으켜?"

어떻게 대답할지 고민스러웠지만 노파의 경고를 따르면서도 가장 진실에 가깝게 이야기해 주고 싶었다.

"부적이야. 엄마가 아는 용한 점쟁이가 있는데 그게 있으면 헤어진 여자를 다시 만날 수 있다고 해서."

이은희는 어이없는 표정을 지으며 두 눈만 깜빡거렸다. 그러고는 정말 진지하게 물었다.

"그런 걸 믿었어?"

"응…… 믿었어."

이은희는 한동안 내 눈을 뚫어지게 응시했다.

"그럼 엉터리란 게 밝혀졌네. 결국 잘 안 됐잖아?"

"응. 내가 바보였어."

대답을 하는 순간 갑자기 허탈한 웃음이 터져 나왔다. 그리고 웃음이 멈추지 않았다. 진심으로 내가 바보라고 생각했고 그래서 터져 나오는 웃음을 참을 수가 없었다.

"그래도 오빠는 좋은 추억이 있었네. 부러워. 94년 6월이면 난 한창 가출해서 방황하고 있을 때였는데."

"가출?"

이은희는 고개를 끄덕였다.

"아빠가 새엄마랑 재혼한 뒤부터 집에 있기 싫었어. 막상 집 나오니까 고등학생이 갈 곳도 없고 많이 방황했어. 그때 나쁜 짓도 좀 하고 그랬어. 오빠 종이 슬쩍한 것도 그때 버릇이 남았었나봐. 미안."

"그래서 병원에 있는 거 아버지한테도 연락 안 하는 거야?"

"들었어? 풋. 예전처럼 그렇게 싸우지는 않지만 아직도 감정적으로 편하진 않아."

그때 간호사가 휠체어를 밀며 병실로 들어왔다.

"이은희 님. 이제 수술실 들어갈게요. 화장실 가실 거예요?"

"아뇨."

항상 쾌활한 모습뿐이었던 이은희도 수술이라는 말에는 긴장하는 듯 보였다. 나는 간호사를 도와 이은희를 침대에서 일으켜 휠체어에 앉혔다. 간호사와 함께 엘리베이터를 타고 수술실이 있는 1층으로 내려갔다. 엘리베이터에서 내려 오른쪽으로 꺾자 복도 끝에 수술실 문이 나타났다. 초록색 수술 가운을 입은 의사들이 분주하게 오가는 와중에 수술실 문이 열렸다 닫혔다 반복했고 그 모양이 조금 무서웠다. 이은희는 주먹을 꽉 쥐고 있었다. 나는 이은희의 한쪽 손을 감싸 잡았다. 이은희의 손바닥에서 촉촉한 물기를 느꼈다. 마침내 수술실 문 앞에 이르렀을 때 나는 잡고 있던 손을 풀고 이은희를 바라보며 말했다.

"나도 예전에 비슷한 수술해 봤는데 생각보다 안 아파."

"바보가 하는 말 믿을 거 같아?"

이은희는 놀리듯 손가락질을 해대며 미소 지었다. 문이 열리자 간호사와 이은희는 수술실 안으로 들어갔고 다시 문이 굳게 닫혔다. 반대편 복도에서 발걸음 소리가 들려 쳐다보니 수술 가운을 입은 의사였다. 의사는 나이가 지긋해 보였다. 나는 의사에게 다가가 물었다.

"실례지만 이은희 환자 담당이세요?"

"네, 그렇습니다."

"큰 수술인가요?"

의사는 씩 웃으며 손바닥으로 내 어깨를 가볍게 두 번 두드렸다.

"커피 한잔하고 계세요. 다 마셨을 때쯤 끝났을 겁니다."

의사는 나를 지나 수술실을 향해 거침없이 걸어갔고 뒷모습이 꽤 늠름해 보였다. 수술실 반대편 복도 끝으로 화장실 사인이 눈에 들어왔다. 화장실 안으로 들어가 보니 모두 빈 칸이었다. 그 중 한 곳으로 들어가 문을 닫고 호주머니에서 종이와 라이터를 꺼냈다. 라이터를 켜자 불꽃이 강렬하게 타올랐다. 종이와 라이터를 쥔 양손이 나도 모르게 심하게 떨렸고 종이와 라이터 불은 춤을 추듯 흔들렸다. 그러다가 내 의지와는 상관없이 라이터의 불이 종이를 덮쳤고 주황색과 파란색이 섞인 불길은 순식간에 종이를 끝에서부터 먹어 치웠다. 잠시 후 주위의 모든 것들은 눈부시게 하얀색으로 변해버렸다.

5

무엇인가 자세가 불편한 느낌이었다. 나는 의식을 차리기 위해 손가락 발가락 끝에 힘을 주었다. 그러기를 수 분간. 마침내 눈을 떴다. 나는 책상에 엎드려 누워 자고 있었다. 책상 위의 시계는 2012년 7월 5일, 아침 7시를 가리키고 있었다. 7월 5일? 그 날 뭔가 중요한 일이 있었던 것 같은 기분이 들었다. 의자에서 일어나 방 안을 둘러보았다. 내가 깨어난 곳은 아직 오피스텔로 이사하기 전의 아파트라는 사실을 깨달았다.

순간 그날이 무슨 날인지 기억났다. 그 날은 법원에서 전처를 만나 최종적으로 이혼서류에 도장을 찍는 날이었다. 나는 노파의 가게에서 과거로 돌아간 날보다 한 달 정도 더 빠른 2012년으로 되돌아 온 것이다.

기억해 보면 그 한 달 동안 나에게 일어난 큰 변화는 없었다. 이혼이야 오래전부터 예정되어 있었던 일이었고, 그나마 큰일이라면 오피스텔로 이사를 하고 맞선을 본 일이 다였다. 회사에서도 평소와 크게 다르지 않은 일상적인 업무가 이어졌었다. 한 달이나 더 빨리 돌아왔지만 그게 그렇게 현재의 내 인생에 문제가 될 건 없어 보였다.

그러나 아무런 이유도 없이 한 달 빠른 시간으로 되돌아오지는 않았을 것이라는 느낌이 들었다. 시간 여행을 통해 갖게 된 의문들을 당장 노파에게 달려가 물어보고 싶었다. 법원에서 전처를 만나기로 한 시간은 오전 10시 30분. 그전에 먼저 미아리의 노파를 찾아가기로 마음먹었다.

일찍 서둘러 8시쯤에 미아리 노파의 점집에 도착했다. 다행히 노파의 가게는 그대로 있었다. 그러나 출입문은 육중한 쇠사슬로 겹겹이 묶여 있었고 꽤 오래전부터 가게 안은 비어 있었다는 느낌이 들었다. 혹시나 싶어 나무로 된 출입문을 세게 두드려 보았지만 안에서는 어떠한 반응도 없었다.

가게는 처음 봤을 때나 지금이나 전체적인 모습과 분위기는 같았지만 어쩐지 지금의 가게는 영혼이 없이 죽어 있는 것 같았다. 나는 노파의 가게를 떠나지 못하고 근처에서 한참을 서성거렸지만 가게의 나무문은 열리지 않았고 그 앞을 지나가는 사람도 없었다. 시계를 보니 30분이 흘렀다. 더 기다려 볼까 생각했지만 어쩐지 되돌아 온 2012년에 이 가게에서 노파를 만날 수 없으리란 예감이 들었다.

법원에서 몇 달 전에 했던 것처럼 전처와 이혼 수속을 끝내고 집으로 돌아왔다. 노파가 왜 나를 한 달 전으로 돌아오게 해서 같은 일을 반복시키는지 의아했고 뭔가 특별한 의미가 있지 않을까 생각했지만 그때와 별다른 차이가 없었다. 그러나 집으로 오는 길에 중요한 사실을 깨달았다. 오늘은 내가 세은이로부터 의문을 편지를 처음 받았던 그날이었다. 그 사실을 깨닫자 집으로 오는 내

내 떨리는 가슴을 진정시키기 힘들었다.

마침내 아파트 현관문 앞에 도착한 후 그대로 멈춰 서서 크게 심호흡을 한 번 한 후 현관문을 힘차게 열었다. 그리고 벽에 붙은 철제 우편함을 노려보았다. 한 달 전에 그랬던 것처럼 황갈색의 편지 봉투가 고개를 쳐들고 나를 기다리고 있었다. 나는 떨리는 손으로 편지를 빼내 들고 집으로 들어왔다.

나는 결국 세은이와 이루어지지 못했지만 현재의 그녀에게는 어떤 변화가 생겼을지 궁금해서 미칠 것 같았다. 서랍에서 가위를 꺼내 편지 봉투 끝을 조심스럽게 자르고 손가락을 집어넣어 편지지를 부드럽게 빼냈다. 한 달 전 편지 봉투에는 흰색 종이의 편지지였지만 이번엔 몹시 세련된 디자인의 편지지 한 장이 들어 있었다.

민혁 오빠.

나는 지금 영국에서 행복하게 남편과 아이랑 단란하게 잘 지내고 있어. 내 걱정은 하지 않아도 돼. 나를 다시 만나려고 하지도 말고 우리의 과거도 안타까워하지 마. 부탁이야.

윤세은

나는 편지를 다 읽고 난 후, 편지지를 찢어 쓰레기통에 집어넣었다. 날씨는 무더웠고 겨드랑이가 땀으로 미끈거리는 느낌이 불쾌했다. 나는 그 자리에서 입었던 옷을 모두 벗어 던져 버리고 욕실로 들어갔다. 샤워기에서 뿜어져 나오는 차가운 물을 머리 위에서 발끝까지 뿌리고 까칠한 목욕 타월에 샴푸를 듬뿍 적셔 온 몸을 닦아 냈다. 차가운 물이 몸을 덮은 비누 거품을 밀어내는 모습을 보자 기분이 상쾌해졌다.

땀과 개기름이 씻겨 나가 뽀송뽀송해진 몸으로 욕실을 나와 부엌으로 향했다. 냉장고 안에는 캔 맥주 두 개가 차가운 몸으로 웅크리고 앉아 있었다. 맥주를 하나 꺼내 마개를 따고 한 모금 마셨다. 맥주 캔을 식탁 위에 놓고 베란다 쪽을 바라보았다. 베란다 너머 펼쳐진 맑고 푸른 여름 하늘이 눈을 시원하게 했다.

그 때 베란다 쪽에서 강한 바람이 불어 들어 와 거실 바닥에 떨어져 있던 황갈색 편지 봉투를 공중으로 날아 올렸다. 편지 봉투는 공중에서 크게 한 바퀴 돌았다가 내 발 밑에 사뿐히 내려앉았다.

나는 옷 방으로 가서 옷을 입고 나와 편지 봉투의 한쪽 모서리를 가위로 가르고 한 장의 종이로 만들었다. 그런 후 종이로 비행기를 만들기 시작했다. 편지 봉투 종이라 두껍고 탄력이 있어 바람을 잘만 타기만 한다면 멀리 멀리 날아 영국 런던까지 갈 수 있지 않을까 싶었다.

다 만들어진 종이비행기를 들고 베란다로 나갔다. 습한 공기가 얼굴을 덮쳤지만 바람도 동시에 불어 왔다. 나는 허공에 종이비행기 던지는 연습을 몇 번 하고 나서는 힘껏 하늘을 향해 던졌다. 하늘 위를 유유히 배회하던 바람은 비행기를 태우고 멀리 멀리 나아갔다. 비행기가 멀리 날아가 점이 되었을 때 나는 거실 소파에 몸을 던지듯 누웠다. 그러고는 이내 깊은 잠에 빠져들었다.

6

한참 시간이 흘러 흐릿했던 눈앞의 정경이 조금씩 초점이 잡히는 느낌이었다. 초점이 잡히자 청량한 햇빛에 눈이 부셨고 그 햇빛에 눈이 적응되자 눈앞에는 이국적인 풍경의 공원이 펼쳐졌다. 끝없이 펼쳐진 푸른 잔디밭의 끝은 허리가 굵고 가지가 하늘 높이 뻗은 울창한 나무들로 둘러싸여 있었고 그 나무들 너머로 고풍스러운 유럽풍의 건물이 언뜻언뜻 모습을 드러냈다.

잔디 밭 한쪽에는 금발의 미소년과 그의 아버지로 보이는 중년 남자가 원반던지기를 하고 있었고 그 반대편에는 젊은 연인이 만화영화에나 나올 법한 잘생긴 달마시안 점박이 개 한 마리를 끌고 한가롭게 거닐었다. 저 멀리에서는 상체를 탈의하고 가슴에 황금빛 털이 수북이 덮인 남성이 이어폰을 귀에 꽂은 채 달려오고 있었다.

나는 이곳이 필시 유럽의 어느 나라에 있는 공원이라고 생각했다. 가만히 서서 공원 풍경을 살피던 내 눈에 무엇인가 강한 끌림을 주는 벤치 하나가 들어왔다. 그 벤치에는 챙이 넓은 모자를 쓴 젊은 여자가 책을 읽고 있었다. 나는 본능적으로 그 벤치로 빠르게 접근했다. 그 벤치에 가까이 가면 갈수록 내 생각이 맞았다는 느낌이 들었다. 벤치에서 책을 읽고 있는 여자는 세은이었다.

세은이는 빨간 리본이 보기 좋게 붙어 있는 흰색 모자를 쓰고 있었고 아이보리 반팔 블라우스에 얇은 하늘색 치마를 입고 있었다. 그녀는 내가 접근하는 것을 전혀 눈치채지 못한 채 책에 쓰인 글자를 따라 고개가 좌우로 왔다 갔다 했다. 그녀의 얼굴에는 온화한 미소가 비쳤으며 그 표정은 이상하게도 내가 한 번도 본 기억이 없는 얼굴이었다. 나는 그녀에게 인사를 하고 싶었지만 그녀의 표정 때문에 주저하고 있을 때 그녀의 뒤에서 남자의 목소리가 들렸다.

"여보, 이제 집에 가야지."

나는 목소리가 나는 방향으로 고개를 돌렸다. 남자는 다섯 살쯤 되어 보이는 귀여운 꼬마 남자 아이를 목말 태운 노영태였다. 흰색 폴로 티셔츠에 반바지를 입고 스니커즈를 신은 노영태는 상체를 숙여 목마를 태운 꼬마 아이를 땅에 내려놓았다. 땅으로 내려온 꼬마 아이는 엄마라고 부르며 세은이에게 달려갔고 그녀는 책을 벤치 위에 내려놓고 달려 오는 꼬마아이를 향해 두 팔을 벌려 활짝 안아 주었다. 세은이가 꼬마아이의 머리를 쓰다듬고 세은이의 볼과 꼬마아이의 볼을 비비고 있을 때 노영태는 벤치로 와 그 위에 놓인 책을 집어 들었다. 노영태는 한 손에 책을 쥐고 한 손으로는 꼬마아이의 작은 손을 잡았다. 꼬마의 한쪽 손은 세은이의 차지였다.

그들 세 가족은 멀리서 교회 종소리가 다섯 번을 울리는 방향으로 천천히 걸어 갔다. 나는 조금씩 작아지는 그들의 모습을 한참 동안 물끄러미 바라보았다.

"빌어먹을! 또 실패했구나. 노파를 만나려면 아직도 2년이나 남았는데."

갑자기 내 뒤쪽에서 남자의 신경질적인 목소리가 들렸다. 나는 깜짝 놀라 뒤를 돌아보았다. 그는 흰 마스크를 쓴 배영진이었다. 눈빛은 불안해 보였고 머리는 제멋대로 헝클어져 있었다.

그는 마스크를 위로 걷어 올려 한 손에 쥔 위스키 병을 입에 갖다 대고 한 모금 마시는가 싶더니 입에 넣은 술을 삼키지도 않고 거칠게 뱉어냈다. 그러고는 손에 쥐고 있던 위스키 병을 멀리 숲속으로 던져 버렸다.

"내가 이러고 있을 때가 아니지."

그는 몹시 흥분한 표정으로 세은이와 노영태가 걸어갔던 방향으로 뛰기 시작했다. 그가 뛰자 나도 그를 따라 뛰었다. 한참을 뛰어가니 공원 밖으로 나가는 출입문이 나타났고 그는 출입문을 나가자마자 오른쪽으로 방향을 꺾었다.

그를 따라 오른쪽으로 방향을 틀자 그가 길의 끝에서 다시 오른쪽으로 방향을 바꾸는 모습이 보였다. 나와는 꽤 거리가 떨어져 있었기 때문에 그를 놓칠 수 있겠다는 생각이 들었다. 터질 듯한 가슴을 부여잡고 거리의 끝에서 오른쪽으로 방향을 틀었지만 이번에는 그가 보이지 않았다. 나는 다시 기운을 내 길을 따라 뛰었는데 길은 차도에 이르렀다. 길 끝에 다다른 순간 높은 빨간색 2층 버스가 내 앞으로 와 멈춰 섰다. 2층 버스는 길 건너편이 보이지 않을 정도로 거대했고 높은 벽 같은 느낌을 주었다.

버스가 다시 움직여 멀리 떠난 후 거리를 둘러보았다. 도로변을 따라 다양한 가게들이 즐비하게 늘어서 있었다. 배영진을 따라 뒤쫓다가 놓쳐버린 강남역의 어느 도로처럼 갖가지 모양과 종류의 가게들이 눈앞을 어지럽혔다. 그의 모습을 쫓아 이리저리 헤매던 내 눈앞에 한 가게에서 문을 열고 나오는 배영진의 모습이 들어왔다. 그는 오른손에 작은 쇼핑백을 들고 있었고 화가 난 건지 기분이 좋은 건지 잘 구분이 안 되는 묘한 표정으로 빠른 걸음으로 어디론가를 향했다.

그는 그렇게 한 5분 정도를 걷다가 길가에 위치한 오래된 건물의 문을 열고 안으로 들어갔다. 그가 들어간 건물의 문은 열려 있었고 그를 따라 건물 안으로 들어가자 그는 문의 왼쪽으로 나 있는 계단을 오르고 있었다. 그는 계단으로 3층까지 오른 뒤 계단 옆으로 난 복도로 따라 들어갔고 곧 이어 나무문이 열렸다가 닫히는 소리가 들렸다.

그를 따라 복도 쪽으로 들어가자 길게 이어진 복도를 따라 오른쪽으로 짙은 고동색 나무문이 다섯 개가 있었다. 나는 어쩐지 두 번째 문이 그가 들어간 문이라는 느낌을 받았고 아무런 망설임도 없이 그 문에 달린 금색 금속 문고리를 돌렸다.

문을 열고 들어서자 군데군데 얼룩이 진 오래된 회색 카펫이 바닥에 깔린 조그마한 거실이 나타났다. 낡은 소파와 탁자 하나, 그 옆에 고풍스러운 스탠드, 맞은편에는 낡은 TV 하나가 놓여 있는 단출한 살림살이였다. 거실의 한쪽 벽으로 방이 하나 나 있었고 나는 배영진이 그곳에 있다는 것을 눈치챘다.

방 안으로 들어가자 책상에 앉아 있는 그의 뒷모습이 나타났다. 그는 쇼핑백에서 가게에서 구입한 물건을 꺼내 비닐 포장지를 거칠게 뜯었다. 그가 비닐 포장을 벗기고 꺼낸 것은 편지지였다. 그는 편지지를 책상 위에 놓고 양손을 힘차게 비비면서 혼자 말을 했다.

"저번에는 내가 너무 앞뒤 설명없이 쓴 게 실수였어. 병신 같은 놈. 나라도 그런 편지를 받았으면 오히려 의심하겠다. 이번에는 제대로 써야지……"

그는 마치 헝겊에 자수를 놓는 것처럼 볼펜을 들어 한자 한자 정성스럽게 편지지 위에 새겨 넣었다. '민혁 오빠. 나는 지금 영국에서 행복하게 남편과 아이랑 단란하게 잘 지내고 있어. 내 걱정은 하지 않……' 그는 갑자기 손에 쥔 볼펜을 책상에 내던지고는 자신의 머리를 쥐어박았다.

"세은이 글씨랑 똑같이 써야지…… 어이그 병신아……"

그는 책상 서랍을 열고 안에 있는 물건들을 거칠게 꺼내기 시작했다.

배영진은 '찾았다'는 소리와 함께 오래된 편지 하나를 서랍에서 꺼내 그의 책상 오른쪽 위에 올려놓았다. 그는 처음 쓴 편지지는 양손으로 구겨서 뒤로 던져 버리고 깨끗한 새 편지지를 한 장 꺼내 책상 위에 올려놓고 오른쪽에 놓인 편지지를 한번 보고 왼편에 놓인 새 편지지에 글자 한자 한자를 써 내려갔다.

"세은이 글씨랑 똑같이 안 쓰면 그 새끼 또 눈치챌지 몰라. 이번엔 절대 실수 안 한다고 이민혁 씹새끼야……"

그의 책상은 창문을 향하고 있었고 창문 밖으로 평화로운 마을의 저녁 풍경이 펼쳐졌다. 창문 밖 바로 밑에는 아이들이 오래된 벽돌 도로 위를 깔깔대며 뛰어 다녔고 조금 더 먼 거리에는 높은 중세풍의 건물들이 늘어 서 있는데 그 위로 비둘기들이 떼 지어 날아 다녔다. 그 보다 더 먼 거리에는 낮은 산들이 부드러운 능선을 만들며 겹쳐 있었고 그 위에 떠 있던 태양이 붉게 물을 들이며 산 밑으로 몸을 숨기고 있었다. 붉은 해가 조금씩 산 밑으로 사라질 때까지 배영진은 오른쪽으로 고개를 돌려 세은이에게서 받았던 편지에서 글자 하나를 확인하고 다시 왼쪽으로 머리를 돌려 어깨를 움츠리고 한 글자를 써 내려가는 행동을 계속 이어갔다. 그의 그런 동작은 마치 괘종시계에 매달린 추가 왔다 갔다 하는 것처럼 무척 규칙적이었고 시계가 망가지지 않는 이상 영원히 반복될 것 같은 신비한 느낌을 풍겼다.

나는 한참 동안 배영진의 뒷모습을 바라보고 있었는데 마침내 태양이 능선 밑으로 완전히 사라지자 갑자기 주위가 어두워졌고 내 눈앞에 있었던 모든 것들은 암흑 속으로 빨려 들어가 사라졌다.

* * *

내가 소파에서 잠이 들었다가 깨어 난 것은 베란다 밖으로 보이는 하늘이 완전히 어두워진 다음이었다. 나는 깜깜한 밤하늘을 보며 그 옛날 세은이에게 별자리를 제멋대로 지어내어 이야기해 줬던 일이 생각났다. 그러다가 밤하늘에 왼쪽 오른쪽으로 시계추처럼 고개를 돌리며 앉아 있는 배영진의 쓸쓸한 뒷모습이 그려졌다. 나는 소파에 몸을 뉘인 채 밤하늘을 보며 말했다.

"배영진 씨. 이제 부질없는 짓은 그만 하세요. 왜 노파가 나를 과거에서 오늘로 되돌아오게 했는지 이제 그 이유를 알 것 같습니다. 아마도 노파는 당신이 쓴 편지를 읽고 과거로 되돌아가려는 또 다른 나의 행동을 끝내기 위해 나를 오늘로 되돌려 보냈고, 당신에게서 온 편지를 읽도록 한 것 같군요. 난 이제 더 이상 세은이의 행복을 의심하지도, 세은이를 다시 만나려고 하지도 않아요. 그러니 이제 당신도 그만 이 무의미한 시간여행 쳇바퀴에서 벗어나 당신의 길을 찾길 바랍니다."

나는 베란다 밖의 밤하늘 저 멀리 보이는 어딘가에서 고단한 삶을 살고 있을 것 같은 배영진을 향해 진심으로 말했다. 그 말이 끝나자 다시 알 수 없는 몽롱함을 느꼈고 이번에는 무척이나 달콤한 잠 속으로 빠져들었다.

에필로그

금요일이면 기차는 항상 사람들로 넘쳐났다. 육중한 느낌의 금속 바퀴와 레일이 서로 긁히는 날카로운 소리가 절정으로 치달았다가 서서히 잦아들었고 타이어에서 공기 빠지는 소리가 크게 울려 퍼진 후, 기차 문이 열렸다. 저마다 가방을 한두 개씩 어깨에 둘러멘 사람들이 기다렸다는 듯이 기차 밖으로 마구 쏟아져 나왔다.

이민혁은 조그만 역 대합실을 가득 채운 사람들 사이에서 떠밀리 듯 역 밖으로 튕겨져 나왔다. 손목시계를 보니 저녁 7시였다. 상의 주머니에서 두세 번 접은 종이를 꺼내 펼쳐 종이에 그려진 약도를 유심히 바라보았다. 약도와 역 주변을 몇 번 번갈아 응시한 후, 고개를 끄덕이며 다시 종이를 주머니에 집어넣었다. 그러고는 역 왼쪽 편으로 가로지르는 조그만 샛강을 따라 걸었다.

6월의 밤 바람이 약간 길게 기른 머리를 헤집고 스쳐 지나가자 비좁은 기차 안에서 사람들과 부대끼며 쌓였던 피로가 녹아들었다. 강을 따라 이어지는 비포장 길은 아직 완전히 어두워지지는 않았지만 가게가 없는 구간에서는 10미터 앞이 잘 구분이 안 될 정도로 이미 어둠이 깔려 있었다.

이민혁이 강을 따라 5분 정도 걸었을 때 저 멀리 바위 위에 사람이 걸터 앉아 있다는 것을 알았다. 어두운 밤이었고 가로등도 드문드문 설치된 길이라 살짝 무서운 기분이 들었다. 이민혁은 일부러 왼편 강 쪽으로 더 치우쳐 걸었는데 점점 가까이 다가갈수록 바위에 앉은 사람이 남자가 아니라 여자라는 느낌이 들었다.

이민혁이 바위가 있는 장소에 거의 다다랐을 때쯤 곁눈질로 바위 쪽을 힐끗 한 번 쳐다보았는데 여자가 갑자기 손을 들어 이민혁을 불러 세웠다.

"저기 잠시만요."

이민혁은 설마 자신을 불렀을까 싶어 그대로 지나치려는데 여자가 다시 불렀다.

"저기요, 거기 대학생 오빠 잠깐만요."

이민혁은 걸음을 멈추고 뒤를 돌아 여자를 바라보았다.

"저요?"

"네."

"왜요?"

“저 좀 도와주세요.”

여자는 걸터 앉았던 바위에서 팔짝 뛰어 내려와 양손을 털며 이민혁에게 다가왔다. 여자의 모습은 멀리서 봤을 때보다 더 앳돼 보였다. 하지만 어딘지 모르게 모든 걸 다 아는 듯한 눈빛이었다.

“뭘 도와달라는 거죠?”

“저 아직 고등학생인데요. 가출했어요. 사실, 가출한 지 좀 됐어요. 그런데 돈도 다 떨어지고 몇 끼 굶었더니 배도 고파요.”

“그럴 거면 그냥 집에 들어가지 그래요?”

이민혁은 의심스러운 표정으로 되묻고는 주변을 두리번거렸다.

“집은 여기서 멀어요. 그리고 사실, 집에 들어가면 저 죽도록 맞을 거예요. 집에 가느니 차라리 굶어죽고 말아요. 그러니 제발요.”

이민혁은 여자의 표정에서 완전히 거짓말은 아닌 것 같은 느낌을 받았다.

“그런데 내가 어떻게 도와줘요? 그냥 배가 고픈 거예요?”

“네, 배도 고프고 잘 곳도 마땅치 않고…… 그러니, 제발요. 네? 네? 네?”

이민혁은 그녀의 말을 듣고는 고민스러워졌다. 당장 MT에 가야 하는데, 낯선 여고생을 데리고 가면 사람들이 자기를 어떻게 볼 것인가. 그렇다고 가출한 여고생을 이런 곳에 버려두는 것도 몰인정한 일 같았다. 그가 잠시 고민하던 사이 여고생은 당연히 데려가기로 정해졌다는 듯 이민혁의 옆에 바짝 다가와 배시시 웃었다. 이민혁으로서는 이런 상황을 처음 겪는지라 어찌할 바를 몰랐다.

그는 짧게 한숨을 내쉬고는 신신당부하듯 말했다.

"좋아요, 일단 이 앞에 동아리 MT 장소니까, 거기 가서 식사부터 해결하죠. 그러고 나서 거기 여대생 언니들하고 얘기해 보는 걸로 하죠. 어떻게 할지."

여자는 안심이 되는 듯 살짝 미소를 지으며 이민혁에게 손을 내밀며 말했다.

"가방 하나 주세요. 저도 들게요."

"아니에요. 괜찮아요."

"전 이은희라고 해요. 오빠는요?"

괜찮다며 거부하는 이민혁에게 기어코 가방을 하나 뺏어 어깨에 멘 이은희가 이민혁에게 이름을 물었다.

"이민혁입니다."

"말 놓으세요. 저 보다 오빤데."

"네…… 천천히 하죠. 그런데, 이런 데서 아무 남자한테나 그렇게 얘기했다가 큰 일 나면 어쩌려고 했어요?"

"에이, 딱 보기에도 순하게 생기셨는데요, 뭘."

"하……"

그 길로 약 5분을 더 걸어 두 사람이 민박집에 도착했을 때, 방 안은 왁자지껄 떠드는 사람들 소리로 넘쳐났다. 이민혁은 민박집 옆에 자리한 큰 평상 위에 메고 온 가방을 내려놓고는 이은희에게 잠시 평상에서 앉아 기다리라고 말하고 민박집 방 안으로 들어갔다. 방 안에서 벌어진 술판은 절정을 지나고 있었고 한쪽 편에는 열띤 토론이, 또 한쪽 편에는 각종 단체 게임의 향연이 벌어졌다.

이민혁은 사람들 틈에서 눈으로 동아리 회장을 찾다가 멀리 방 한쪽 구석에서 이미 실신한 상태로 쓰러져 있는 선배를 발견했다. 이민혁은 그대로 안줏거리들을 들고 방을 나와 평상으로 갔다. 이은희는 신기한 듯 민박촌 여기저기를 두리번거렸다.

"아무래도 오늘 평상에서 같이 밤을 새우는 게 좋겠어. 여기 안줏거리로라도 일단 끼니를 해결해. 좀 있다가 라면 좀 가져와서 끓여줄게."

"네, 고마워요."

이민혁은 처음과는 달리 표정이 밝아 보이는 이은희의 얼굴을 보고 뿌듯한 기분이 들었다. 그때 이민혁의 등 뒤에서 한 여자의 청아한 목소리가 들렸다.

"안녕하세요, 선배. 많이 늦으셨네요?"

뒤돌아보자 윤세은이 한 손에는 맥주병과 종이컵을 들고 웃고 있었다. 그러다가 이민혁의 뒤에 앉아 있던 이은희를 발견하고는 의아한 표정으로 이민혁에게 물었다.

"누구……?"

"아……"

이민혁은 어떻게 대답해야 할지 몰라 약간 뜸을 들였다.

"호호…… 그럼 이야기 나누세요."

윤세은은 이민혁이 당황스러운 표정을 짓자 대답하지 않아도 된다는 의미로 눈웃음을 지었다. 그러고는 뒤를 돌아 민박집 방쪽으로 사뿐사뿐 걸어갔다.

"저 언니 되게 예쁘네요. 인기 많겠어요."

"응……."

이민혁은 신음소리를 내며 이은희 옆에 털썩 걸터앉았다.

"오빠, 저 언니 어때요?"

"조그만 게. 쓸데없는 소리 그만해."

이민혁은 이은희를 한번 흘겨보고는 그대로 평상에 드러누웠다.

"그나저나 넌 왜 가출했어?"

"아빠가 이상한 여자랑 재혼해서요."

이은희도 이민혁을 따라 평상에 드러누웠다.

"그래도 그렇지. 가출은 심했어. 집 나와 봤자 개고생이지. 이야 진짜 별 많다."

"적당히 상황 봐서 집에 들어가려고요. 근데 오빠, 혹시 별자리 잘 알아요?"

이은희가 초롱초롱한 눈망울로 옆에 누운 이민혁을 바라보았다. 이민혁은 약간 뜸을 들이다가 손가락을 하늘 위로 향했다.

"저기 오른쪽에 큰 별 있지? 저거랑 저거 저거랑 연결하면 물병자리야."

"와…… 신기하네요. 또요?"

"그리고 저기 산봉우리 위에 있는 별 있잖아. 좀 세게 빛나는 거, 저거랑 저거, 저거, 저거 연결하면 물고기자리가 돼."

"와…… 근데 오빠. 잘 알고 말하는 거예요? 뻥 같은데."

"뭐야?"

"뭐…… 아님 말고요."

"조그만 게 사람을 들었다 놨다 해."

"큭큭."

이은희는 웃음소리를 내며 가슴을 들썩거렸다.

그 뒤로 한동안 두 사람은 아무런 말도 하지 않았다. 시간이 꽤 흘렀을 때 이민혁이 나지막한 목소리로 이은희에게 물었다.

"내일 서울로 돌아갈 때 집 근처까지 데려다 줄게. 집이 어디쯤이니?"

"성북구…… 동선동……"

"동선동 어디쯤?"

한참을 기다렸지만 아무런 대답이 없었다. 이민혁이 옆으로 고개를 돌렸을 때 이은희는 이미 곤히 잠들어 있었다. 편안하게 잠든 소녀의 표정에서 그동안의 고단함이 느껴졌다. 이민혁은 대성리 민박촌의 초여름 밤하늘을 가장 밝게 빛내고 있던 별을 바라보며 이 소녀가 행복해지기를 빌었다.

〈끝〉

스테파네트 아가씨를 찾아 헤맨 나날들

1판 1쇄 찍음 2016년 2월 22일
1판 1쇄 펴냄 2016년 2월 29일

지은이 | 최재원
발행인 | 김세희
편집인 | 김준혁
펴낸곳 | 황금가지

출판등록 | 2009. 10. 8 (제2009-000273호)
주소 | 06027 서울 강남구 도산대로 1길 62 강남출판문화센터 5층
전화 | **영업부** 515-2000 **편집부** 3446-8774 **팩시밀리** 515-2007
홈페이지 | www.goldenbough.co.kr

도서 파본 등의 이유로 반송이 필요할 경우에는 구매처에서 교환하시고
출판사 교환이 필요할 경우에는 아래 주소로 반송 사유를 적어 도서와 함께 보내주세요.
06027 서울 강남구 도산대로 1길 62 강남출판문화센터 6층 민음인 마케팅부

ISBN 979-11-5888-091-0 03810

㈜민음인은 민음사 출판 그룹의 자회사입니다.
황금가지는 ㈜민음인의 픽션 전문 출간 브랜드입니다.